先秦诗文史

扬之水 著

北京大学出版社
PEKING UNIVERSITY PRESS

目录

小引 / 001

卷上 文

第一章 朴素之文 / 003
　　《尚书》/ 003
　　附金石文字 / 016

第二章 郁郁乎"文" / 021
　　《左传》/ 021
　　附《公羊传》《穀梁传》《国语》/ 059

第三章 最初的平民趣味 / 067
　　《战国策》/ 067
　　附《晏子春秋》/ 080

第四章 "春风扇微和"与"猛志固常在" / 083
　　《论语》/ 083
　　附《檀弓》/ 111

第五章　幻丽之文 / 116
《庄子》/ 116

第六章　"各为其所欲焉以自为方" / 140
《老子》/ 140
《荀子》/ 148
《韩非子》/ 153

第七章　志怪意趣 / 163
《山海经》/ 163
附《穆天子传》/ 173

卷下　诗

第一章　"思无邪" / 181
《诗经》/ 181

第二章　《风》《雅》寝声，奇文郁起 / 232
《楚辞》/ 232

引用文献 / 266

后　记 / 272

重印后记 / 273

重印后记 / 274

小引

一

以先秦诗文史为题,包含了两层意思,其一,它所讨论的范围是以文字为表达形式的作品[1];其二,先秦时代与今天所说的"文学"并不完全一致,那么以它本来的存在方式,即诗也,文也,来称呼我们的讨论对象,或者更为自然。如此,也可不必再别为之命名,如历史散文、哲理散文,如抒情诗,叙事诗,等等。在"文学"尚未独立的时代,先秦诗文可以说是彼一时代精神产品的总和,其间却并没有文史哲的判然分别,且惟其不分,而能够显示出一种特别的丰厚。我们则只从这浑然烂然、精微奥衍的丰厚中,检阅文心文事,或曰语言的智慧和为文的用心。

二

中国文字的历史,目前可以确切追溯到商代的甲骨卜辞,而它已近成熟,并不是初创阶段的形貌,则其起源实应更早。近几十

---

[1] 鲁迅说:"人类是在未有文字之前,就有了创作的,可惜没有人记下,也没有法子记下。我们的祖先的原始人,原是连话也不会说的,为了共同劳作,必需发表意见,才渐渐的练出复杂的声音来。假如那时大家抬木头,都觉得吃力了,却想不到发表,其中有一个叫道'杭育杭育',那么,这就是创作。""倘若用什么记号留存了下来,这就是文学;他当然就是作家,也是文学家"(《且介亭杂文·门外文谈》)。依此,文学是起源于劳动的,这也许是一个完全正确的意见,然而这一类起源于劳动的文学,"可惜没有人记下,也没有法子记下",于是我们缺乏讨论与研究的对象,这一意见也只好作为一个假设而存在。本书的叙述因此限定在以文字为表达形式的作品。

年来，不少新石器时代的文化遗址中都发现了陶器上的符号，若这些符号即为原始的文字，那么中国文字的历史可以推演到距今六千年以前。只是对这些符号性质的认定，仍属学界正在讨论的课题，尚未取得一致的意见。

殷商的甲骨卜辞，是我们现在能够见到的最早的记录语言的文辞。完整的一份王室卜辞，包括六项内容：一署辞，二前辞，三贞辞，四兆辞，五果辞，六验辞。署辞所记又分三项，即甲骨的入贡之地与入贡之人与甲骨的数量。前辞则记占卜的日期和卜者的名字。贞辞载录卜问之事。兆辞为兆的次序与性质。卜问之后的吉凶判断，取决于王，王的断语，便称作果辞。最后，是所卜事项的实际结果，为验辞。卜辞是王室占卜的文字，受内容的局限，辞句很固定，格式很刻板，记事极简略，字数多不长，它是语言的简化，而润色与铺陈无与焉。

由简化的记事而至于精练的记述事象，则有了本是卜筮之书的《易经》。《易经》把天地万物的无限复杂作成简单的既可表示时间又可表示空间的一组符号，然后用文辞呈现符号中暗示的事象，以揭明宇宙人生的道理。"其辞恢诡，其意幽深，其所说明之事物，与其所指示之趣度，率与普通蹊径殊"，而"卦爻辞之使用文字，极变化之能事，不特全部组织复杂，即涉及事象之繁博，辞旨意趣之生动，涉笔取象之警辟，较之商代卜辞之平板无所变化，为进步多矣"。[1] 不过若论文体，则《易》之文体近于格言，介乎诗与文之间。利用文字之韵，洗练句式，整齐文体，以求易于记诵，易于广播，当是初始阶段人们对语言的追求。而作为与诗相对的文，须待完全不依靠韵律，却只凭借叙事或说理来结构文句，或

---

1 蒋天枢《周代散体文发展之趋势》，载所著《论学杂著》，中州古籍出版社1985年，第123、124页。

整或散,长短疏密,收纵自如,才真正是它的进步和成熟。

到了本书开篇第一节中说到的《尚书》,便已经是有独立之文体的记言亦兼记事之文,而用来赞颂帝尧的所谓"文思安安"[1],却正不妨移赠于《书》,借用它的字面义,便是从容文思也。

可以说,先秦之文,是由史中发达起来。[2] 其时之国家,乃以宗族为载体,城邦,便是宗族城邦,族权与政权一致,宗统与君统一致,等级的关系即按照宗族来划分。天子、诸侯、公卿大夫,便是不同层次的宗主。而姓族、宗族、家族的维系,尤其需要明确的谱系,史的观念于是在这样的基础上很早成熟起来,伴随它的,则是记事之文的发达。我们所见到的先秦诗文,便没有特定意义上的"史诗"。史诗的任务,似乎由记事之文来担当,已经足够。而神话最初的使命也是传述历史,同样因为史的发达,原始神话并未沿着神话的轨迹蓬勃生长,却是很快变异,即其中的许多内容很早便并入古史一系。战国时代,记述神话的著作却反而多起来,恐怕与当时重建古史系统的风气有很深的关系。不过在已经不是生长神话的时代,虽经"拾遗"与"重塑",究竟无法接通早已切断的生命,它只能作为"神话色彩"而为别一种文学样式添助表现的活力。因此我们所能见到的先秦诗文,也没有特定意义的"神话"。这也许算不得是怎样的遗憾。中国文学本来有着自己的发展轨迹,且自有它独特的辉煌。

---

1 语出《书·尧典》,郑玄云:"经纬天地谓之文,道德纯备谓之思。"安,一作晏。
2 龚自珍《古史钩沉二》:"周之世官,大者史。史之外无有语言焉,史之外无有文字焉,史之外无人伦品目焉。""夫六经者,周史之宗子也。《易》也者,卜筮之史也。《书》也者,记言之史也。《春秋》也者,记动之史也。《风》也者,史所采于民,而编之竹帛,付之司乐者也;《雅》、《颂》也者,史所采于士大夫也。《礼》也者,一代之律令,史职藏之故府,而时以诏王者也。"

图1 《踏歌图》局部

宋马远作,今藏故宫博物院。虽然只见其舞,不闻其歌,但以此怡然之态演绎《击壤歌》,似乎并没有太多的时代隔膜。当然"帝何力于我哉",也还不是纯粹的怡然。至于把"击壤"释作以木块相击之戏,乃至行诸图画如图2,却真的是与《击壤歌》无关了。

三

从现存的先秦载籍来看,诗与文是并行发展的,诗的渊源或者应该更早,但却没有确实可信的材料流传下来。前人虽然从文献中网罗钩稽古谣谚、古佚诗,作了不少辑佚的工作,但这些歌、谣的创作年代却很难确定为远古。比如:

〔帝尧之世〕天下太和,百姓无事,有八十老人击壤于道,观者叹曰:"大哉,帝之德也。"老人曰:"吾日出而作,日入而息,凿井而饮,耕田而食,帝何力于我哉。"

语出晋人皇甫谧所撰《帝王世纪》。八十老人之歌,后人命之曰《击壤歌》。且不论书之晚出,即此诗的遣辞命意,亦非帝尧时代所能有,自然无法凭信。

又如:

> 昔者舜弹五弦之琴,造南风之诗,其诗曰:"南风之薰兮,可以解吾民之愠兮;南风之时兮,可以阜吾民之财兮。"

语出《孔子家语·辩乐》。旧说多以为《孔子家语》是魏人王肃伪撰,不过二十世纪七十年代河北定县八角廊汉墓出土了与《孔子家语》内容相似的竹简,安徽阜阳双古堆汉墓也发现了与《孔子家语》相关的简牍,则其中的若干篇章至少在汉初即已存在。但把此诗系于舜的时代,究竟缺乏比较可靠的根据,诗作本身更不曾提供这样的消息。而现在所能见到可命之为琴的实物,最早一件,亦

图2 击壤图

出《三才图会》,明王圻等编集。

图3　十弦"琴"

战国晚期器,湖北枣阳九连墩一号墓出土,湖北省博物馆藏。今所见先秦古"琴",均出自楚地,形制与后世很不相同,弦数亦未形成定制。

属战国时期。[1]

《易》之卦辞,亦文亦诗,大约有不少即取之于流传于世的诗。如"观国之光,利用宾于王"(《观》),"王用出征,有嘉折首,获匪其丑"(《离》),如"贲于丘园,束帛戋戋"(《贲》),"鸣鹤在阴,其子和之。我有好爵,吾与尔靡之"(《中孚》),等等。其语言与文体,与《诗经》几乎无别,它的时代当然不会更早。而《诗经》的出现,则已经是周初。

四

"文学"一词,春秋时代方见于载籍。《论语·先进》:"文学,子游、子夏。"邢昺释"文学"为"文章,博学"。这是文与学二字连

---

[1] 项阳:《中国弓弦乐器史》,国际文化出版公司1999年,第76页。考古发掘中出土的琴,集中在两湖地区,即楚文化范围之内,以此作为这首诗的背景,倒是很合适的。

缀为一词之始。而这里的"文学",一面有秩然有章、英华发外之意[1],一面也用来指对召诰政令等典籍的熟悉。那么先秦时代"文学"之概念,大致包含了文采与博学这样两重意思,也可以说包括着对典籍的烂熟于心与巧妙运用。其时对诗文的追求,便在于尚用和尚知。尚用中包含了修辞的用心,即所谓"言之不文,行之不远"(《左传·襄公二十五年》)。尚知则包含了对学的要求。前者是"文质彬彬"之"文",后者是"文质彬彬"之"质",二者始则互为表里,继则圆融为一。后世的"文学"之概念,虽然在含义上有了变化,但是人们在衡量作品的时候,其实仍然使用着文采与博学两个标准,并且,由博学而发展出来的"事出于沉思",亦即善于用事,善于用比,其典赡辞章、渲染文翰之效,也始终是文学批评的一个依据。[2]

先秦诗文的总体风格,若用品题的方法作一简单的概括,则不妨借用《论语·八佾》中提到的一句佚诗,即:"巧笑倩兮,美目盼兮,素以为绚兮。""巧笑倩兮,美目盼兮",自是天生丽质之意。素,原是细白的缯帛。但如果把它作形容词来用,"素以为绚",便是素以当绚的意思。《庄子》《楚辞》之前,文和诗都可以说是"素以为绚"。《庄子》《楚辞》出,曰"素以为绚",其"素",便是作了名词用,"绚"则动词也,文和诗,遂有真正的绚丽之采,而它

---

1 刘师培曰:"中国三代之时,以文物为文,以华靡为文,而礼乐法制,威仪文辞,亦莫不称为文章。推之以典籍为文,以文字为文,以言辞为文。""盖'文'训为'饰',乃英华外发,秩然有章之谓也。故道之发现于外者为文,事之条理秩然者为文,而言词之有缘饰者,亦莫不称之为文。"见所著《论文杂记》,人民文学出版社,1959 年,第 118 页。
2 朱自清在《〈文选序〉"事出于深思,义归乎翰藻"说》一文中对此有详细的讨论,见《朱自清古典文学论文集》,上海古籍出版社 1981 年。

也正是先秦诗文的完成。[1]

五

本书以两章九节分述先秦诗文之大要。不过略而未及者也并非无足轻重，只是若欲从文史哲不分的浑然中抉发独特的"文心文事"，便不能不有所选择。曰诗，曰文，本来是用了这样的标准，毕竟它不是一部先秦文献史。至于如此是否当得书名中的一个"史"字，却要看对"史"作怎样的理解。"史"可以是纵贯，可以是横通，既不完全纵贯也不完全横通，而只是用了"笔削"的办法在选择中体现出评价，"史"的意思不也在其中。

这样的立意，与其说创新，毋宁说是"复古"，而这里的选择与评价都不免带了比较多的个人色彩，但若其中的意见倘微有可取，则或许可以说，这是本书唯一的长处了。

---

[1] 以形式与风格论，先秦文章的终结是《吕氏春秋》。《吕氏春秋》是系统著书之始，而成就了一个折中和解的局面。它有纂组文字之匠心，却乏创造之生气，因此不见性情。茅坤云："其文沉郁孤峻，如江流出峡，遇石而未伸者，有哽咽之气焉。"(《〈韩子迂评〉后语》)"沉郁孤峻"未必，"遇石而未伸"或然，则它既是先秦文章之别调，也可以说，是先秦文章的衰落之音。

卷上 文

第一章　朴素之文

《尚书》

《尚书》名义，孔颖达依汉儒旧义，以为是上古之书的意思，即所谓"尚者，上也，言此上代以来之书，故曰尚书"（《尚书正义》）。不过"尚书"之名始见于伏生的《尚书大传》，先秦典籍凡引《尚书》，只称《书》，而不云"尚书"，则它至少是到了西汉方始通行。

《书》原有百篇，经历始皇焚书之祸，曾一度湮灭，汉初解除禁令，搜集得二十九篇，遂用当时通用的隶书写定，称作《今文尚书》。汉武帝时，孔子故宅的坏壁中发现了用古文字写录的《尚书》，与今文者相比照，不同在于多出十六篇，因把它称作《古文尚书》。这十六篇后来亡佚，晋人乃伪作《古文尚书》二十五篇，复从《今文尚书》中析出五篇，得五十八篇之数。此五十八篇本自是流传千余年，至宋人方始怀疑，明代郝敬和梅鷟即已认为是伪书，经清人阎若璩悉心考订，揭明其中作伪之迹，遂成定谳。如此，《尚书》中确实可信为上古文献者，实为汉初搜集到的二十九篇。当然晋人之作伪，并非全无根据，就史的意义而论，其中也保存了若干真实的材料；但就文的一面说来，这一部分文字风格显然与《今文尚书》二十九篇大不相同，那么讨论上古文章，自当以二十九篇中的文字为限。

《汉书·艺文志》叙"春秋"曰："古之王者，世有史官，君举必书，所以慎言行、昭法式也。左史记言，右史记事，事为《春秋》，言为《尚书》。"¹ 若然，则《尚书》可以算作记言之文。不过《书》中的篇章并不全是记言，如《禹贡》，通篇记述九州山川贡献，全没有记言的文字。又如《尧典》《金縢》《顾命》等，虽记言，却兼记事，乃至以记事为主，因此所谓"言为《尚书》"，当是相对于《春秋》之记事的一个大略的划分。

《书》中所记之言，其文体略有《誓》与《诰》与《命》的分别。约束于军中者，曰《誓》，如《甘誓》《汤誓》《牧誓》。又申儆于国人及臣下者亦为誓，如《秦誓》。《誓》，便是当时的讲辞。告于臣下及国人者曰《诰》，如《康诰》《洛诰》。即不以"诰"名篇的，如《梓材》《多方》，依其内容，亦当为《诰》之属。《命》则是任命之令辞，如《文侯之命》。《书》之记言，与记事之文相同，使用的也是通行于当时的书面语。而当时的口语与文语是分开的，《汉书·艺文志》说："《书》者，古之号令。号令于众，其言不立具，则听受施行者弗晓。古文读应尔雅，故解古今语而可知也。"所谓"立具"，即叱嗟立办，发之为言，当为口语，至用文字记录下来，则为文言，即用文雅之辞来替代口语之常言。

夏、商之文，《书》中所存已很零落，《虞夏书》中的《尧典》《皋陶谟》《禹贡》，经由后人整理加工的痕迹又尤其明显，当是出自东周人的追记。《周书》十七篇，以大致先后同时的《诗》与金文相比勘，即可见它们属辞相当，且有桴鼓相应之致，它的面貌自然是较近原始。商代文字，《书》之外，有甲骨、金文，但都少有长篇之作。《诗》中的《商颂》，则不出自商人之手。讨

---

1 《礼记·玉藻》："动则左史书之，言则右史书之。"与此说相反。对此前人颇多考辨，金毓黻总结说，"《玉藻》之左右字，以互讹而异，宜从《汉志》作左史记言，或言则左史书之；右史记事，或动则右史书之"。见氏著《中国史学史》，河北教育出版社 2000 年，第 15 页。

论商代之文，可以作为参照和依据的，真是少而又少。《书》中的五篇，若果然全部出诸商人手笔，那么有一点很可注意，即把周人之作用来与它相比较，则思想、观念与行文，二者几乎很少差别。我们没有实在的证据来断定周人对前朝文献作了怎样的改造，但至少可以说，它的保存下来，是特别经过了周人的认同和选择。

章学诚曰"六经皆史也"（《文史通义·易教上》），这里的史，当有广、狭二义，即不仅为史料，且更在于史的观念、史的意味。由此生长出来的《书》与金文，还应包括《诗》中《颂》及《雅》的大部，便不能不时时挟带史的风云，它并且以植根于清醒的内省意识和批判精神，而特有着诚挚与深厚的品质，所谓"修辞立其诚"，此类文字最足以当之。

《商书》之《高宗肜日》：

> 高宗肜日，越有雊雉。祖己曰："惟先格王，正厥事。"[1]乃训于王曰："惟天监下民，典厥义。降年有永有不永，非天夭民中绝命，民有不若德，不听罪。天既孚命，正厥德。[2]乃曰：'其如台？'呜呼！王司敬民，罔非天胤，典祀无丰于昵。"[3]

---

[1] 吴闿生《尚书定本大义》："格，告也。"《史记·殷本纪》："祖己曰：王无忧，先修政事。"按此节所引《尚书》，均据孙星衍《尚书今古文注疏》，中华书局1986年。个别字句据他本酌改。

[2] 吴闿生曰："典，主也。"孙星衍《尚书今古文注疏》："言非天夭民，而中道绝其命。""民之夭，有不顺天德，不从引咎者，由自取也。""祖己以为天命虽有修短之殊，既付于我，当修德以待之。"

[3] 如台，奈何。孙星衍："王司，言王嗣位也。民者，对天之称，谓先王。""言嗣位当敬先王以顺天。""天胤，犹言天之子，言阳甲已来，先王有不永年者，既嗣天位，即为天胤，王当修敬也。"典祀无丰于昵，《史记》作"常祀毋礼于弃道"，是其意也。

图 4　鸟耳扁足圆鼎

江西新干大洋洲商代墓葬出土。此墓葬所出青铜礼器,风格与殷墟遗存颇多相似,似乎受到中原文化的强烈影响。上古时代,鸟是祭祀中交通天人的媒使,人们想象着它可以在天人之间传递各种消息,鸟的形象即多用于礼器装饰。此鼎却是一对高冠努目的鸟儿各贴伏于立耳上端,则又分外别致。《高宗肜日》中鼎耳鸣雊的情节,与它或有着某种观念上的共同来源。

又《西伯戡黎》:

> 西伯既戡黎,祖伊恐,奔告于王。曰:"天子,天既讫我殷命,格人元龟,罔敢知吉。非先王不相我后人,惟王淫戏用自绝。故天弃我,不有康食,不虞天性,不迪率典。今我民罔弗欲丧,曰:'天曷不降威?大命不挚。'[1]今王其如台?"王曰:"呜呼!我生不有命在天。"祖伊反,曰:"呜呼!乃罪多参在上,

---

1　孙星衍"止我殷命,谓天命终也。""言正人大龟,无敢知吉,非先王不助后人也,惟王游戏,自绝于天。""不有康食,谓将不能安食天禄。不虞天性,谓不度善性。不迪率典,谓不由法常也。""民之望天降威与大命之至,急欲革命去暴主也。"

乃能责命于天。殷之即丧，指乃功，不无戮于尔邦。"[1]

高宗，商王武丁也，商代第二十三位君主。祭之明日又祭，曰肜。《史记·殷本纪》："帝武丁祭成汤，明日，有飞雉登鼎耳而呴，武丁惧，祖己曰云云。"但据甲骨文字，肜日之上，并为所祭祖先之名，那么此篇实当为祖庚祭高宗亦即武丁，而非高宗祭成汤。又祭之日，有野鸡飞至鼎耳而鸣，在古人看来，是上天示异，大臣乃因事进谏。近人吴闿生云"此及《西伯戡黎》，文体皆以简劲胜。此篇著语尤少，祖己训辞才五十余字，而委曲咸尽，盘折警悚，后世千言万语所不能到"（《定本尚书大义》），是也。

图5　金文中的"文"（右）与"宁"（左）

《大诰》之"宁王""宁武""宁人"，原均当作"文"，皆指文王。二字字体相近，故有旧时隶定之误。

《西伯戡黎》作于殷祚将尽之际。黎为近在王畿的诸侯国，文王灭黎，殷商覆亡之祸已悬眉睫。祖伊奔告于纣，一字不及西伯戡黎，却只道天意和民心，文极简，意极密，而字字沉痛。纣的不能够觉悟，只用了"呜呼，我生不有命在天"一句发露，而当时情状如见。后来他的"登鹿台，衣其宝玉衣，赴火而死"（《史记·殷本纪》），却是很有几分悲壮，也正好可以算作"我生不有命在天"的一个自我收场。

周人最看重的，一是殷亡的教训，一是自己创业开国的艰难。《召诰》云："我不敢知曰，有殷受天命惟有历年；我不敢知曰，不其

---

[1] 孙星衍："参，犹森也。言纣罪众多，森列在天，岂能责让天之降罚乎。""殷之就于丧亡，是纣事所致，我将被刑戮于此邦也。"

延,惟不敬厥德,乃早坠厥命。"与《高宗肜日》中祖己的训辞几乎如出一口。而《周书》中的《诰》之属,分量最重,又多作于周初。以敬天、修德、勤民的观念灌注于质实的文字,自然使它有厚重之致,不过《周书》之《诰》的佳胜处却更在于能够把厚重之文做得委曲周至,并且点染有情。所谓"周《诰》殷《盘》,佶屈聱牙"(韩愈《进学解》),不过形容它文字古奥,而文章的意思却并不晦涩。只要不是心浮气躁,便不难与它接通神思。比如最有名的一篇《大诰》:

> 王若曰:猷,大诰尔多邦,越尔御事。弗吊天降割于我家,不少延。洪惟我幼冲人,嗣无疆大历服。弗造哲,迪民康,矧曰其有能格知天命。[1] 已,予惟小子,若涉渊水,予惟往求朕攸济。敷贲敷前人受命,兹不忘大功。予不敢闭于天降威,用宁王遗我大宝龟,绍天明。[2] 即命曰:有大艰于西土,西土人亦不静,越兹蠢。殷小腆,诞敢纪其叙。[3] 天降威,知我国有疵,民不康,曰:予复反鄙我周邦。[4] 今蠢今翼,日民献有十夫予翼,以于敉宁武图功。[5] 我有大事,休,朕卜并吉。[6]

---

1 周秉钧《尚书易解》:大告汝等众国之君与治事之大臣,不淑天降凶害于我家,不少间断(盖谓武王既丧,复有三监之叛也)。我年幼之人,继承了这远大悠久之事业,未遇明哲,以导民于安。况能上知天命乎?
2 周秉钧:"若涉深水,我只往求我所以渡过之法。""大龟辅助前人接受天命,至今我不忘其大功。于三监等叛变之时,我不敢闭藏而不用也。""我用文王遗留之大宝龟,卜问天命。"
3 周秉钧:"今有大难,西周民心亦不安静,于今动矣。"腆,主也,谓武庚。纪其叙,理殷之世绪。
4 周秉钧:"殷小主扬言恢复殷国也。"
5 此句各家之释歧义甚多,断句也很不一致,此仍取周秉钧之说:今蠢今翼,谓今发动今驱驰矣,形容形势十分危急。日,近日。献,贤也,言贤者归心也,予与之往终文、武所图事也。
6 吴闿生曰:"大事,兵事。休,喜也。此卜尚在初时,非作诰时也。"

肆予告我友邦君，越尹氏、庶士、御事，曰：予得吉卜，予惟以尔庶邦于伐殷逋播臣。[1] 尔庶邦君，越庶士、御事，罔不反曰：艰大，民不静，亦惟在王宫、邦君室。越予小子考，翼不可征，王害不违卜？[2]

肆予冲人永思艰，曰：呜呼！允蠢鳏寡，哀哉！予造天役，遗大投艰于朕身。越予冲人，不卬自恤。[3] 义尔邦君，越尔多士、尹氏、御事，绥予曰：无毖于恤，不可不成乃宁考图功。

已，予惟小子，不敢替上帝命。天休于宁王，兴我小邦周，宁王惟卜用，克绥受兹命。今天其相民，矧亦惟卜用。呜呼，天明畏，弼我丕丕基。[4]

王曰：尔惟旧人，尔丕克远省，尔知宁王若勤哉。[5] 天閟毖我成功所，我不敢不极卒宁王图事。肆予大化诱我友邦君。天棐忱辞[6]，其考我民，予曷其不于前宁人图功攸终。天亦惟用勤毖我民，若有疾，予曷敢不于前宁人攸受休毕。[7]

王曰：若昔，朕其逝。朕言艰日思，若考作室，既底法，厥子

---

1. 周秉钧："言予得吉卜，我谋与庶邦往伐之也。"
2. 杨筠如《尚书覈诂》（1959年），反，"反报于王，谓于朝廷奏事。艰大，犹上言大艰也。王宫，与邦君室相对，其义并同，谓有管、蔡等内奸也。予小子，庶邦君等自称。"孙星衍："此言三监于小子为父行，当敬之，不可讨也，王何不违卜乎？"
3. 周秉钧："言我遭天之役使，惟大任以艰难之事于我身，予幼冲人不暇自忧矣。"义，宜也。言邦君等本当安慰我曰，不可被忧患所恐惧，不可不成就文王所图之功。
4. 上帝命，意为吉卜所示。宁王，均当作文王。天明，天命。
5. 周秉钧："言汝等为旧臣，汝等多能远知过去，汝等知道文王如何勤劳哉。"
6. 天辅助以诚信之辞。谓宝龟示吉。
7. 吴闿生："休毕，美成之也。敢不于前人所受美成之乎。"

乃弗肯堂，矧肯构？厥考翼，其肯曰：予有后，弗弃基？厥父菑，厥子乃弗肯播，矧肯获？厥考翼，其肯曰：予有后，弗弃基？肆予曷敢不越卬敉宁王大命？[1] 若兄考，乃有友伐厥子，民养其劝弗救？

王曰：呜呼！肆哉，尔庶邦君，越尔御事。爽邦由哲，亦惟十人，迪知上帝命。[2] 越天棐忱。尔时罔敢易法，矧今天降戾于周邦。[3] 惟大艰人诞邻胥伐于厥室，尔亦不知天命不易。[4]

予永念曰：天惟丧殷，若穑夫，予曷敢不终朕亩[5]。天亦惟休于前宁人，予曷其极卜，敢弗于从率宁人有指疆土，矧今卜并吉。肆朕诞以尔东征。天命不僭，卜陈惟若兹。

武王崩，成王幼，周公摄政。这时分封在殷商故地的管叔、蔡叔和纣之子武庚连同淮夷一起叛周，周公乃决计东征。龟卜，得吉兆。然而此际天下尚未大定，不免人情疑沮，众志逡巡，于是生出许多"违卜"的议论，即如《诰》中所举，总之是不乐出征。周

---

1 杨筠如："若昔，盖谓如昔日先王之征殷人，故下言朕其逝也。"逝，往。考，父。厎，定。堂，基。矧，况。菑，垦田。越卬，于我。敉，终。吴闿生曰："列邦诸侯皆亲与武王定天下者，故以考翼尊之，言譬如家人作室穑田，厥父创业而子弗嗣事，其父执之友尚能谓此子为令子乎。所以激厉列邦之巽懦。词婉而厉，用意与前路正同。"
2 孙星衍："言尔邦君群臣，各出尔力哉。勉于邦事者，由明智之人，亦惟兹十人进用，则知天命所在也。"
3 孙星衍："言天方辅我之忱，汝是无敢易法，况我周邦有定命乎。"
4 孙星衍："言此大发难之人，大近相伐于其家，谓三监之近伐王家，不顾同室也。"
5 周秉钧："天思丧殷，若农夫之去草，我何敢不终我田亩之事乎。"前宁人、宁人，均指文王，以代先公先王。周秉钧："天亦思降嘉于前文人，予何为放弃吉卜乎。我敢不前往重循文人之美好疆土乎，况今卜皆吉乎。""我大用尔等东征，天命无有差错，卜之所陈惟顺从哉。"

公因作此篇告谕诸邦君庶士,以劝以勉。

这是周公代成王做出来的第一篇文字。它本意该是教训的,但我们读它却不感觉到严重的教训意味,是它处处以情动人也。起首一节便很是委婉。《诗》曰:"闵予小子,遭家不造。""於乎哀哉,朕未有艾。将予就之,继犹判涣。"都是身处忧患之际的成王口吻,可以用来和它相比照。"弗造哲,迪民康,矧曰其有能格知天命",仍是委婉,但这里却是铺垫,是留下一个与下文绾结的线索。"若涉渊水",极见畏惧之心;"予惟往求朕攸济",则又极见坚决之志。以下把如何问卜、如何得到吉兆细作交代,前面的层层铺垫,至此方扣合得密密实实。此后的一番说话,有对方的正反之议,有自家的对答与驳难,或实有,或悬拟,夹叙其中,依然是曲折生情。"尔惟旧人"云云,沉著切实。末两节则频频用着比喻,一一是人情之常,故尤其指点亲切也,又一气贯下,全是问势,宛若商略,最有深婉之致,然而婉曲处却句句追切,句句激励,句句坚重。结末揭出信念所在,这信念不是凭空的高唱,却是一而再、再而三酝酿了那么久,通篇的委婉所以能够就此挽成百折不回的绝大之力量。《大诰》以文思缜密及文气的曲折低昂有韵致而成为告谕文章的典范,后世因此不乏仿作,西汉有王莽,北周有苏绰。王莽之意本在于学它的"周公辅成王",苏绰却是奉命仿《大诰》而为文章体式,以抗衡当时的浮华之文风,然而两篇仿作既输原作之气,更乏原作之情,岂得立于文章之林。

《周书》中别有特色的,尚有《秦誓》:

> 公曰:嗟,我士,听无哗,予誓告汝群言之首。[1]古人有言:"民

---

[1] 公,秦穆公。誓于军中,故以"我士"呼之。群言之首,众言之本要。

讫自若,是多盘。"责人斯无难,惟受责俾如流,是惟艰哉。¹
我心之忧,日月逾迈,若弗云来。²

惟古之谋人,则曰未就予忌。惟今之谋人,姑将以为亲。虽则云然,尚猷询兹黄发,则罔所愆。番番良士,旅力既愆,我尚有之。仡仡勇夫,射御不违,我尚不欲。惟截截善谝言,俾君子易辞,我皇多有之。³

昧昧我思之,如有一介臣,断断猗无他技,其心休休焉,其如有容。⁴人之有技,若己有之。人之彦圣,其心好之。不啻如自其口出,是能容之,以保我子孙黎民,亦职有利哉。人之有技,冒疾以恶之,人之彦圣,而违之俾不达。是不能容。以不能保我子孙黎民,亦曰殆哉。

邦之杌陧,曰由一人。邦之荣怀,亦尚一人之庆。

与《秦誓》相关的,是一个很有名的故事。鲁僖公三十三年,秦穆公遣孟明视、西乞术、白乙丙率军远道袭郑。出征前,老臣蹇叔竭力劝阻,穆公拒不听谏。军行途中,秦军获知郑已有备,只好灭滑而返。在殽遭到晋军伏击,全军覆没。三帅被俘,后得放

---

1 孙星衍:"此述古训,言民冥无知,止以自顺,是为多乐耳。然责人此无难,惟受责于人如流之顺,是惟艰也。"
2 云,一作员,旋也。周秉钧:"言岁月过往,乃不旋来,是吾忧也。意谓当及时改过。"
3 孙星衍:"言惟始之谋人,则以未肯就予而憎恶之,惟近之谋人,且将以为亲附。悔不听故旧之言也。"古之谋人,谓蹇叔等,今之谋人,谓杞子等。"询兹黄发"、"番番良士"及"一介臣",皆兼指蹇叔、百里奚而言。蹇叔、杞子事,见《左传·僖公三十二年》。
4 周秉钧:"言暗暗我思之,如有一耿介之臣,诚笃专一无他技能,其心宽广,乃能有容。"休休,宽容也。

还。于是"秦伯素服郊次,乡师而哭曰:'孤违蹇叔,以辱二三子,孤之罪也。不替孟明,孤之过也。大夫何罪?'"事见《左传·僖公三十三年》。《秦誓》即其悔过之作。

《秦誓》之好,在于其情与文的恳挚。"昧昧我思之"一节,由正反两面作铺陈,极言容人之善,尽出自想象,而尤觉情辞倍切。"邦之杌陧,曰由一人;邦之荣怀,亦尚一人之庆",正好可以用《论语·子路》中的一则为之作解:"'一言而可以兴邦,有诸?'孔子对曰:'言不可以若是其几也。

图6　秦公镈

陕西宝鸡市太公庙村出土。同出三件,各有首尾完整之铭,今藏宝鸡市博物馆。铭文通篇是秦公的自述,多认为此公为秦武公。铭曰"我先祖受天命,赏宅受国,烈烈昭文公、静公、宪公,不坠于上",今则我"克明又(厥)心,戾和胤士,咸畜左右。蔼蔼允义,冀受明德",以期"溥有四方",可知穆公《秦誓》与它自有精神之继承。

人之言曰:为君难,为臣不易。如知为君之难也,不几乎一言而兴邦乎?'曰:'一言而可丧邦,有诸?'孔子对曰:'言不可以若是其几也。人之言曰:予无乐乎为君,唯其言而乐莫予违也。如其善而莫之违也,不亦善乎?如不善而莫之违也,不几乎一言而丧邦乎?'"吴闿生云,《秦誓》"神韵渊邈、气体超迈处,与周召诸作同风,非后世所能几及"。近人李景星云:"《书》终《秦誓》,志代周也。谶纬术数,圣人不言,而至诚之道可以前知。是时周室初弱,诸侯未强,天下大势已有所趋,加以秦穆悔过,痛哭陈辞,以一国之尊,屈万众之下,其坚忍刻挚笼罩一世之概,已骎骎乎不可遏止。圣人知之,故登此以殿四代,既寓兴亡之感,亦以为古今运会于是

图 7　秦公簋

秦景公时器,甘肃天水出土,今藏中国国家博物馆。簋器、盖对铭,共一百零五字,其意与早于它的秦公镈铭大致相同。而铭文用单字模印,却是古代青铜器中的仅见之例。

图 8　虢季子白盘

西周宣王时器,传陕西宝鸡虢川司(今宝鸡市附近)出土,今藏中国国家博物馆。器内底铭文八行一百一十字,略云:"丕显子白,壮武于戎工,经维四方。搏伐猃狁,于洛之阳。折首五百,执讯五十,是以先行。"王于是嘉奖于周庙之宣榭,赐虢季子白以乘马、弓、矢与钺。盘的铭文方正规矩而又流畅自然,代表了一种与前不同的新字体,这种字体为后来的秦所继承,而发展为小篆。

图9 虢季子白盘铭文

乎变，而上世之隆轨不再睹矣。"（《屺瞻草堂经说三种·书经管窥》）编定《尚书》的人，的确很有见识，虽然未必要送他一个"圣人"的称号。秦之入主中原与周的取代殷商多有相似之处，《秦誓》至诚的内省精神也正仿佛周、召之作的再现，又不仅神韵气体之同风也，它所以是《书》的一个恰好的收束，尽管我们现在看到的《秦誓》是《书》的最后一篇，多半是巧合。

关于《尚书》的著述，今存最古者为《尚书大传》。此书旧题汉伏胜撰，不过它很可能是伏胜之遗说，而由其弟子记录整理而成（郑玄《尚书大传序》云，其徒张生、欧阳生等共撰《尚书大传》）。宋儒注《书》较有成绩者为蔡沈，其《书集传》博观约取，通达而不枝蔓。清孙星衍《尚书今古文注疏》、皮锡瑞《今文尚书考证》则均以征引宏富、考订严谨见长。又晚出之《孔传》，即清代以来声名狼藉的所谓《尚书》"伪《孔传》"，作伪者大抵为魏晋间人，其采获汉儒各家胜说，又保存不少旧闻，足资采择，其注《书》之义实未可废也。

附金石文字

刻铸在商周青铜器上面的文字，是所谓"钟鼎文"，亦即"金文"。目前所见商代的有铭铜器，文字一般很少，且以氏族徽号为多，铭文最长的四祀邲其卣，也不过四十余字。至西周，金文才逐渐演为巨制，长者乃至与《尚书》中的长篇不相上下，铭文在百字左右的已不可胜数。不少铭文大抵有着相似的格式，然而其盛期，亦即西周中晚期，却多有越出一般格式而极尽错综变化之作。若以文体别，则大致可以分为两类，其一近《书》，如康王时期的大盂鼎，如宣王时期的毛公鼎。毛公鼎铭虽为诰命之文，而述祖德，言家难，有自励，有申戒，言之娓娓，情辞恳挚，最有深醇之思,可推为金文中的第一。其一则近于《诗》的《雅》和《颂》,即通篇押大致的韵,文字典丽精粹,最著名的,便是虢季子白盘,不过它虽有韵,却不是以韵见铿锵,而是以文字的劲峭表现出叙事的节奏。此外则多见于东周的钟铭之属,如出土于河南淅川下寺春秋楚墓中的王孙诰编钟:

> 惟正月初吉丁亥,王孙诰择其吉金,自作龢钟,中翰且扬,元鸣孔皇,有严穆穆,敬事楚王。余不畏不差,惠于政德,淑于威仪,函恭默屖,畏忌趩趩,肃哲臧武,闻于四国,恭厥盟祀,永受其福,武于戎功,诲猷丕饬。阑阑龢钟,用燕以喜,以乐楚王、诸侯、嘉宾及我父兄、诸士。遑遑趩趩,

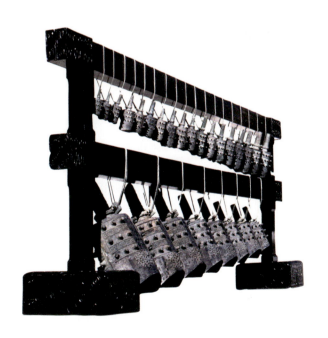

图10　王孙诰编钟

出自河南淅川下寺春秋楚墓。

> 万年无期,永保鼓之。[1]

这是钟铭中最常见的形式,其体近《诗》,字句、文义也多与《诗》相通,不过已经很有些程式化。与《书》相同,金文使用的也是通行于当时的书面语,它基本不受地区的影响。其语言和精神与《诗》《书》的趋同,即便在与中原文化异趣的楚地,也没有太多的例外。

金文的主要功用是记述铸作铜器的由来,即值得纪念的邦国与家族的大事,并祈望它随着以诸般工艺与巧技制成的青铜器而传之永久,此中自然颇有推敲文字的用心,其内容也多有垂诫后世的意味。《诗》《书》中常有的内省精神,金文中多见,不过它自警自励的意思,却并不完全是程式化的,而常常能够把铭文与所作之器切合得妥帖。如战国晚期的一件鸟书箴铭带钩:

> 物可折中,册复毋反。无怍无悔,不汲于利。民生有敬,不择贵贱。宜曲则曲,宜直则直。

文作鸟书,原著录于宋人的金石学著作中,不过未曾全部解读。近年则有学者把它逐字释读出来,却是采用借喻手法而作成的一则箴言。[2] 钩可以系带,因用来比喻折中之德;钩有钩取的意思,故戒人不可贪利;而它又有钩曲之义,于是戒人不可曲阿逢迎。又钩尾一字为"允",也与折中的意思密相扣合。又如传洛阳金村出土的一件战国玉璜,铭作"上变下动,相合和同"[3],与带钩之

---

1 为方便排版,尽量改用合于文义的假借字。原文见河南省文物研究所:《淅川下寺春秋楚墓》,文物出版社1991年,第142页。
2 李零《战国鸟书箴铭带钩考释》,《古文字研究》第八辑,中华书局1983年,第59—62页。以下所释均据此文。
3 李学勤《释战国玉璜箴铭》,载所著《四海寻珍》,清华大学出版社1998年,第274—277页。

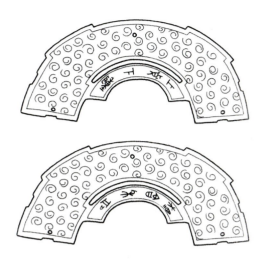

图 11　战国有铭玉璜

璜是组玉佩的核心部件。组玉佩中的璜,不止一枚,行路,它便随步履而动,而成和谐之玉音,铭因借得此意,用来拟喻人事。

铭亦同一机杼。这一类刻铸在用器之上的铭文,先秦乃至两汉文献中其实收录了不少,清沈德潜作《古诗源》即曾勾稽其要,"诸铭中,有切者,有不必切者,无非借器自儆"(《古诗源》之"盥盘铭"按语),是也。而"借器自儆",便使这一类铭文总含有庄重的意思,从这样一种勤勉谨重的向善之心中,也正可窥见对文字的信赖和倚重。金玉之铭以它天生具有的不朽的品质,使得每一位作者都不能不努力于成就它的不朽。

石刻文字,最有名的当推秦石鼓文。它的制作年代,有秦襄公、秦文公、秦穆公、秦献公诸说,迄无定论。大致可以认为,是春秋中晚期的作品。乃十首四言诗,记述秦君的田猎事迹,其风格与同类的《诗》很是相近。"吾车既工,吾马既同。吾车既好,吾马既驰",此句即由《小雅·车攻》中脱化而来。不过石上文字多

图 12　石鼓文局部

石鼓发现于唐代,"石鼓文"之名,则始自唐张怀瓘《书断》,唐人颇有吟诵《石鼓文》之作,如杜甫、韦应物、韩愈。石鼓原石历经千年,辗转不止万里,幸得保全。今藏故宫博物院。

已残损得很厉害。又有一通称作岣嵝碑的石刻,与前面提到的带钩相同,亦为鸟虫书之属,为宋人发现于湖南衡山,并认为它是夏禹之遗存。以其不能识读,而后人多疑为伪作,常置之不论。不过近人柯昌泗作《〈语石〉异同评》已对岣嵝碑有所留心,他说:"观其文字,虽转摹失真,实有所本。周末金文,有为鸟虫书所从出者,即与此相近。""今以诸器款识考之,多属南方楚、越等国。近年寿州大出楚器,鸟虫书者尤多,以时地互证,此碑即楚时之刻石也。"[1] 经今人解读,知道它是越王朱句作于公元前 456 年的一篇登高祭山之辞[2],"南峰渊百,曲则丘田,烟草谧宁",其中不乏精采之句,一南一北,正堪与石鼓文遥相媲美矣。

1　《〈语石〉异同评》,中华书局 1994 年(与《语石》合刊),第 1 页。
2　曹锦炎《岣嵝碑研究》,载所著《鸟虫书通考》,上海书画出版社 1999 年,第 217—232 页。

第二章　郁郁乎"文"

《左传》

《左传》是史书，但历来嗜文者总把它当作出色的文章来看。春秋二百五十余年风俗制度与人情，赖《左传》而传。春秋时代蓄积酝酿之郁郁乎"文"，《左传》更占得精华。宋人真德秀纂辑《文章正宗》，以辞命、议论、叙事、诗赋来概括文章之义，如此四项，《左传》以皇皇一编而独领一代风骚。即以今日的眼光来看，此四体备，而文学的体裁大略已备。辞命、议论、叙事，《书》已初具其规模；诗赋，则由"三百篇"导夫先路。《诗》《书》既开创于先，《左传》乃继承、丰富在后，中国叙事文学的第一个里程碑，便完成在《左传》的创造中。

《左传》因《春秋》而作。《春秋》原是鲁国的编年史，《左传·昭公二年》记晋大夫韩宣子聘鲁观书于鲁太史，"见《易》《象》与《春秋》"。《孟子》所谓"孔子惧，作《春秋》"（《滕文公下》），"作"实当理解为"修"，即根据《鲁春秋》笔削而成《春秋》。《公羊传·庄公七年》释《春秋》"星霣如雨"曰："不修《春秋》曰'雨星，不及地尺而复'，君子修之曰：'星霣如雨'。""不修《春秋》"，鲁之《春秋》；"君子修之"之"君子"，若《孟子》之说可信，则即孔子也。《春秋》记事一丝不苟，斟酌在于记事的体例，或曰书例、义法。体例既定，则或笔或削，一一有了根据，于是褒贬寓焉。不过《春秋》的记事究竟太简，只能说这是一部"春秋纲目"，即它记下的只是一个一个事件的标题。其中的"微言大义"，当时人或者不至于完全隔膜，而去其未远的《荀子》已经在说"《春秋》约而不速"

图 13　流星图

若流星群与地球相遇，便会出现流星雨。《庄公七年》（前 687）的这一节，乃天琴座流星雨的最早记载。《文公十四年》（前 631）尚有关于哈雷彗星的记述（"秋七月，有星孛入于北斗"），也占得"最早"二字。这当然是天文学史中的宝贵材料。而从这一角度来看，"不修《春秋》"之纯粹的纪事，倒是更为合宜。

（《劝学》），即"文义隐约，褒贬难明，不能使人速晓其意"，则对于后人来说，若无传者为之特特表出，便止如廋词隐语，所谓"褒见一字，贵逾轩冕；贬在片言，诛深斧钺"（《文心雕龙·史传》），更无从谈起。因此，很难说《春秋》本身对于文学有着怎样的贡献。

《左传》本为《春秋》作传，然而它却反客为主，一部《春秋》，正好作成史的骨干，所谓"传"，则为血为肉，为"颊上毫"，"传"于是有了"经"所缚不住者。[1]且又不止于此，即原本之限制，反而也助成优势。作为编年史，它要受到史实发展时间排列的制约，但是历史本身原有着兴盛衰亡的规律，每一事件也都有着它的近因以及根源和先兆。史实的组织，事件的叙述，便是文心所在，更何况史中从来充满戏剧性，史家而有诗心，是历史本来孕含着催发诗心的因子。左氏把春秋兴亡了然于胸中，

---

[1]　赵翼《陔余丛考》卷五："古人著书，凡发明义理，记载故事，皆谓之'传'。"则《左传》所"溢"出经外的纪事，原也是"传"的题中应有之义。

国之治乱，人之祸福，先已见得了局，结构布置，驱遣安排，便一一由此中计算出来，兴盛衰亡于是依凭着编年的线索推助为笔底波澜。

因为是编年体，《左传》不论叙事抑或叙人，都不大可能一气贯注，而多须切分为大大小小的片断。为组织事件，联络情节，系片断为一体，《左传》用了预言来作成文字的魔方：从史的角度看，它是因和果，它是鉴戒与教训；从文的角度看，它是伏笔，它是叙事的前后呼应。它可以贯穿起一个个小结构，它更能连接起一桩桩大事件。几乎每一个为作者所关注的事件与人物，都伴随着预示其结局与命运的一份判词，由人的言语瞻视，动容周旋，而洞烛几微，或印证于当下，或应验于后来。左氏并不笃信鬼神，也不尽信卜筮，"夫民，神之主也，是以圣王先成民，而后致力于神"（《桓公六年》）；"国之将兴，听于民；将亡，听于神"（《庄公三十二年》），如此天道远、人道迩的观念，《左传》中不止一见。但是他首先需要把鬼神卜筮作为预言的一部分来贯穿史家的识见，此外他同样需要利用预言来经营文字，以驾驭纷繁的史料。何况《左传》本是追记，它取故实以成书，其中者存之，其不中者去之，先已占得取舍之便。因此占卜在《左传》虽然尚未完全脱去远古的神秘，但它却同分量远过于此的预言一样，已与史家理性的观察与推测结合在一起，依凭着史的发展逻辑而化作一种为文章生色生情的叙事手段。

叙事（一）

《春秋》是一部"鲁春秋"，《左传》却俨然春秋之"春秋"。春秋史的中坚，为北方之晋与南方之楚，《左传》于晋楚两国的历史所以叙之最详。晋的称霸虽然略晚于齐，但雄踞霸主地位的时间却最长，影响于北方诸侯也最大，《左传》所叙诸侯各国，于晋，便着墨最多。此中用力最著者,则又莫过系于《成公十六年》中的晋楚鄢陵之战,因此不妨以此为例,来看《左传》记述历史事件的大致风格与手段。

春秋四大战,晋楚城濮之战(《僖公二十八年》,晋楚邲之战(《宣公十二年》),晋齐鞌之战(《成公二年》),晋楚鄢陵之战,战则晋必为对垒的一方,一负而三胜,然鄢陵之战则仿佛最后的辉煌。此后便是晋的中衰,虽然继之复有悼公的霸业中兴,但毕竟盛况不再。

鄢陵之战的意义,批评家各有不同的议论角度,在左氏,却越出成与败的结局之外,只把它认作晋之由盛而衰的一个转捩点,故从始至终借了晋中军佐将范文子的口,一而再、再而三,把文章做足。

> 十六年春,楚子自武城使公子成以汝阴之田求成于郑。郑叛晋。

> 晋侯将伐郑,范文子曰:"若逞吾愿,诸侯皆叛,晋可以逞;若唯郑叛,晋国之忧可立俟也。"[1] 栾武子曰:"不可以当吾世而失诸侯,必伐郑。"乃兴师。

> 五月,晋师济河。闻楚师将至,范文子欲反,曰:"我伪逃楚,可以纾忧。夫合诸侯,非吾所能也,以遗能者。我若群臣辑睦以事君,多矣。"[2] 武子曰:"不可。"

---

[1] 逞,快意。文子以为,若诸侯皆叛晋,晋侯便会恐惧修省,则或可免祸,此即足快吾愿也。若止于郑叛,晋侯则未必有忧惧之心,患将立至。栾武子与郤至皆惟恐失郑,文子却惟恐诸侯叛者不多,乃其虑远智深故也。按此节所引《左传》,均据杜预《春秋左传集解》,上海古籍出版社1978年。

[2] 纾,缓也。意即我诈为畏怯,逃避楚兵,归而修省,群臣辑睦事君,当远胜于举兵。

> 六月，晋楚遇于鄢陵。范文子不欲战。郤至曰："韩之战，惠公不振旅；箕之役，先轸不反命；邲之师，荀伯不复从，皆晋之耻也。[1]子亦见先君之事矣。今我辟楚，又益耻也。"文子曰："吾先君之亟战也有故，秦、狄、齐、楚皆强，不尽力，子孙将弱。今三强服矣，敌楚而已。唯圣人能外内无患。[2]自非圣人，外宁必有内忧，盍释楚以为外惧乎？"

此为决战之前。

决战之际，楚逼临晋军营垒摆开战阵，使晋军无出车旋马之地。文子之子范宣子向晋帅献塞井夷灶之策，"文子执戈逐之，曰：'国之存亡，天也，童子何知焉！'"

战之后：

> 晋入楚军，三日谷[3]。范文子立于戎马之前，曰："君幼，诸侯不佞[4]，何以及此？君其戒之！"

鄢陵之战这样的大事件，依左氏之例，必有推知胜败结局的预言昭示于先，其实楚之败以及致败的原因，早由楚大夫申叔时及郑公子子驷的口中明白道来。"子其勉之，吾不复见子矣。"申叔时与楚帅子反的临别之言，沉痛已犹诀辞，也正仿佛《僖公三十二年》晋秦殽之战前的蹇叔哭师。但蹇叔与申叔时所预言者皆是战败之

---

1 出曰治兵，入曰振旅。振旅即后世所谓"凯旋"。晋秦韩之战，晋败，惠公被俘，曰"不振旅"，含蓄其辞也。箕之役在《僖公三十三年》，先轸免胄入狄师，死战。从，就也。邲之战，晋上军不败，整顿其师，犹可一搏，而荀林父一败即撤，不能复就楚师而战。
2 亟，屡屡。三强，齐、秦、狄。"无敌国外患者国恒亡"，此已先《孟子》而言之。是文子已料定此战必胜，则不欲战，非怯敌，所怯正在胜敌。
3 入楚军营垒中，食楚粟三日。
4 佞，才也。意谓无德而禄，必有殃。

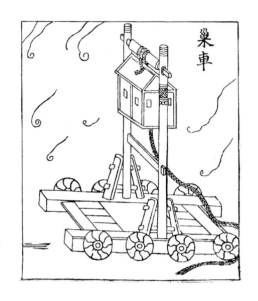

图 14 巢车图

出宋曾公亮《武经总要》。巢车是有瞭望设施的车,历代载籍不乏记述,但其形象,似至《武经总要》方曾一见。

局,其精神终不过笼罩于一役。而范文子总不欲战,并非以不胜为忧,而偏偏以胜楚为惧。在"晋入楚军三日谷"的狂欢中,忧惧之情且更深。胜外敌而内乱将起的先见之明,乃是更为痛切的忧患意识,它不仅于鄢陵之战首尾贯穿,而且贯注于后半部的晋国春秋。申叔时预见楚之败,范文子预见晋之胜楚而自败,同样是预言,却分属两个层次,后者正是鄢陵之战的底色,写战事的一支笔因此不容它不带着隐隐的盛衰之慨,行文也因此而极尽擒纵曲直之变化。

> 楚子登巢车以望晋军,子重使大宰伯州犁侍于王后。王曰:"骋而左右,何也?"曰:"召军吏也。""皆聚于军中矣。"曰:"合谋也。""张幕矣。"曰:"虔卜于先君也。""彻幕矣。"曰:"将发命也。""甚嚣且尘上矣。"曰:"将塞井夷灶而为行也。"[1]"皆乘矣。""左右执兵而下矣。"曰:"听誓也。""战乎?"曰:"未

---

[1] 夷,平也。行,行列。楚师已逼临晋军摆开战阵,晋军不得不填平营垒以为排列战阵的开阔地。

可知也。""乘而左右皆下矣。"曰:"战祷也。"伯州犁以公卒告王。苗贲皇在晋侯之侧,亦以王卒告。

这一大段对话,向为评家所艳称。宋陈骙作《文则》,便拈出此节,加意为作文者说法:"载言之文,又有答问。若止及一事,文固不难;至于数端,文实未易。所问不言问,所对不言对,言虽简略,意实周赡,读之续如贯珠,应如答响,若左氏传载楚望晋军问伯犁,盖得此也。"此节对话,多半属于左氏的创作,恐怕早溢出实录之外。惟其如此,而特见其斟酌,特见其笔力。楚王本意是问,却只作叙事,而尽由伯州犁的对答把问意一一衬出来。末句一跳,却接得格外紧,"苗贲皇在晋侯之侧,亦以王卒告",正是一个借势,一面窗望见两面景,省却多少冗文,于是繁处不觉其繁,疏处依然饱满。依文字的功用来看,也还可以说它是一石三鸟。以对话代叙事,补足前后情节,以免去许多平铺直叙的交代,在《左传》本是特色之一,不过若论出神入化,则必推此节为最。

写到战事,便是左氏喜用的笔法,即分叙、夹叙、追叙几面用笔,前后点缀,然后借二三细节勾出来全景。

> 癸巳,潘尪之党与养由基蹲甲而射之,彻七札焉。[1]以示王,曰:"君有二臣如此,何忧于战。"王怒,曰:"大辱国!诘朝尔射死艺。"[2]

> 吕锜梦射月,中之,退入于泥。占之,曰:"姬姓日也,异姓月也,必楚王也。射而中之,退入于泥,亦必死矣。"及战,射

---

1 潘尪之党,即潘尪之子潘党。蹲,聚也。此言一箭穿透七重甲。
2 谓将帅无智谋,而徒夸其技艺,不足取也。"大辱国",为当时詈骂之俗语。诘朝,明朝,即战之日。意即尔若射,必死于艺,是禁其射也,故下文叔山冉曰"虽君有命,为国故,子必射"。

图 15　蒙胄擐甲之士

其甲胄据曾侯乙墓出土实物复原。

共王，中目。王召养由基，与之两矢，使射吕锜，中项伏韬¹，以一矢复命²。

晋韩厥从郑伯³，其御杜溷罗曰："速从之，其御屡顾，不在马，可及也。"韩厥曰："不可以再辱国君。"⁴乃止。郤至从郑伯，其右茀翰胡曰："谍辂之，余从之乘，而俘以下。"⁵郤至曰："伤国君有刑。"亦止。石首曰："卫懿公唯不去其旗，是以败于荧。"乃内旌于韬中。唐苟谓石首曰："子在君侧，败者壹大。我不如子，子以君免，我请止。"⁶乃死。

楚师薄于险⁷，叔山冉谓养由基曰："虽君有命，为国故，子必射。"乃射。再发，尽殪⁸。叔山冉搏人以投，中车折轼⁹，晋师乃止。囚楚公子茷。

1　韬，弓箭套。言箭中于颈，伏于弓套而死。
2　意即一发而中。
3　从，逐也。
4　《成公二年》韩厥曾俘"齐侯"（齐侯先已与御者易位，故所俘实为御者）。
5　意即别遣轻兵由间道进，以距郑伯于车前，己则自后登其车以执之。
6　荧之战在《闵公二年》。旌，郑伯车中所插旗帜。韩厥、郤至皆见其旌而来追，故石首因追者少间而收旌。"败者壹大"，谓军溃，恐君之不免也。言我才不如子，子宜御君速奔以免，我当止奔以御敌。
7　薄，迫也。晋愈进而楚愈却，遂迫于险，无路可退也。
8　一发而死曰殪。此即两发而死两人。
9　以手搏晋人以投之，中晋人战车而折车轼。

每一段叙事,都各有几个层次。平平看去的一个层次,是为战场形势写照。由"楚薄于险",而写出且战且退之败势,赖养由基射之神、叔山冉搏之勇,勉强挽回危局。郑军之溃,则由御者的慌张后顾写出,由藏起指挥的旌旗写出,由唐苟口中的"败者壹大"写出。而晋军将虽已舍郑伯不追,唐苟却仍不免死战,由"乃死"二字反照出晋军气势之锐不可当。

癸巳之射,吕锜之梦,事均在战之前日。借了楚王怒口,为恃勇之士针砭,彼虽有技与勇,然而国士之荣并不在此,正如城濮之战左氏借君子之言,谓"晋于是役也,能以德攻"。因此左氏虽在传录战事时不掩养由基之功,却把微词放在追叙之词里。吕锜之梦,依然是《左传》惯用的预言笔法,其命运,便一如梦与卜。有意无意,又与"伤国君有刑"暗中扣合。

由战事方殷中精心摄取的两个情节更是武中见文:

> 郤至三遇楚子之卒,见楚子必下,免胄而趋风[1]。楚子使工尹襄问之以弓[2],曰:"方事之殷也,有韎韦之跗注[3],君子也,识见不榖而趋,无乃伤乎?"郤至见客,免胄承命,曰:"君之外臣至,从寡君之戎事,以君之灵,间蒙甲胄,不敢拜命,敢告不宁,君命之辱,为事之故,敢肃使者。"[4]三肃使者而退。

> 栾鍼见子重之旌,请曰:"楚人谓'夫旌,子重之麾也',彼其子重也。日臣之使于楚也,子重问晋国之勇,臣对曰:'好以众

---

[1] 风,疾如风,即快步疾行以致恭敬。
[2] 赠弓以致问。
[3] 韎韦,浅赤色柔牛皮。跗注,戎服。
[4] 对他国之君,自称"外臣"。"不敢拜命",礼,介者不拜。介即戎服被甲。言有劳君问,以有军事不得答拜。《国语·晋语六》韦昭注:"礼,军事肃拜。肃拜,下手至地。"

图 16 建旌之车

铜器刻纹,出自江苏淮阴高庄战国墓。旗的正幅,不用帛,而只用羽毛编缀,便是旌,通常用来指挥。子重乃楚令尹,鄢陵之战中,将左军,其所乘车,建旌之车也。

图 17 漆榼

湖北荆门白庙山楚墓出土。榼是酒器,扁壶则是榼中的一大类,直到汉代也还如此,如古乐浪出土的西汉阳朔二年漆扁壶自名为"髹汧画木黄釦榼"。

整。'曰:'又何如?'臣对曰:'好以暇。'今两国治戎,行人不使,不可谓整;临事而食言,不可谓暇。请摄饮焉。"[1]公许之。使行人执榼承饮造于子重[2],曰:"寡君乏使,使铖御持矛,是以不得犒从者[3],使某摄饮。"子重曰:"夫子尝与吾言于楚,必是故也,不亦识乎。"[4]受而饮之。免使者,而复鼓[5]。

这是绝无仅有的春秋风度。干戈丛中文质彬彬的雍容大度,与外交中引诗、赋诗的温雅风流,都是《左传》中尤其鲜明的时代特色。邲之战,晋军溃退,楚军紧追于后。"晋人或以广队不能进,楚人惎之脱扃。少进,马还,又惎之拔斾投衡,乃出。顾曰:'吾不如大国之数奔也。'"鄢陵之战是上将风雅,邲之战则写出军士的风趣。然而鄢陵之战始终未曾脱离范文子预言笼罩下的忧思,左氏选取的这两个情节,依然是为日后的内乱埋下伏笔,此中尚有更深一层的用意。战事过后不久,晋国果然发生内乱,厉公尽诛三郤之族。郤至战场中一番从容有礼的节概风采,便被政敌栾书指为通楚的罪证。左氏在这里却把栾书之子栾铖与郤至互为映照,明白写出战事中本来有这样的从容不迫之节,以见郤至之心无他。

以鄢陵之战为例,可见《左传》于史于文,皆有全局在胸,有整体的气势,有细节的绵密,近者于是顾盼生姿,远者于是呼应有序。又以不同层次的几个预言,结束起一切琐细微末,使每一个情节都能够承前启后,左右逢源。

---

1 曰,往日。整,严整。暇,闲暇。整是形,暇是神,即严整而从容不迫。摄,代也。因不得亲往,而使人代往。
2 榼,酒器。承,奉。
3 言晋君乏任使之材,因使铖持矛为车右,故不得前来犒劳从者。从者指子重之从者,实即指子重,不直言,以示敬也。
4 识,记也。言其能记往日好整好暇之言。
5 使者去,方鼓而复战。两番交通,皆使者亦即行人往来于两军阵中,而丝毫不受伤害。

图 18-1 栾书缶

传世品,今藏中国国家博物馆。器外错金铭文,自左向右,五行四十字,栾书为晋大夫,执政凡四十年,《左传》多有其事迹。至其孙栾盈,以与范氏的矛盾,为士匄所逼,出奔楚,事在《襄公二十一年》(前551)。栾书缶形制颇具楚式风格,很可能出自楚工匠之手。研究者推测缶是栾盈居楚时所作,或然,不过习称仍作栾书缶。

若比照此例,逆推《左传》的创作构思,则可以发现一个很有意思的线索,即在这样一个大的事件中,不仅有一人(吕锜)、一事(战事)结局的推定,而且有此一事件所关系着的一国之治乱的预言,那么作者是否把这样一种创作构思也运用于全书的总体布局?而《左传》中有位事迹不多却牵动不少头绪的人物,在左氏的叙事线索中似乎格外引人注意,他便是出现在《襄公二十七年》中的吴公子季札。

叙事(二)

春秋史可以略分为两个大的阶段,前一阶段为诸侯霸政时期,其后则为霸政衰微,亦即诸侯国的大夫执政时期。《左传》的叙事自然依从着这样的发展线索,并且语言风格亦由之前后一变。《春秋》十二公,后四公年数少于前八公,《左传》则卷帙反增,而气象则减损,文笔也逊于前半的简劲,不能不说是时势使然。

曾令霸业中兴的晋悼公卒于鲁襄公十五年,这是春秋前后两段一个大致的分期,也可以视作《左传》前后两部分的一个分界。《襄公二十九年》,左氏所详细记述的吴公子季札在鲁观乐以及此后的历聘上国,却仿佛为全书特意设置了一个情节,当然它本来有着史实的根据,《春秋》本年记事云:"吴子使札来聘。"《穀梁传》云:"吴子使札来聘。吴其称子,何也?善使延陵季子,故进之也。"《公羊传》:"吴子使札来聘,吴无君无大夫,此何以有君有大夫?贤季子也。何贤乎季子?让国也。"以下则详述季札的让国故事。然而《左传》却别有所录。它是否另有所据,我们不能知道,不过无论如何,以这样一件史实为基础,季札实被左氏成就为一位在叙事中承前启后的特殊人物。且不论季札在鲁观乐,神契于乐舞之精微,会意于《风》《雅》之奥旨,其雅韵已在孔子闻《韶》之上,并且是《左传》中特具神采的文字,这里只看观乐前后的几段记事:

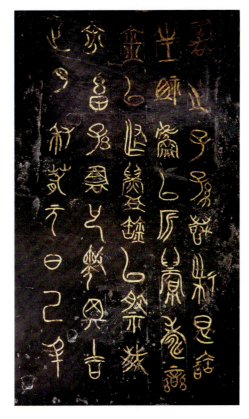

图 18-2 栾书缶铭文

吴公子札来聘。见叔孙穆子,说之。谓穆子曰:"子其不得死乎[1],好善而不能择人。吾闻'君子务在择人',吾子为鲁宗卿,而任

---

1 不得死谓不得令终。后来穆子罹竖牛之祸而以饥死,正是不得令终。

图 19　安徽马鞍山三国吴朱然墓出土的漆盘

盘中心彩绘季札挂剑徐君冢树的故事，画面左侧为冢边之树，树身悬一剑，树前所立衣红者，便是季札。

其大政，不慎举，何以堪之？祸必及子。"

……聘于齐，说晏平仲。谓之曰："子速纳邑与政[1]！无邑无政，乃免于难。齐国之政，将有所归。未获所归，难未歇也。"故晏子因陈桓子以纳政与邑，是以免于栾、高之难。

聘于郑，见子产，如旧相识。与之缟带，子产献纻衣焉。谓子产曰："郑之执政侈，难将至矣，政必及子。子为政，慎之以礼。不然，郑国将败。"

适卫，说蘧瑗、史狗、史䲡，公子荆、公叔发、公子朝。曰：

1　纳，归之公。邑，田邑。彼时以田为禄，有政即有邑。

"卫多君子，未有患也。"

自卫如晋，将宿于戚¹。闻钟声焉，曰："异哉！吾闻之也，'辩而不德，必加于戮'，夫子获罪于君以在此。惧犹不足，而又何乐？夫子之在此也，犹燕之巢于幕上。君又在殡²，而可以乐乎？"遂去之。文子闻之，终身不听琴瑟。

适晋，说赵文子、韩宣子、魏献子。曰："晋国其萃于三族乎。"³说叔向。将行，谓叔向曰："吾子勉之。君侈而多良，大夫皆富，政将在家。⁴吾子好直，必思自免于难。"

季札历聘诸国，所悦皆君子，遂一一为之指点路径，而品题之高下成败，如烛照数计，日后之验，竟分毫不爽。鲁昭公四年叔孙穆子果然被竖牛之祸；昭公八年齐有栾、高之难；子产果然为郑国执政。至于赵、韩、魏三家分晋，虽然已在战国，但其端倪却早见于春秋末年。山东临沂西汉墓出土竹简《吴问》，所载孙武与吴王阖庐的对答，乃由晋六卿所行田亩与税收制度而推测六卿衰亡的先后顺序，赵、韩、魏三家之盛，便已在孙武的预料中。不过此节之精要并不在此。"季札在襄公二十九年"，文字极热闹，情调则极感伤。热闹与感伤的互为渗透中，似乎暗藏着《左传》一个重要的创作动机。如果说《春秋》的"微言大义"是要从没有字的地方读出字来，则《左传》的"微言大义"只需追踪一支叙事的笔。吴季札三让国，辞去国君不做，是君子眼中的贤者，正好可以局外人的身份评量局中人。左氏于是在霸政衰微之初，巧借他

---

1 戚，孙文子之邑。
2 时晋献公卒而未葬。
3 晋国之政将集于三家。
4 平公之侈，散见于后。良大夫主要指韩、魏、赵三族。富言其家强盛。君侈则士民不服，大夫良且富，民皆归心，故云政将由公室而落于大夫。

的出场,在叙事中从容收拾起前半部的烈烈轰轰,然后把后半部的大事一一提示,为诸侯国大夫执政,春秋霸主霸业凋零与衰败的变局预作收场。史中的一个偶然事件,如此顺理成章,成为左氏叙事的一个关键线索,史思与文心于是凝聚为一。"季札在襄公二十九年",似可用来标志《左传》的一个总体构思,它与一人、一事、一国各个层次的预言,共同构成《左传》的叙事手段;或者说,用预言串联沟通分散的事件,是《左传》叙事手法的命脉。并且《左传》中的预言,很少来自鬼神的操纵与播弄,而多半出自君子察言观色、审时度势的先见之明。个人的死生祸福,战争的得失成败,家族与邦国的兴盛和衰亡,伴随着预言的常常是揭明本因的层层推理,是多识前言往行而得以彰往察来也,可以说这正是由两周之礼乐文明培壅起来的一种政治智慧。它属于《左传》中的历史人物,同时也属于《左传》的创作者。

叙事(三)

《左传》叙事神采入妙,则特别在于细节处的用心微至。如《襄公三年》:

> 晋侯之弟扬干乱行于曲梁[1],魏绛戮其仆。晋侯怒,谓羊舌赤曰:"合诸侯以为荣也。扬干为戮,何辱如之?必杀魏绛,无失也"[2]!对曰:"绛无贰志,事君不辟难,有罪不逃刑,其将来辞[3],何辱命焉?"言终,魏绛至,授仆人书,将伏剑,士鲂、

---

1 行,军列。此当为车阵。
2 仆,御者。不戮本人而戮其仆,即足以示辱。此为戮,谓辱也。无失,恐其逃也。
3 辞,有所言说。

图20 铜壶上的水战刻纹

战国,器藏故宫博物院。

张老止之。公读其书曰:"日君乏使,使臣斯司马[1]。臣闻'师众以顺为武,军事有死无犯为敬'[2],君合诸侯,臣敢不敬?君师不武,执事不敬,罪莫大焉。臣惧其死,以及扬干,无所逃罪。不能致训,至于用钺[3]。臣之罪重,敢有不从,以怒君心?请归死于司寇。"公跣而出,曰:"寡人之言,亲爱也;吾子之讨,军礼也。寡人有弟,弗能教训,使干大命,寡人之过也。子无重寡人之过[4],敢以为请。"

---

1 意为任此司马之职。
2 师旅兵众,顺从号令,莫敢违逆,是为威武。无犯,意即不为人所犯。
3 言以惧死之心及之于扬干。罪,指戮君贵介弟之罪。用钺,即用钺斩扬干之仆。
4 听绎死,为重过。

晋侯，乃晋悼公。悼公十四岁即位，这一年是十七岁。"必杀魏绛，无失也"，具见勃然之盛怒。羊舌赤之对，则心平气和，却为魏绛的出场以及出场之后的一番行事伏笔。以下魏绛至，授仆人书，将伏剑，士鲂、张老止，公读其书，一连串的情节几乎错落在一瞬间，便全凭叙事之笔调遣得环环紧扣，滴水不漏。"公读其书"接得极好，妙在一时间将两边情景打并作一片，急中得此一缓，其下更接"跣而出"，则缓急之间又叠为一重波澜。"敢以为请"，似非人君言于臣下之辞，但有此一句，一位年少君主的颜色声气，便尽在目前。《国语·晋语七》有大致相同的记述，不过字句间稍事增删。比如：

> 言终，魏绛至，授仆人书而伏剑，士鲂、张老交止之，仆人授公，公读书曰……

"将伏剑"易作"而伏剑"，用字准确已稍输前者。"公读书"之前增添一句"仆人授公"固然补足一个情节，然而《左传》此处虽跳跃却神理丝毫不断，《国语》的呆叙，却偏偏割断了文气。

特别为人称赏的一例，是《宣公十二年》晋楚邲之战中的一个场景：

> 〔楚军〕遂疾进师，车驰卒奔，乘晋军。桓子[1]不知所为，鼓于军中，曰："先济者有赏。"中军、下军争舟，舟中之指可掬也[2]。

且看《公羊传·宣公十二年》：

---

1 桓子，荀林父，时为晋中军主帅。
2 先乘舟者，恐乘者多而舟沉，因以兵刃断攀舷者之指，指堕者不免落水而死。可掬，言其多也。《三国志·董卓传》裴松之注引《献帝记》，言董卓之乱后献帝北渡黄河，"其余不得渡者甚众，复遣船收诸不得渡者，皆争攀船，船上人以刃栎断其指，舟中之指可掬"，适与此同一情景。

> 庄王鼓之，晋师大败，晋众之走者，舟中之指可掬矣。

再看《史记·晋世家》：

> 晋军败，走河，争度，船中人指甚众。

同一事件，三副笔墨，后来者诚可谓"点金成铁"。"车驰卒奔"，是楚师果敢精悍也；若无此雷击电扫之势，则晋帅何至于不知所为；若无慌乱中的"先济者有赏"，则何至于中军、下军争舟；若无此"争舟"，则"舟中之指可掬"无着落矣。是此句之好，原得益于此前一笔不苟的层层铺垫。可见《左传》的叙事，虽用简笔而字字锻炼得稳健，笔致所及决不容产生歧义。虽四面着笔，而细节处又步步照应周全，必要使之合其情合其境。作为史，便足以取信；作为文，则尤其点染有姿态，且又自然妥帖。

《左传》叙事的好，更在于语言。与《春秋》不同，它的斟酌不在于记事之体，而在于文字的表现力，因此其缜密精严之处，几乎不容一字增减。如《庄公二十八年》：

> 秋，子元以车六百乘伐郑，入于桔柣之门[1]。子元、鬬御强、鬬梧、耿之不比为旆，鬬班、王孙游、王孙喜殿[2]。众车入自纯门，及逵市。县（悬）门不发[3]，楚言而出。子元曰："郑有人焉。"诸侯救郑。楚师夜遁。郑人将奔桐丘[4]，谍告曰："楚幕有乌。"乃止。

---

1 桔柣，郑远郊之门。
2 旆，先驱车中所插旗帜，为旆，意即为先驱。军行在后曰殿。
3 县（悬）门，施于内城。《襄公十年》"县门发"，孔疏云："县门者，编版，广长如门，施关机以县门上，有寇则发机而下之。"不发，即不闭。郑人原本无备，至楚师逼近，已御敌不及，只得不下县门，伴作有备无恐之状，以惑楚军。
4 商议逃往桐丘。

子元是楚文王之弟，为楚令尹。此番兴师侵郑，只为取媚文王夫人息妫，实在大出郑人意外。初入郊门，继入郭门，及于逵市，眼见得楚师势如破竹，城破只在旦夕。然而以下却用"悬门不发"闲闲接住，前面的"郑人"二字省略掉，而明明郑人也。如何惊慌，如何谋略，又一例省略，而明明情景历历也。后面补出"郑人将奔桐丘"，则演出"空城计"之时，正是无限仓皇也。"楚幕有乌"，省略多少交代，不惟形容夜遁光景，且见救兵方至，楚师遂遁，城中居人竟全然不晓。而兴师赫赫，收兵草草，如同此前子元在息妫面前"振万"一样的好笑，更何须多著一字。

又如《襄公二十六年》：

> 甲午，卫侯入，书曰"复归"，国纳之也[1]。大夫逆于竟者，执其手而与之言；道逆者，自车揖之；逆于门者，颔之而已。

是以远迎者为厚于己，近者为薄，而隆杀其待遇也。卫侯即卫献公，其失国而又复国的故事，固然许多曲折，《左传》的叙述也很是详明，这一节则专为事件中人写生，却最是传神之笔。

《左传》文字洗练，但用字之简却很少求之于古奥，而多自平常明白处简练得来。如《文公二年》：

> 秦伯犹用孟明。

六个字承上启下，提起全副精神。先一并挽起几条叙事线索，将此前孟明为三败之将；秦伯用此三败之将；他人不能用而秦伯独能用；不知者怪异；知者惊服，种种情事，和盘托出，然后通贯

---

[1] 此前献公为卫臣宁殖与孙林父驱出，在外十二年，此则宁殖之子宁喜遵父遗命，将献公迎归。

直下，节节映发：《文公三年》，"秦伯伐晋，济河焚舟，取王官及郊，晋人不出。遂自茅津济，封殽尸而还。遂霸西戎，用孟明也"。

至于用笔之简，则尤在于剪裁。如《宣公十七年》：

> 春，晋侯使郤克征会于齐。齐顷公帷妇人使观之。郤子登，妇人笑于房。献子怒，出而誓曰：所不此报，无能涉河¹。

妇人，即萧同叔子，齐顷公之母。郤子跛而登阶，萧同叔子所以笑也。只一个"登"字，便画出跛的神态。郤子怒而誓，自然是闻笑于当时。三年之后的晋齐鞌之战，此为起因。故鞌之战齐人败而求和，郤克曰"必以萧同叔子为质"，正是当日誓言中所说的必报此辱。

《公羊传·成公二年》的一段追述，则较《左传》为繁：

> 前此者，晋郤克与臧孙许同时而聘于齐。萧同侄子者，齐君之母也，踊于棓而窥客，则客或跛或眇，于是使跛者迓跛者，使眇者迓眇者。二大夫出，相与踦闾而语，移日然后相去。齐人皆曰："患之起必自此始。"²

《穀梁传·成公元年》记此事，情节又有增益：

> 季孙行父秃，晋郤克眇，卫孙良父跛，曹公子手偻，同时而聘于齐。齐使秃者御秃者，使眇者御眇者，使跛者御跛者，使偻者御偻者。萧同侄子处台上而笑之。闻于客，客不说而去，

---

1 无能涉河，意即不复涉河而东。此誓于河神也。《史记·晋世家》作"不报齐者，河伯视之"，变言之，意同。

2 本节引《公羊传》《穀梁传》，均据阮元《十三经注疏》本。

> 相与立胥间而语，移日不解。齐人有知之者，曰："齐之患必自此始矣。"

此处的"眇"与"跛"应互换，当是传抄之误。三《传》比较，《左传》记事最简净，而事理最明白。《公羊传》虽文字为冗，但情节却并不十分清楚。《穀梁传》则不厌其烦，是专取其谑也。三《传》之异，也许出于各自闻见不同，即刘知几所说，《左传》的来源，为"史臣之简书"，公羊、穀梁二《传》则得之于"流俗之口说"，"故使隆促各异，丰俭不同"（《史通·申左》）。但仍须说《左传》得自剪裁之力，剪裁间，且特见其格调。

然而叙事中的点缀，却又点缀得好。

《襄公二十六年》：

> 楚伍参与蔡太师子朝友，其子伍举与声子相善也。……伍举奔郑，将遂奔晋，声子将如晋，遇之于郑郊，班荆相与食，而言复故[1]。

声子是子朝之子，伍举与声子则世亲也。伍举有难出奔，与声子相遇于途，因商议如何使伍举归楚。班荆，以草铺地，聊以代席。此段叙事中，略去"班荆相与食"一节，略无不顺，然而五个字却令通家故谊的亲厚之貌跃然如见，叙事之笔便有情，有神，楚楚而有风致。可以说，《左传》的叙事工夫，尤其在于"闲笔"，以如此文心，而使它语言虽简劲，韵致却从容舒缓，叙事且特有情味。

史家好奇，文字便不平，而好奇非自太史公始，左氏其实已开其例。《左传》中的不少故事便都溢出信史之外。如《宣公十五年》：

---

[1] 议归楚事。

魏颗败秦师于辅氏,获杜回,秦之力人也。初,魏武子有嬖妾,无子。武子疾,命颗曰:"必嫁是。"疾病则曰:"必以为殉。"及卒,颗嫁之。曰:"疾病则乱,吾从其治也。"及辅氏之役,颗见老人结草以亢杜回。杜回踬而颠,故获之。夜梦之曰:"余,而所嫁妇人之父也。尔用先人之治命,余是以报。"

图21 殉人

面向北跪坐,一枚骨簪落在右肩,发现于山东益都苏埠屯商代大墓。大墓内共有殉人四十八,此为其一。

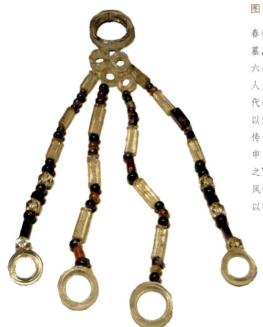

图22 水晶佩饰(复原)

春秋末战国初,发现于山东临淄东周墓,出土于埋葬殉人的陪葬坑。坑中六名女子,年龄均在二十上下,墓主人为齐卿大夫之属。春秋之际,如商代般大规模的人殉制度已不盛行,但以宠妾幸臣为殉之事仍时有发生。《左传·昭公十三年》,楚灵王自缢于芋尹申亥氏之家,"申亥以其二女殉而葬之",即其例。但它究竟不再成为时代风气,《左传》所以有魏颗,《檀弓》所以有陈子亢也。

春秋时代，中原地区如商代那样大规模的人殉制度已经不很盛行，而人殉非礼亦达人共识。《左传》记述魏颗奉治命不奉乱命，其意也在申明这一观念。结草还报虽不免启因果之说，但情节却颇有意趣，它因此成为后世诗文中常用的典故。史传本是后世志怪小说的发源地之一，《左传》中的此类故事则多半清约可喜，立意高，品格亦自高也。

史中有"人"，更特见《左传》叙事之文心。晋之文公与楚之灵王，尤其是左氏出力文字，而用笔又绝不相同。于晋文公，是以事写人，即以十九年磨难中的曲曲折折见其性情与神采。于楚灵王，则以人写事，其意态神情便尽由声容吐属写来，由此而带出一连串的相关事件。比较起来，后者的形象似更为鲜明和传神。这一部分文字，在《左传》，是分散于编年史中的片断，但若把它一一辑出，却又是以一人为始终的传记，且首尾完整，脉络井井。后世可与之比肩的，恐怕只有《史记》。

辞令

若论辞令的语言艺术，《左传》实已开战国策士辩说之先河。前引鄢陵之战中交战双方的外交辞令，尚属当日辞令中的套语，无须特别的驾驭语言的才艺与急智，此可以视作后世公文书启的渊源之一。若才辩，则《左传》中别有格外生色的一类。

> 晋阴饴甥会秦伯，盟于王城。秦伯曰："晋国和乎？"对曰："不和。小人耻失其君而悼丧其亲，不惮征缮以立圉也[1]，曰：'必报仇，宁事戎狄。'君子爱其君而知其罪，不惮征缮以待秦

---

[1] 圉，晋惠公太子，后即位为怀公。

命¹,曰:'必报德,有死无二。'以此不和。"秦伯曰:"国谓君何?"对曰:"小人戚,谓之不免;君子恕,以为必归²。小人曰:'我毒秦³,秦岂归君?'君子曰:'我知罪矣,秦必归君,贰而执之,服而舍之,德莫厚焉,刑莫威焉。服者怀德,贰者畏刑,此一役也⁴,秦可以霸。纳而不定,废而不立,以德为怨⁵,秦不其然。'"秦伯曰:"是吾心也。"改馆晋侯,馈七牢焉⁶。

事在《僖公十五年》,晋秦韩原之战,晋惠公被秦俘获之后。而未会秦伯之前,阴饴甥在国中先已有布置:假惠公之命卜立公子圉,安抚国人,赋车马治甲兵,一切安排得周备。至于秦伯,则也早有释还惠公之意。一席辞令,只为势在必行的一请一还,晋秦双方皆不失体面。秦伯之问,偏又递过来一个现成可作文章的好题目,阴饴甥则顺势把"和"字接过,而专以"不和"动人听闻。于是分小人君子为两路,凡怨语、忿语,于秦伯有唐突者,一并放在小人口中;凡恕语、厚语,于秦伯有请求之意者,一例归在君子一边。"不惮征缮",从小人君子两边说出,斩钉截铁,足以示威;"此一役也,秦可以霸",又笼络得婉转。然而无论如何,自家无所偏倚,不卑不亢,只算是把两面之词各个称述一回,既不曾唐突,又不曾哀求,雄毅之气不失,讽示之意尽在。此际本来期待的是以语言的艺术来做收场,而果然在在收煞得圆满。

与此构思看去大略相同而文章格局实异,则有《僖公二十六年》的

---

1 待秦归惠公之命。
2 意即小人不知事理,徒为忧戚,以为秦必害君;君子以己之心度人之心,以为秦必归其君。
3 毒秦,指此前秦三施惠于晋,晋则以怨报德。
4 指韩原之战。
5 晋惠公之立,赖秦之助,故曰"纳"。始纳之,是德也;今废之,是变德为怨也。
6 牛羊豕各一,为一牢。待以诸侯之礼,将归之也。

展喜犒师：

> 夏，齐孝公伐我北鄙，……公使展喜犒师，使受命于展禽[1]。齐侯未入竟，展喜从之，曰："寡君闻君亲举玉趾，将辱于敝邑，使下臣犒执事。"齐侯曰："鲁人恐乎？"对曰："小人恐矣，君子则否。"齐侯曰："室如县（悬）罄，野无青草，何恃而不恐？"对曰："恃先王之命。昔周公、大公[2]，股肱周室，夹辅成王。成王劳之，而赐之盟曰：'世世子孙无相害也。'载在盟府[3]，大师职之。桓公是以纠合诸侯而谋其不协，弥缝其阙而匡救其灾，昭旧职也。及君即位，诸侯之望曰：'其率桓之功。'[4] 我鄙邑用不敢保聚[5]，曰：'岂其嗣世九年而弃命废职，其若先君何？君必不然。'恃此以不恐。"齐侯乃还。

鲁僖公不告于齐，与卫国、莒国先盟于洮，再盟于向，于是齐孝公以霸主身份兴师讨伐。人来伐我，我往迎劳之，已经是君子姿态，于是只说君子之"不恐"。平王东迁之后，周王室的力量日渐衰微，但作为封建一统的重心，则威权并未尽失。诸侯争霸，尊王便是第一要义。齐孝公乃桓公之子，展喜于是尽由乃父霸业来作文章，所谓"纠合诸侯而谋其不协，弥缝其阙而匡救其灾"是也。于桓公是句句感颂，于孝公则微辞曲包。且先王之命先已说得严正，是"世世子孙无相害也"，曰载在盟府，便更觉凛凛然。而追叙周公、大公祖业，又带出多少原本同盟的亲热。最后一问问得不留情面，却又为"齐侯乃还"留足地步。是齐侯不能不还也。《左传》中出色的辞令总有坦荡之气为之作支撑，即因其后或

1　展禽，柳下惠。使展喜受教于柳下惠。
2　周公，鲁先君；大公，齐先君。
3　载，结盟之载书，齐鲁所以同盟之国。
4　率，循。
5　保城聚众。

者有实力或者有双方共同遵奉的道义,而并非徒以空言腾挪于诸侯国的外交之间。《僖公四年》,齐桓公伐楚,齐楚盟于召陵,桓公与屈完的一番对答;《成公二年》齐宾媚人对晋帅郤至;《成公三年》晋知罃对楚王问,等等,都是好例。

辞命施于外交;用于内政,则有讽谏。后世谲谏之文,《左传》也为之首开风气。

> 楚子狩于州来,次于颍尾,使荡侯、潘子、司马督、嚣尹午、陵尹喜帅师围徐以惧吴。楚子次于乾谿,以为之援。雨雪,王皮冠,秦复陶[1],翠被,豹舃,执鞭以出,仆析父从。
>
> 右尹子革夕[2]。王见之,去冠、被,舍鞭,与之语曰:"昔我先王熊绎,与吕级、王孙牟、燮父、禽父[3],并事康王,四国皆有分[4],我独无有。今吾使人于周,求鼎以为分[5],王其与我乎?"对曰:"与君王哉。昔我先王熊绎,辟在荆山,筚路蓝缕,以处草莽,跋涉山林,以事天子,唯是桃弧、棘矢,以共御王事[6]。齐,王舅也。晋及鲁、卫,王母弟也。楚是以无分,而彼皆有[7]。今周与四国服事君王,将唯命是从,岂其爱鼎?"王

---

1 秦复陶,杜预注:"秦所遗羽衣也。"冒雪服之,当是织毛之衣,可以御雨雪。翠被,杜预注:"以翠羽饰被。"被,或解作帔,帔覆被于衣上,故又谓被。复陶、翠被,皆野服,覆以御雨雪,临事则当去之。下文言王见子革,去冠被,是敬之也。

2 夕暮朝见。

3 熊绎,楚始封君。吕级,齐大公之子丁公。王孙牟,卫康叔子康伯。燮父,晋唐叔之子。禽父,周公之子伯禽。

4 齐、卫、晋、鲁,皆自王室分得宝器。鲁、卫、晋三国所分之物,见《定公四年》。

5 鼎乃传国之宝,非可分之器,《宣公三年》楚庄王曾"问鼎"于周,此意与之略同。

6 桃弧,桃木弓;棘矢,枣木箭。意谓供献其土所产。

7 周成王母乃齐大公女,鲁、卫之先祖皆武王母弟,晋之始封君唐叔则成王母弟。"楚是以无分,而彼皆有",句中已带讽意。

曰:"昔我皇祖伯父昆吾,旧许是宅,今郑人贪赖其田[1],而不我与。我若求之,其与我乎?"对曰:"与君王哉。周不爱鼎,郑敢爱田?"王曰:"昔诸侯远我而畏晋,今我大城陈、蔡、不羹,赋皆千乘,子与有劳焉。诸侯其畏我乎?"对曰:"畏君王哉。是四国者,专足畏也,又加之以楚,敢不畏君王哉。"

工尹路请曰:"君王命剥圭以为鏚柲,敢请命。"王入视之。析父谓子革:"吾子,楚国之望也,今与王言如响[2],国其若之何?"子革曰:"摩厉以须,王出,吾刃将斩矣。"[3]

王出,复语。左史倚相趋过。王曰:"是良史也,子善视之。是能读《三坟》《五典》《八索》《九丘》。"对曰:"臣尝问焉。昔穆王欲肆其心,周行天下,将皆必有车辙马迹焉。祭公谋父作《祈招》之诗,以止王心,王是以获没于祇宫[4]。臣问其诗而不知也。若问远焉,其焉能知之?"王曰:"子能乎?"对曰:"能。其诗曰:'祈招之愔愔,式昭德音。思我王度,式如玉,式如金。形民之力,而无醉饱之心'。"[5]王揖而入,馈不食,寝不寐,数日。不能自克,以及于难[6]。

子革对灵王,在《昭公十二年》,《左传》的文字风格已由前半部的奇奥简劲而趋于后半部的波谲云诡。此节对答颇见滑稽,正

---

1 昆吾曾居许地,许南迁,其地此时属郑。赖,利也。
2 意即应答如回声。
3 因工请鏚柲故借以为喻。此前皆是蓄势,至此则语言之锋刃已经磨利,将用其效也。
4 意言善终也。
5 言王宜听安和之乐以自明其德音,而不放逸;程量民力之所能为以用之,而不过度。醉饱,酒食餍足。
6 翌年,陈、蔡叛楚,楚国起内乱,三军叛王于乾谿,灵王自缢。

所谓"王三问而子革三答,问者满腔醉梦,答者随口风云"[1]。是问语滑稽,对答藏锋于滑稽也,阳若事事应和,阴则句句意违,直至掉尾收合,方见出隐约在应对中的委曲周折。工尹请命,析父谓子革,左倚史趋过,种种情景,穿插在前后文之间,不惟意外生色,而且天然凑泊。如果不是特为子革的曲终奏雅预作设计,则也可谓"巧得紧"。后世规讽谏诤之文,多袭此意。然而《左传》之好,却别有后来所不能及者,即它并非徒逞才藻与巧思,而是处处扣合人物的性格来设辞命意。开篇一段细写冠服,设色之浓在《左传》中仅见,而它不仅呼应于结尾处的"醉饱"二字,而且呼应于此前所记楚子为章华之宫、成章华之台,是与楚灵王一生行事紧相关连。楚子的滑稽,又早见于《昭公五年》:

> 晋韩宣子如楚送女,……及楚,楚子朝其大夫曰:"晋,吾仇敌也。苟得志焉,无恤其他,今其来者,上卿、上大夫也。若吾以韩起为阍[2],以羊舌肸为司宫[3],足以辱晋,吾亦得志矣,可乎?"

《昭公七年》的两段记事也与之同一风致。灵王乾谿被难之后,《昭公十三年》中又追叙道:

> 初,灵王卜,曰:"余尚得天下。"不吉。投龟诟天而呼曰:"是区区者而不余畀,余必自取之。"民患王之无厌也,故从乱如归。

"诟天而呼"云云,依然滑稽口吻,且依然是性情语。而所谓"无厌",则正好为"醉饱"作注。龟卜云云,有若前定,但把它系于

---

[1] 韩席筹《左传分国集注》,江苏人民出版社1963年,第687页。
[2] 刖足使守门也。
[3] 加宫刑也。

图 23　子禾子铜釜

战国齐器，山东胶县灵山卫出土，同出三件，这是藏中国国家博物馆的一件。釜腹铭文九行，记载子禾子颁布容量标准的情况。子禾子是田和为大夫时的称谓，田氏即陈氏（陈、田，古音同，春秋的记载用陈，战国用田），禾，古通和。周安王十六年（前三八六）田和列为诸侯，此后便称作"齐侯"，铜釜乃田和未立诸侯时所铸，正所谓"陈氏量"。

结末，则好像只是用来引作旁证的一个陪衬。子革所诵《祈招》之诗，乃贯穿《左传》的政治理想。"不能自克，以及于难"，却不妨视作左氏的"楚灵王赞"。后来《史记·楚世家》把子革改作析父，节录了这一番对答的前半，结果讽谏一变而为阿谀。清牛运震批评说："乾谿之役，讽谏灵王者，右尹子革也。其陈述应答，语语俱有隐刺，《左传》载之甚明，《世家》以为析父，误矣。且于应对机锋处，多从删略，而赘以灵王喜曰：析父善言古事焉。真不知子革讽谏之旨及左氏记载之意也。"（《读史纠谬》）

又《昭公二十八年》：

> 冬，梗阳人有狱，魏戊不能断，以狱上[1]。其大宗赂以女乐，魏子将受之。魏戊谓阎没、女宽曰："主以不贿闻于诸侯，若受梗阳人，贿莫甚焉。吾子必谏。"皆许诺。退朝，待于庭[2]。馈入，

---

[1] 上报魏子。
[2] 二人朝魏子而退，仍立于庭，以俟召入。

召之[1]。比置[2],三叹。既食,使坐。魏子曰:"吾闻诸伯叔,谚曰:'唯食忘忧。'吾子置食之间三叹,何也?"同辞而对曰:"或赐二小人酒,不夕食[3]。馈之始至,恐其不足,是以叹。中置,自咎曰:岂将军食之,而有不足?是以再叹。及馈之毕,愿以小人之腹为君子之心,属厌而已[4]。"献子辞梗阳人。

魏子即魏献子,晋中军帅;魏戊乃梗阳大夫,魏献子之庶子。魏子有不贪的令名,阎没、女宽之谏,自是爱惜贤者。"比置,三叹",扮出姿态,魏子便已明白"三叹"原是作戏,于是改席设问。二子一番对答,虽赐馈事外一语不及其他,仿佛不知有梗阳人之贿,而听者早已心领神会。此番食谏属辞婉至,娓娓入人,却节节经由刻意的安排。后来俳优执艺事以规谏,特别发挥了其中的戏剧因素,

图24 刖人遗骸

春秋,发现于山东临淄。

---

1 馈,膳。召二大夫食。
2 置,言馈之毕也。
3 意即昨日有人赐酒,饮之至醉,故未夕食,则今尚饥,故馈之始至,恐其不足而不能供一饱。
4 属,足。意为小人之腹饱,犹知厌足,君子之心亦宜然也。

也可以视作由此分化出去的一脉支流。

议论

《左传》中有不少对史事的评论，或援自时贤，或系于"君子"的名下。这一部分文字也可以称作"议论"，虽然与后世作为文体之一的"议论"并不完全相同，但仍须推它为后者之祖。《左传》的议论中多有精采之什，但也有不少近乎套语，如《僖公十一年》："礼，国之干也；敬，礼之舆也。不敬，则礼不行，礼不行，则上下昏，何以长世？"又《襄公二十一年》："会朝，礼之经也。礼，政之舆也。政，身之守也。怠礼失政，失政不立，是以乱也。"《成公九年》："不背本，仁也。不忘旧，信也。无私，忠也。尊君，敏也。仁以接事，信以守之，忠以成之，敏以行之，事虽大，必济。"便是议论中最常用到的句式，虽由不同的人道来，声调却如出一口，明人孙鑛说它是"左氏套语"，不算苛评。若出色者，则可举《昭公三年》中的一节：

> 齐侯使晏婴请继室于晋……既成昏，晏子受礼，叔向从之宴，相与语。叔向曰："齐其如何？"晏子曰："此季世也。吾弗知齐其为陈氏矣[1]。公弃其民，而归于陈氏。齐旧四量：豆、区、釜、钟。四升为豆，各自其四，以登于釜，釜十则钟。陈氏三量皆登一焉[2]，钟乃大矣。以家量贷，而以公量收之[3]。山木如市，弗加于山；鱼盐蜃蛤，弗加于海[4]。民参其力[5]，二入于

---

1 吾弗知，言未必知然乎否，是谦若不敢知，其实明知之。"齐其为陈氏"，意即齐将为陈氏所取代。
2 杜预注："登，加也，加一谓加旧量之一也。"
3 贷用家量则厚出，收用公量则薄入。
4 意即木料与鱼盐海产售价不逾于产地。
5 假如三分民力。

公,而衣食其一。公聚朽蠹,而三老冻馁。国之诸市,屦贱踊贵[1]。民人痛疾,而或燠休之[2],其爱之如父母,而归之如流水。欲无获民,将焉辟之?箕伯、直柄、虞遂、伯戏,其相胡公、大姬,已在齐矣[3]。"叔向曰:"然。虽吾公室,今亦季世也。戎马不驾,卿无军行,公乘无人,卒列无长[4]。庶民罢敝,而宫室滋侈。道殣相望,而女富溢尤[5]。民闻公命,如逃寇仇。栾、郤、胥、原、狐、续、庆、伯[6],降在皂隶,政在家门[7],民无所依。君日不悛,以乐慆忧[8]。公室之卑,其何日之有?谗鼎之铭曰:'昧旦丕显,后世犹怠。'[9]况日不悛,其能久乎?"晏子曰:"子将若何?"叔向曰:"晋之公族尽矣。肸闻之,公室将卑,其宗族枝叶先落,则公从之。肸之宗十一族,唯羊舌氏在而已。肸又无子,公室无度,幸而得死,岂其获祀?"

成昏之前,晏婴为齐请之,叔向为齐许之,原有一番辞令往还,虽是套语,却加意叙出十分的珍重。"既成昏"之下,笔调一转,外交辞令倏然易作知己口吻,原来此前只是强颜为欢,此际彼此相视,闵时忧国,苦衷早已默喻,叔向有问,晏子有答。"齐其如何?"明明有晋已如此之意,因此晏子言毕,叔向同叹。合此一篇答问,命之曰"春秋季世论",正是贴切。两贤人蒿目时艰,于春秋季世齐晋两大国形势剖析分明,指陈痛切,而辞气又有分别。

---

1 踊,刖足者所用假足。言刑多。
2 意即陈氏顾念民人痛苦,而厚赐之。
3 箕伯等四人皆陈氏之先,胡公则四人之后,周始封陈之祖;大姬,其妃也。意即陈氏将有国,其先祖鬼神已与胡公在齐。
4 无人、无长,非其人、非其长也。意为公室战马驽骀,人才匮乏。
5 女,嬖宠之家。溢,益。尤,甚也。
6 皆晋旧臣之氏族。
7 大夫专政。
8 悛,改;慆,藏也。意为以娱乐掩其忧患。
9 昧旦,欲明未明之时。丕,大。意为夙兴以务大显,后世犹懈怠。

晏子虽然沉痛，却是用了局外人之眼，发为议论，情文曲折，颇有顿挫。叔向在晋为世族，于自身命运已见得透彻，发言则抑止不住哀恫，一泻直下，自然成韵。此既是左氏史笔，亦左氏文心。史笔，是揭示齐晋衰亡之由也；文心，则借议论以代叙事，唇吻间便将后来的多少事件预作铺垫。此节记事，中间转折处且犹见笔力，若把前半请昏成昏之辞引来同观，场景与辞气之变的跌宕，实在可以令人一笑出泪。

叙事、辞令、议论，分而为三，合则为一。《左传》常常可以恰到好处，把三者统一在叙事里。后来的史著，亦长篇摄录各类文体的文辞，却多半游离于叙事之外。若《左传》之水乳交融，追步者鲜能至也。

引诗赋诗则最为《左传》增色。清劳孝舆《春秋诗话》云："风诗之变，多春秋间人作，而列国名卿皆作赋才也。然作者不名，述者不作，何欤？盖当时只有诗，无诗人。古人所作，今人可援为己诗；彼人之诗，此人可赓为自作，期于言志而止。"诗为列国公卿以及"都人士""君子女"所熟习，虽断章取义而彼此均可会心。它其实是春秋时代的风雅渊薮，因此那时候赋诗并不止于言志，而更多的是用于酬酢与外交。以诗代言，应对之间便特见渊博娴雅。《左传》采撷其胜，叙事之笔于是尤有委婉蕴藉之致。

《成公九年》：

> 夏，季文子如宋致女，复命，公享之。赋《韩奕》之五章。穆姜出于房，再拜曰："大夫勤辱，不忘先君以及嗣君，施及未亡人[1]，先君犹有望也。敢拜大夫之重勤。"又赋《绿衣》之卒

---

1 穆姜为晋宣公夫人，先君指宣公，嗣君指成公，未亡人乃自谓。

章而入。

女,伯姬也。季文子则鲁国上卿。伯姬嫁往宋,文子此前为之主婚,此番则往宋国致问,故穆姜拜其"重勤"。《左传》记述的便是文子归来向成公复命时的情景。《韩奕》是《诗·大雅》中的一篇,其五章言蹶父嫁女于韩侯,为女相所居,以为韩土最好,于是韩姞得以安居。文子则用来比喻鲁侯有蹶父之德,宋公如韩侯,宋土亦如韩乐,伯姬便犹韩姞,而喜其有善居也。穆姜是伯姬之母,嫁女得所,忍不住欣喜,出房拜谢,正见一片爱女神情。其赋诗却与文子不同,乃取《邶风·绿衣》中"我思古人,实获我心"的字面义,以切于眼前的事与情。是古人即先君,以我心之喜悦,知先君之心亦犹我也。此间表情达意的媒介只是断章取义撷来的《诗》中之句,而意内言外场景中人个个心领神会,正所谓"微而昭矣"(《国语·鲁语下》)。当时文学的兴旺与发达,恐怕相当程度是得益于如此气氛中的熏染与陶冶,《左传》的诞生,当然不是横空出世。

先秦文献究竟散失了多少,已经很难估计,除今天所能知道的《易》与《书》与《诗》以及先秦文献中提及的各国"春秋"之外,《左传》还应当有更多的借鉴,它因此才能够于网罗浩博中取精用宏,锻炼出精粹的语言,创造出独特的叙事手段,使史思与文心的结合几臻于完美,不仅骄傲于它的时代,而且以它所具有的多方面的开创意义骄傲于无数的追步者。

《左传》的作者,据《史记·十二诸侯年表序》,为左丘明。

> 鲁君子左丘明惧弟子人人异端,各安其意,失其真,故因孔子史记具论其语,成《左氏春秋》。

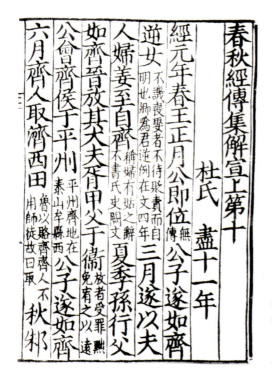

图 25 杜预《春秋经传集解》

南宋刻本,中国国家图书馆藏。

"孔子史记",即《春秋》。如此,则孔子修《春秋》,左丘明作"传"。左丘明,《论语·公冶长》中曾经提到:

> 子曰:"巧言,令色,足恭,左丘明耻之,丘亦耻之。匿怨而友其人,左丘明耻之,丘亦耻之。"

审其口气,左丘明如果不是孔子的前辈,至少也与孔子同时。但是《左传》记事直到鲁哀公二十七年,且附加一节,叙述晋智伯被灭,又称赵无恤为襄子。而智伯被灭为公元前 453 年,距孔子卒二十六年。《左传》既举襄子之谥,则作者必卒在襄子后,而赵襄子卒,距孔子卒已七十八年。并且《左传》所作的若干预言,后来多应验,而应验的年代,有的已到战国中叶。后人因此对《史记》的说法表示了种种怀疑。目前一个比较一致也比较合理的意见,

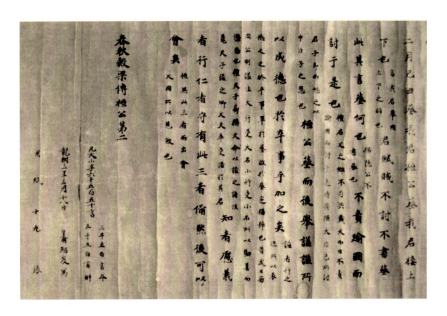

图 26 《春秋穀梁传》

出甘肃敦煌莫高窟藏经洞,唐龙朔三年三月十八日皇甫智发写。中国国家图书馆藏。

是认为《左传》成书在战国中期以前,作者则不当与孔子同时。所谓"左丘明",或者是托名,我们不妨沿用。

《左传》中关于礼和政的议论,前面论其文时,已略举一二。从文学的角度看,以为它不算是《左传》中的好文字,不过它却是《左传》中思想与道德情感的精华。由西周而春秋,是礼乐制度由制定而发展而成熟而衰落的时期。《左传》或溯其原始,或录其当时,礼与政治,礼与生活,礼与人的命运,在大大小小的事件中便一一表现得尽致。是它虽成书在战国,而思想与观念却由《诗》《书》一脉的礼乐文明中陶冶而来,其品格、气质、胸襟,实多存春秋之旧,文字风格也因此独树一帜,而与战国诸子迥别。

《左传》有史的壮阔,也有史的细微,后者不仅使它的成功远远超

图 27 铜斗

商代器,山西石楼县后蓝家沟出土。斗本用来挹酒,在晋灵公手中竟成杀人工具。《辽史·穆宗纪》:"庚午,以镇茵石狻猊击杀近侍古哥。"是将压席之石镇变作凶器,狂悖无道,亦灵公之俦。

出此前的《尚书》,也远远超出同时代的著述,影响于后世,且不止于文和史。钱穆《中国文化史导论》中的一段话评述得很是亲切,他说:"要考察到中国古代人的家族道德与家族情感,最好亦最详而最可信的史料,莫如一部《诗经》和一部《左传》。《诗经》保留了当时人的内心情感,《左传》则保留了当时人的具体生活。《诗经》三百首里,极多关涉到家族情感与家族道德方面的,无论父子、兄弟、夫妇,一切家族哀、乐、变、常之情,莫不忠诚恻怛,温柔敦厚。惟有此类内心情感与真实道德,始可以维系中国古代的家族生命,乃至数百年以及一千数百年之久。倘我们要怀疑到《诗经》里的情感之真伪,则不妨以《左传》里所记载当时一般家族生活之实际状况做比较,做证验。""这便是中国民族人道观念之胚胎,这便是中国现实人生和平文化之真源。倘不懂得这些,将永远不会懂得中国文化。"[1]

今世所传《左传》注全帙,以晋人杜预的《春秋经传集解》为最古。唐孔颖达主持撰著《五经正义》,其中的《春秋左传正义》即用杜预注,孔疏对杜注并有不少发明,虽然稍有"曲徇注文"之失。清

---

[1] 《中国文化史导论》,商务印书馆1994年,第54页。

人作了许多搜寻汉儒古训的工作，对杜注多所驳难，颇可参考。不过东汉贾逵、服虔等注所存只是散佚之余的单词片语，其原义不免零落，实不足以胜杜说，何况贾、服注中的若干胜义已为杜注所采。近世有日人竹添光鸿的《左氏会笺》，以日本藏金泽文库本杜预注《春秋经传集解》为底本，在笺注中广采清代诸家的考证与注疏，去其奇僻，取其弘通与公允；于礼仪制度，更斟酌采录各家之说，尤其条贯详明；且每于文字佳胜处，撮录评家的赏鉴之辞，既便初学，亦足资研究之参酌。

附《公羊传》《穀梁传》《国语》

为《春秋》作传，流传于世的并有《公羊传》和《穀梁传》。二《传》早期只是口耳相传，西汉方写成定本，而仍然保存着问答体。由此师徒授受的若干原始面貌中，颇可见得一点古拙之气，然而行文却未免过冗。以经学论，可以说左氏详于记事，公羊、穀梁详于阐发义理。若衡以文，则二者虽然也间有记事和记言，却不仅与《左传》不可同日而语，并且在文学史中也很难占得一席。前面所举，已可见一斑，不妨再举一例略作比较。

《公羊传·宣公六年》追叙赵盾谏晋灵公之事曰：

灵公为无道，使诸大夫皆内朝，然后处乎台上，引弹而弹之，已趋而辟丸，是乐而已矣。赵盾已朝而出，与诸大夫立于朝，有人荷畚自闺而出者，赵盾曰："彼何也，夫畚曷为出乎闺？"呼之不至，曰："子大夫也，欲视之，则就而视之。"赵盾就而视之，则赫然死人也。赵盾曰："是何也？"曰："膳宰也，熊蹯不熟，公怒，以斗摮而杀之，支解，将使我弃之。"赵盾曰："嘻！"趋而入。灵公望见赵盾，愬而再拜。赵盾逡巡，北面再拜稽首，趋而出。

图 28 赵盾与卫灵公

汉画像石,山东嘉祥武氏祠。《左传·宣公二年》:"晋侯饮赵盾酒,伏甲将攻之。其右提弥明知之,趋登曰:'臣侍君宴,过三爵,非礼也。'遂扶以下。公嗾夫獒焉。"画图中的榜题,右曰"灵公",中曰"獒也",左为"赵盾"(此拓本,中、左两榜题漫漶不清)。

《左传·宣公二年》记此事云:

晋灵公不君。厚敛以雕墙。从台上弹人,而观其辟丸也。宰夫胹熊蹯不熟,杀之,寘诸畚,使妇人载以过朝。赵盾、士季见其手,问其故而患之。将谏,士季曰:"谏而不入,则莫之继也。会请先,不入,则子继之。"三进,及溜。而后视之,曰:"吾知所过矣,将改之。"稽首而对曰:"人谁无过?过而能改,善莫大焉。……"

两书所根据的史料,大约没有太多的不同,然而剪裁润色却大有高下之别。晋灵公不道,《左传》例举三件事,简约明白而甚有条理。杀宰夫而置诸畚,令妇人载出,原欲掩廷臣耳目,只因畚中露出人手，方启赵盾、士会之疑。士会欲谏，一进于门，二进于庭，三进至于台阶上屋檐下。三进灵公皆佯作不省，继而士会进至面前，不得已而急急先说出一番将改过的话来，总是不欲士会开口絮聒。既曰"将改之"，士会于是稽首，于是接口而对也。

若《公羊传》所记，则持畚出于小寝之闱门，乃粪除常事，何至于生疑。赵盾趋入，本欲进谏，如何默无一言而灵公慭而再拜，赵盾亦稽首再拜。"此处无声胜有声"耶？惟觉此间缺少必要的交代。事理不明已如此，文字枝蔓，辞气板滞，更不必多论。以下记灵公遣勇士刺赵盾，逻辑严密亦逊于《左传》。其中的一个细节又好笑，曰勇士入于赵盾之门，"俯而窥其户，方食鱼飧"，因为之动容，以为身为晋国重卿而食鱼飧，是赵盾之俭也。公羊子乃齐人，齐滨海多鱼，故以食鱼飧为俭。殊不知晋都地处山西腹地，鱼如何可以为常馐，乃想当然耳。

《穀梁传》的记事风格，也可以与《左传》有一比较。

《穀梁传·昭公四年》：

> 秋七月，楚子、蔡侯、陈侯、许男、顿子、胡子、沈子、淮夷伐吴，执齐庆封，杀之。此入而杀，其不言入，何也？庆封封乎吴钟离。其不言伐钟离，何也？不与吴封也。庆封其以齐氏，何也？为齐讨也。灵王使人以庆封令于军中曰："有若齐庆封弑其君者乎？"庆封曰："子一息，我亦且一言。曰：有若楚公子围弑其兄之子而代之为君者乎？"军人粲然皆笑。庆封弑其君而不以弑君之罪罪之者，庆封不为灵王服也，不与楚讨也。《春秋》之义，用贵治贱，用贤治不肖，不以乱治乱也。

《左传·昭公四年》：

秋七月，楚子以诸侯伐吴。宋大子、郑伯先归，宋华费遂、郑大夫从。使屈申围朱方，八月甲申，克之，执齐庆封，而尽灭其族。将戮庆封。椒举曰："臣闻无瑕者可以戮人。庆封唯逆命，是以在此，其肯从于戮乎？播于诸侯，焉用之？"王弗听。负之斧钺，以徇于诸侯，使言曰："无或如齐庆封，弑其君，弱其孤，以盟其大夫。"庆封曰："无或如楚共王之庶子围，弑其君——兄之子麇——而代之，以盟诸侯。"王使速杀之。

楚公子围、楚共王之庶子围，均指楚灵王。此前庆封曾助崔杼杀死齐庄公，穀梁所以说楚子"为齐讨也"。齐庄公本有秽行，此是另外的话题，且不论。楚灵王却是以弑君而立，并且所弑之君正是乃侄。他令庆封自陈罪状以示众，正好奉送一个让对方反唇相稽的话柄，穀梁曰"军人粲然皆笑"，左氏曰"王使速杀之"，各记一端，而各具其妙。穀梁摹写庆封口吻，且颇见神情。不过其旨仍在明《春秋》之义，究竟不及《左传》笔致灵活，文字繁简得当。"不以乱治乱"的意思，在《左传》，乃先由椒举说出，有余不尽，很是含蓄，陈义虽与穀梁同，却妥妥帖帖化作叙事之笔，成为叙述中的一重转折。故《左传》虽史笔中每寓道德教训，却很少生硬之感。而穀梁不论释经与记事，皆鲜有如此文心。也因此《左传》虽传经而可以卓然独立，公羊、穀梁二《传》则否也。

《国语》，《汉书·艺文志》著录为二十一卷，班氏自注云："左丘明著。"不过最早提到《国语》作者的，是司马迁，《报任安书》云："左丘失明，厥有《国语》。"如此，是《左传》《国语》同出一人之手。但从两书本身来看，却很难得出这样的结论。为《国语》作注的三国吴人韦昭说，左丘明著《左传》毕，"其明识高远，雅思未尽，故复采录前世穆王以来，下迄鲁悼，智伯之诛，邦国成败，嘉言善语，阴阳律吕，天时人事逆顺之数，以为《国语》"。后人或颠倒言之，以为《国语》原是《左传》的剪裁之

图 30 吴王夫差鉴

吴王夫差鉴 传河南辉县出土，今藏中国国家博物馆。两器均有铭，标明为吴王夫差自作之器。

图 29 吴王夫差矛

湖北江陵马山出土，今藏湖南省博物馆。

余，《汉书·艺文志》著录有《新国语》五十四篇，这一部早已亡佚的《新国语》疑是《国语》原本。毕竟如何，本来很难证明，不过后说倒的确是很容易产生的一种戏剧性的阅读效果，即两书所记史事，同者，总是多以《左传》为优。总之，在没有掌握新的证据之前，《国语》的作者以及它成书的时间，都已无法确考。大致可以说，它是战国时代整理成编的一部史料集。

《国语》以记言为主，包括从周穆王到鲁悼公、晋智伯的历史时代。但它对于各国历史，不是自始至终有系统的记述，而只是记述其中的若干事件。如《齐语》惟存管仲政绩，《郑语》则记郑桓公为司徒及向史伯问政，《吴语》和《越语》只记述吴越争霸，而《晋语》卷帙最繁，几及全书之半。

若没有《左传》,《国语》不至于黯淡无光。然而既有比较,则精粗、高下,区别便十分明显。《国语》意在以嘉言懿行劝善,目的很是明确,表达方式也很直截,只是剪裁运化之功不备;若语言平实倘可算作它异于《左传》的简质峭劲而自成风格,则间或流于平庸乃至沓冗,相较之下,实不免大为逊色。虽然,其佳者仍颇有可观。

如《吴语》中的申胥谏夫差伐齐:

> 吴王夫差既许越成,乃大戒师徒,将以伐齐。申胥进谏曰:"昔天以越赐吴,而王弗受。夫天命有反[1],今越王句践恐惧而改其谋,舍其愆令,轻其征赋,施民所善,去民所恶,身自约也,裕其众庶,其民殷众,以多甲兵。越之在吴,犹人之有腹心之疾也。夫越王之不忘败吴,于其心也侙然[2],服士以伺吾间。今王非越是图,而齐、鲁以为忧。夫齐、鲁譬诸疾,疥癣也,岂能涉江淮而与我争此地哉?将必越实有吴土。

> "王其盍亦鉴于人,无鉴于水[3]。昔楚灵王不君,其臣箴谏以不入,乃筑台于章华之上,阙为石郭,陂汉,以象帝舜[4]。罢弊楚国,以间陈、蔡。不修方城之内,逾诸夏而图东国[5],三岁于沮、汾以服吴、越。其民不忍饥劳之殃,三军叛王于乾谿。王亲独行,屏营仿偟于山林之中,三日乃见其涓人畴。王呼之曰:'余不食三日矣。'畴趋而进,王枕其股以寝于地。王寐,

---

1. 韦昭注:"反,谓盛者更衰,祸者有福。"此节所引《国语》,均据上海古籍出版社1980年版,个别字句据校语径改。
2. 侙,惕。
3. 韦昭注:"以人为镜,见成败;以水为镜,见形而已。"
4. 韦昭注:"阙,穿也。陂,壅也。舜葬九疑,其山体水旋其丘,故壅汉水使旋石郭,以象之也。"
5. 韦昭注:"诸夏,陈、蔡。东国,徐、夷、吴、越。"

畴枕王以璞而去之¹。王觉而无见也，乃匍匐将入于棘闱²，棘闱不纳。乃入芋尹申亥氏焉。王缢，申亥负王以归，而土埋之其室。此志也，岂遽忘于诸侯之耳乎！

"今王既变鲧、禹之功，而高高下下，以罢民于姑苏。天夺吾食，都鄙荐饥。今王将很天而伐齐³，夫吴民离矣，体有所倾，譬如群兽然，一个负矢，将百群皆奔。王其无方收也。越人必来袭我。王虽悔之，其犹有及乎？"王弗听。

《国语》记言，多长篇大论，此则也是一例。不过它却独能以气势充沛见长，文字遒逸，句式极有奇纵变化。其中虽然间有排句，却不以排句为意，而特以句散意密振作起全篇精神。"高高下下，以罢民于姑苏"，最是洗练峭拔。姑苏，姑苏台也。韦昭注："高高，起台榭；下下，深污池。"却又不止于此，从高高下下其实还可以间作姑苏台的形容来看，则其工之侈费也，其台之广崇也，四个字已尽其致。腹心、疥癣；鉴于人、鉴于水；一个负矢，百群皆奔，穿插其间的比喻，也颇有声色之助。一首一尾，写越，写吴，是有见于今也。中间一段楚灵王之败，写得幽微，写得凄厉，则尤有见于往，并且往昔与今日都见得实，而决无演绎概念的空泛之辞。

《国语》多正论，总是庄严郑重为主，但偶尔也有幽默俏皮之笔：

平公射鴳，不死，使竖襄搏之，失。公怒，拘将杀之。叔向闻之，夕，君告之。叔向曰："君必杀之。昔吾先君唐叔射兕于徒林，殪，以为大甲，以封于晋。今君嗣吾先君唐叔，射鴳

---

1 璞，土块。
2 棘闱，地名。
3 韦昭注："很，违也。"

不死,搏之不得,是扬吾君之耻者也。君其必速杀之,勿令远闻。"君怩怩,乃趣赦之。

——《晋语八》

董叔将娶于范氏,叔向曰:"范氏富,盍已乎。"曰:"欲为系援焉。"他日,董祁愬于范献子曰:"不吾敬也。"献子执而纺于庭之槐[1]。叔向过之,曰:"子盍为我请乎?"叔向曰:"求系,既系矣;求援,既援矣。欲而得之,又何请焉?"

——《晋语九》

前一则可谓"诡辞以谏"(韦昭注),《史记·滑稽列传》中的优孟、优旃故事,皆与此同一思路。后一则却可以说它是佳谑,当然其本意仍是教训。董祁即董叔所娶于范氏之妻,范献子之妹。今日悬于庭槐之系援,与当初求婚欲得系援之系援,正凑得巧,而叔向的"过之",亦仿佛特地,不然仍是巧也。

别致则如:

季桓子穿井,获土缶,其中有羊焉。使问之仲尼曰:"吾穿井而获狗,何也?"对曰:"以丘之所闻,羊也。丘闻之,木石之怪曰夔、蝄蜽,水之怪曰龙、罔象,土之怪曰羵羊。"

——《鲁语下》

孔子博物,故把获羊说作获狗,用以测之,而孔子果能发其覆。此则已具后世志怪小说雏型。

---

[1] 韦昭注:"纺,悬也。"

第三章　最初的平民趣味

《战国策》

春秋以前，只有官学。至于春秋，而"天子失官，官学在四夷"（《左传·昭公十七年》），私家著述因此肇兴，同时也成为先秦之文学的一大转变。战国以降，乃所谓"道术将为天下裂"也，于是"天下之人各为其所欲焉以自为方"（《庄子·天下》），由此更开出一个百家争鸣的新局面。当其时也，诸子乃在不同的出发点上，从不同的角度自由思索，自由发表意见，激烈的互相攻讦，尤其显示了喷涌的活力，此际却没有任何一个权威的声音来宣判谁是谁非，因此只见争鸣的百家，而不见东风压倒西风或西风压倒东风的一统之局。诸子文章的不朽魅力，其实不在于是非优劣，而正在于这样一种自由创作的状态。可以说这是一个包容一切的时代，而这样的时代也赐予了文学以真正的和难得的宽容。钱穆说："战国兴起，浮现在上层政治的，只是些杀伐战争，诡谲欺骗，粗糙暴戾，代表堕落的贵族，而下层民间社会所新兴的学术思想，所谓中国学术之黄金时代者，其大体还是沿袭春秋时代贵族阶级之一分旧生计，精神命脉，一气相通。因此战国新兴的一派平民学，并不是由他们起来而推翻了古代的贵族学，他们其实只是古代贵族学之异样翻新与迁地为良。"[1] 不过到了《战国策》，却又有不同。它是三代之蕴蓄的最后之暴发，而战国策士对"古代贵族学之异样翻新与迁地为良"已经不能够满足，于蕴蓄它的母体，竟是有了颠覆与消解的一部分力量。从文学的一面来说，

1　钱穆《国史大纲》（上册），台湾商务印书馆1977年，第50页。

图 31 狩猎纹镜

战国,秦,湖北云梦睡虎地秦墓出土,今藏中国国家博物馆。此镜制作极精,赤膊斗豹的情景,会令人想到《诗·郑风·大叔于田》中的"襢裼暴虎",二者间的关系,亦仿佛《车攻》之于《石鼓文》,不过作为《战国策》的一个背景材料,它在这里引起的联想却是与以上两例相反的一面,即与铜镜同时之云梦竹简《游士律》,其中表现出来的对游士的严格控制,正是秦之走向统一而游士时代结束的一个信号。

与此前的作品相比,它便特别显示了一种世俗的趣味。若作一个粗略的比较,那么大致可以说,《左传》是贵族的文学,《战国策》是平民的文学。前者多圣贤气,后者多游士气。

活动在《左传》《国语》中的,多半是诸侯,卿士,士大夫;在《战国策》中最为活跃的,却是所谓的"穷士"。《东周策》:"杜赫欲重景翠于周,谓周君曰:'君之国小,尽君子重宝珠玉以事诸侯,不可不察也。譬之如张罗者,张于无鸟之所,则终日无所得矣;

张于多鸟处,则又骇鸟矣;必张于有鸟无鸟之际,然后能多得鸟矣。今君将施于大人,大人轻君;施于小人,小人无可以求,又费财焉。君必施于今之穷士不必且为大人者,故能得欲矣。'"[1] 其时之"穷士",所以有了很多改变命运而不必终生为穷士的机会。他们仿佛个个是识时务的俊杰,其学不迂腐,其心无滞碍,而于人情事理、山川地势、大国小国间的矛盾和利害,无不揣摩了解得深透,怀抱了现世的利禄的目的游说人主,句句求得奏效自然是第一要义,正所谓"三寸之舌,强于百万之师"(《文心雕龙·论说》),揣摩中,实不能不多有文学之用心,策士的辞令,因此又特有其艳。艳者,便是丰也,色也。

有意思的是,《战国策》中,被游说的王侯公卿几乎很少例外普遍患着弱智,浑浑噩噩,懵懵懂懂,而真正能够左右大小政局的则是最有聪明才智的游侠策士。固然如刘向在《〈战国策〉叙录》中所说,"战国之时,君德浅薄,为之谋策者,不得不因势而为资,据时而为。故其谋,扶急持倾,为一切之权,虽不可以临国教化,兵革救急之势也,皆高才秀士,度时君之所能行,出奇策异智,转危为安,运亡为存",不过其中的许多情节其实经不起推敲,恐怕有不少是夸张渲染出来的效果。而《战国策》作为平民的文学,应该说,睥睨王侯公卿,正是它的一个格外鲜明的特色。

《魏策三》:

> 齐欲伐魏,魏使人谓淳于髡曰:"齐欲伐魏,能解魏患,唯先生也。鄙邑有宝璧二双,文马二驷,请致之先生。"淳于髡曰:"诺。"入说齐王曰:"楚,齐之仇敌也;魏,齐之与国也。夫伐与国,使仇敌制其余敝,名丑而实危,为王弗取也。"齐王曰:"善。"乃不伐魏。

---

[1] 本节引文均据上海古籍出版社1985年版《战国策》,若干字句据校语径改。

图32 玉璧
战国,故宫博物院藏

客谓齐王曰:"淳于髡言不伐魏者,受魏之璧、马也。"王以谓淳于髡曰:"闻先生受魏之璧、马,有诸?"曰:"有之。""然则先生之为寡人计之何如?"淳于髡曰:"伐魏之事不便,魏虽刺髡,于王何益?若诚便,魏虽封髡,于王何损?且夫王无伐与国之诽,魏无见亡之危,百姓无被兵之患,髡有璧、马之宝,于王何伤乎?"

《齐策四》:

孟尝君逐于齐而复反[1]。谭拾子迎之于境,谓孟尝君曰:"君得

---

[1] 缪文远云:"孟尝以联络田甲劫王失败,为闵王所逐,即《战国纵横家书·苏秦谓齐王章》所谓'王弃薛公身断事'。齐闵与孟尝间之冲突已无调和余地,不得有被逐复返事。"(《战国策考辨》,中华书局1984年,第115页)是此章为托拟之辞也。

无有所怨齐士大夫?"孟尝君曰:"有。""君满意杀之乎?"孟尝君曰:"然。"谭拾子曰:"事有必至,理有固然,君知之乎?"孟尝君曰:"不知。"谭拾子曰:"事之必至者,死也;理之固然者,富贵则就之,贫贱则去之。此事之必至,理之固然者。请以市喻。市,朝则满,夕则虚,非朝爱市而夕憎之也,求存故往,亡故去。愿君勿怨。"孟尝君乃取所怨五百牒削去之,不敢以为言。

《秦策二》:

甘茂亡秦,且之齐,出关遇苏子,曰:"君闻夫江上之处女乎?"苏子曰:"不闻。"曰:"夫江上之处女,有家贫而无烛者,处女相与语,欲去之。家贫无烛者将去矣,谓处女曰:'妾以无烛,故常先至,扫室布席,何爱馀明之照四壁者?幸以赐妾,何妨于处女?妾自以有益于处女,何为去我?'处女相语以为然而留之。今臣不肖,弃逐于秦而出关,愿为足下扫室布席,幸无我逐也。"苏子曰:"善。请重公于齐。"

乃西说秦王曰:"甘茂,贤人,非恒士也。其居秦累世重矣,自殽塞、谿谷,地形险易尽知之。彼若以齐约韩、魏,反以谋秦,是非秦之利也。"秦王曰:"然则奈何?"苏代曰:"不如重其贽,厚其禄以迎之。彼来则置之槐谷,终身勿出,天下何从图秦。"秦王曰:"善。"与之上卿,以相迎之齐。

甘茂辞不往,苏秦伪谓齐王曰:"甘茂,贤人也。今秦与之上卿,以相迎之,茂德王之赐,故不往,愿为王臣。今王何以礼之?王若不留,必不德王。彼以甘茂之贤,得擅用强秦之众,则难图也！"齐王曰："善。"赐之上卿，命而处之¹。

战国策士虽然喜欢弄出许多狡狯，但却很少虚伪，其文辞便特有一种赤裸裸的痛快淋漓，淳于髡对齐王，谭拾子说孟尝君，皆是也。甘茂乞苏代为援，而先以江上处女为喻，与其说意在委婉其声口，不如说是他的一点幽默。至于苏子所用的办法，在《战国策》中仿佛屡试不爽，《中山策》中的司马喜立阴后，轻轻巧巧玩中山王与赵王于股掌间，与此正是同样的意趣。

《战国策》中援引《诗》《书》者已经很少，多的是世俗趣味的寓言和故事，有流传之作，大约也不少即兴的创造。甘茂引以为辞的江上处女的故事，或即此类。又《宋卫策》：

> 卫人迎新妇，妇上车，问："骖马²，谁马也？"御曰："借之。"新妇谓仆曰："拊骖，无笞服。"车至门，扶，教送母³："灭灶，将失火。"入室见臼，曰："徙之牖下，妨往来者。"主人笑之。此三言者，皆要言也，然而不免为笑者，蚤晚之时失也⁴。

---

1 缪文远《战国策考辨》："此章开端之苏子，在下文中前作苏代，后又作苏秦，同叙一事而秦、代两人前后混淆，《史记·甘茂传》则径作苏代。盖本作苏秦，后因讳学其术而改者。据帛书《战国策纵横家书》，苏秦至齐活动在齐闵王时，秦昭王元年当齐宣王三十四年，下距闵王元年尚有六年。齐宣时，苏秦于齐无事迹可言。此章甘茂与苏子问答语，殆如《史通》所谓'游士假设之辞，遽以名字加之'者。《策》文茂奔齐为事实，其与苏子问答语则拟托之辞。"（第46页）

2 驷马车，两边之马曰骖，中间二马曰服。下文云"无笞服"，服即服马。

3 母，送妇者；将还，故戒之。

4 缪文远引钟凤年《国策勘研》"疑上文所举三事俱是引喻之辞，至正文殆已残佚，不然此等乡曲小事，且无关策谋，有何足录"，以为"此策殆节取《吕氏春秋》之文，而不悟其无关宗旨也"（第320页）。按类似之辞乃见《吕氏春秋·不屈》，然而《吕览》中的文字却远逊于《策》之风趣。

图 33　弋射图

原为漆箱之彩绘，此其局部，时属战国早期，湖北随州曾侯乙墓出土。其一绘出弋射者在用于隐蔽的翳廉中，左持弓，右控缴，一只颈缠矰缴的飞鸟将落未落，正是可博贾大夫妻一笑之瞬间（见《左传·昭公二十八年》）。其一与之情景仿佛而稍见变化，矰连缴，缴连磻，在此表现得更为清楚。嗟乎，"被磻磻，引微缴，折清风而抎矣"。

作者本意在为游说者说法，道理其实平常，却是描写新妇之笔颇有生香真色，"乡曲小事"，而令人读之可喜。

表现战国策士的剑气和侠气，《战国策》中也多有好文字，如《魏策四》唐且为安陵君使于秦，如《齐策四》颜斶屈齐宣王，如《赵策三》鲁仲连义不帝秦。士贵也，而王侯公卿不足道，特别由此中表现出来。鲁仲连解邯郸之围，辞令的佳好历来尤其为人称道，结末的一节，高情胜气，最见侠士本色："于是平原君欲封鲁仲连，鲁仲连辞让者三，终不肯受。平原君乃置酒，酒酣，起前以千金为鲁连寿。鲁连笑曰：'所贵于天下之士者，为人排患、释难、解纷乱而无所取也。即有所取者，是商贾之人也，仲连不忍为也。'遂辞平原君而去，终身不复见。"

《战国策》并不全是策士的言行，其中也收录不少有助于游说的漂亮文字。如《楚策四》：

> 庄辛谓楚襄王曰："君王左州侯，右夏侯，辇从鄢陵君与寿陵君，专淫逸侈靡，不顾国政，郢都必危矣。"襄王曰："先生老悖乎？将以为楚国祅祥乎？"庄辛曰："臣诚见其必然者也，非敢以为国祅祥也。君王卒幸四子者不衰，楚必亡矣。臣请辟于赵，淹留以观之。"庄辛去之赵，留五月，秦果举鄢、郢、巫、上蔡、陈之地，襄王流揜于城阳。于是使人发驺[1]，征庄辛于赵。庄辛曰："诺。"庄辛至，襄王曰："寡人不能用先生之言，今事至于此，为之奈何？"
>
> 庄辛对曰："臣闻鄙语曰：'见兔而顾犬，未为晚也；亡羊而补牢，未为迟也。'臣闻昔汤、武以百里昌，桀、纣以天下亡。今楚国虽小，绝长续短，犹以数千里，岂特百里哉。王独不见

---

[1] 驺，车御。

夫蜻蛉乎，六足四翼，飞翔乎天地之间，俯啄蚊虻而食之，仰承甘露而饮之，自以为无患，与人无争也。不知夫五尺童子，方将调饴胶丝，加己乎四仞之上，而下为蝼蚁食也。蜻蛉其小者也，黄雀因是以。俯噣白粒，仰栖茂树，鼓翅奋翼，自以为无患，与人无争也。不知夫公子王孙，左挟弹，右摄丸，将加己乎十仞之上，以其颈为招[1]。昼游乎茂树，夕调乎酸咸，倏忽之间，坠于公子之手。夫雀其小者也，黄鹄因是以。游于江海，淹乎大沼，俯噣鳝鲤，仰啮菱蘅，奋其六翮，而凌清风，飘摇乎高翔，自以为无患，与人无争也。不知夫射者，方将修其碆卢，治其矰缴[2]，将加己乎百仞之上。被礛磻，引微缴，折清风而抎矣。故昼游乎江河，夕调乎鼎鼐。夫黄鹄其小者也，蔡圣侯之事因是以。南游乎高陂，北陵乎巫山，饮茹溪流，食湘波之鱼，左抱幼妾，右拥嬖女，与之驰骋乎高蔡之中，而不以国家为事。不知夫子发方受命乎宣王，系己以朱丝而见之也。蔡圣侯之事其小者也，君王之事因是以。左州侯，右夏侯，辈从鄢陵君与寿陵君，饭封禄之粟，而载方府之金，与之驰骋乎云梦之中，而不以天下国家为事。不知夫穰侯方受命乎秦王，填黾塞之内，而投己乎黾塞之外。"

襄王闻之，颜色变作，身体战栗。于是乃以执珪而授之为阳陵君，与淮北之地也[3]。

---

1 招，鹄的，亦即靶心。
2 碆，当即下文之磻，弋射收缴具。矰，一作矰，没有锋刃的平头镞。缴，生丝缕。均为弋射用具。弋射之时，矰下系缴，缴下连磻。此际须掌握合适的角度和精确的提前量，鸟冲飞过来，与矰相撞的瞬间，连着磻的缴便会牵动矰矢翻转下折，绕住飞鸟脖颈，被缚的鸟或带矢而逃，缴下却还连着磻，则无可逃矣。
3 《新序·杂事》载此事，末云："襄王大惧，形体悼栗，曰：'谨受令。'乃封庄辛为成陵君而用计焉，与举淮北之地十二诸侯。"

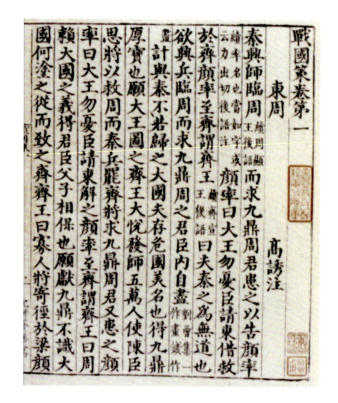

图 34　高诱注《战国策》

明穴研斋抄本。中国国家图书馆藏。

此篇的出色在于挥洒铺陈。发敛抑扬，夭矫其辞，可以说开启了汉大赋的先声。当然它是立即奏效了，却恐怕并不是文字的效用，而是先有了亡地于秦的惨痛——庄辛的讽谏之意，开篇即已向楚王指明，彼时却并不见用，则襄王的振作岂是有待于庄辛的激扬文字。

《战国策》并不是战国时代的信史，而战国风气它却表现得最为真切。章学诚说："诸子之为书，其持之有故而言之成理者，必有得于道体之一端，而后乃能恣肆其说，以成一家之言也。"（《文史通义·诗教上》）作为纵横家说，《战国策》也自有其源，即本于古者

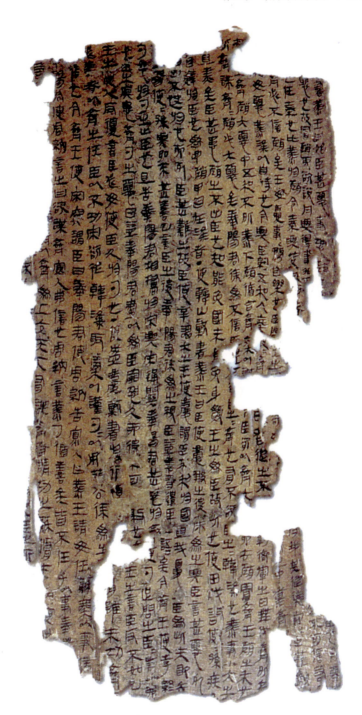

图35 《战国纵横家书》

湖南长沙马王堆三号西汉墓出土。

行人之官。"观春秋之辞命,列国大夫,聘问诸侯,出使专对,盖欲文其言以达旨而已。至战国而抵掌揣摩,腾说以取富贵,其辞敷张而扬厉,变其本而加恢奇焉,不可谓非行人辞命之极也。"(《诗教上》)不过就文学而论,另外一点似乎更为重要,即《战国策》以世俗的观念、世俗的趣味,部分消解掉了作为纵横家之本源的"道体",所谓"变其本而加恢奇焉",官学色彩于是大部被洗去,它因此以独特的风貌而成为先秦时期开一代风气的平民的文学。

《汉书·艺文志》著录"《战国策》三十三篇",而《战国策》作为书名,乃定于西汉的刘向。其校定《战国策》之后,在所作的叙录中,把成书的经过讲得很明白:"所校中《战国策》书,中书馀卷,错乱相糅莒。又有国别者八篇,少不足。臣向因国别者,略以时次之,分别不以序者以相补,除复重,得三十三篇。""中书本号,或曰《国策》,或曰《国事》,或曰《短长》,或曰《事语》,或曰《长书》,或曰《修书》。臣向以为战国时游士辅所用之国,为之策谋,宜为《战国策》。"所谓"中",即宫廷所藏之本。刘向所校定者,便是《战国策》的祖本。不过东汉末高诱作注的时候,它已经有了不少脱略。至于北宋,不仅高注残脱已甚,即《战国策》本文也残阙很多。曾巩于是勉力为之作校补,仍分作三十三篇,只是已非刘向辑本之旧。此即今本之祖。以后,有南宋姚宏的续注本和鲍彪重新编定次序的新注本。至元,又有吴师道在鲍本基础上的补正。清人所作,多是校刊整理的工作,而未成更为精详的笺疏。1973 年,马王堆三号西汉墓出土了类似《战国策》的帛书二十七章,其中十一章见于《战国策》和《史记》,此外的十六章为传世之书所无。整理者把它命名为《战国纵横家书》。不过它的价值,似乎更多在于对史料的补充和纠正[1]。

---

1 马王堆汉墓帛书整理小组:《战国纵横家书》,文物出版社 1996 年。

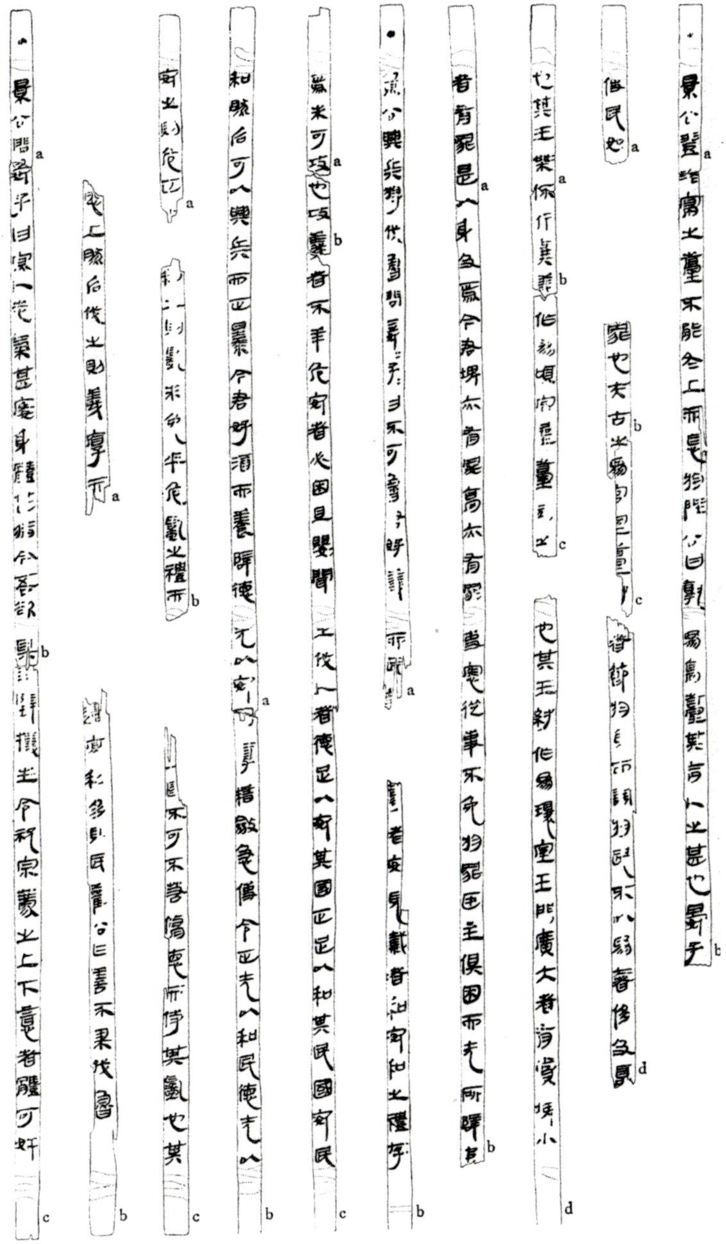

图36 《晏子》竹简

山东临沂银雀山一号汉墓出土。

附《晏子春秋》

《晏子春秋》一名，最早见于《史记·管晏列传》，太史公并云"其书世多有之"。《汉书·艺文志》把它列在儒家，名作《晏子》。不过唐代柳宗元却对它提出怀疑[1]，此后或将之列入伪书。清人孙星衍深以为不然，他说，"《晏子》文最古质"，"疑出于齐之《春秋》，即《墨子·明鬼篇》所引。婴死，其宾客哀之，集其行事成书，虽无年月，尚仍旧名"，"书成在战国之世。凡称子书，多非自著，无足怪者"，"柳宗元文人无学，谓墨氏之徒为之，《郡斋读书志》《文献通考》承其误，可谓无识"[2]。1972年，山东临沂银雀山一号汉墓出土了四千九百余枚竹简，中有不少写录《晏子》之文，经整理修复，成十六章，其文均散见于今本。[3]墓葬属西汉初年，则《晏子》中若干篇章的流传自当更早，系之于先秦，没有太多的疑问。

司马迁说："晏平仲婴，莱之夷维人也，事齐灵公、庄公、景公，以节俭力行重于齐。"晏子虽为齐相，却并不是齐国的世家贵族。他多以古谊匡君，却精敏辩给，特饶风致，而绝少贵族气。后之忻慕者于是假名于这一位颇有传奇色彩的贤者，而把许多意趣相近的故事集拢来系之于一人。《晏子春秋》的笔舌之妙与《战国策》有同趣，但却更多一点对理想君主、理想政治的关注。而它的独特之处更在于每把这样的关注诉诸幽默。

> 景公游于牛山，北临其国城而流涕曰："若何滂滂去此而死乎。"艾孔、梁丘据皆从而泣，晏子独笑于旁。公刷涕而顾晏子曰："寡人今日游悲，孔与据皆从寡人而涕泣，子之独笑，何也？"

---

1 《辩晏子春秋》："司马迁读《晏子春秋》，高之，而莫知其所以为书。或曰晏子为之，而人接焉，或曰晏子之后为之，皆非也。吾疑其墨子之徒有齐人者为之。"

2 孙星衍《晏子春秋序》，经训堂丛书本。

3 骈宇骞《银雀山汉墓竹简晏子春秋校释》，书目文献出版社1988年，第2页。

第三章　最初的平民趣味

图 37　晏子

山东嘉祥甸子村汉画像石。此取材于《晏子春秋》中的"二桃杀三士"。戴通天冠者为齐景公（左起第三人），佩剑、戴进贤冠之矮个子，晏子也。执剑、戴鹖冠的三个人，为"三士"，即公孙接、田开疆、古冶子。

晏子对曰："使贤者常守之，则太公、桓公将常守之矣。使勇者常守之，则庄公、灵公将常守之矣。数君者将守之，则吾君安得以此位而立焉？以其迭处之，迭去之，至于君也。而独为之流涕，是不仁也。不仁之君见一，谄谀之臣见二，此臣之所以独窃笑也。"[1]

——《内篇谏上第一》

景公令兵挢治[2]，当腾冰月之间而寒[3]，民多冻馁，而功不成。公怒曰："为我杀兵二人。"晏子曰："诺。"少为间，晏子曰："昔者先君庄公之伐于晋也，其役杀兵四人，今令而杀兵二人，

---

[1]《文选》卷十三潘岳《秋兴赋》李善注引《晏子春秋》曰："景公游于牛山，临齐国，乃流涕而叹曰：'奈何去此堂堂之国而死乎。使古而无死，不亦乐乎。'左右皆泣，晏子独笑曰：'夫盛之有衰，生之有死，天之数也。物有必至，事有当然，曷有悲老而哀死。古无死，古之乐也，君何有焉。'"

[2] 抟土做砖坯。又本节引《晏子》，均据孙星衍校《晏子春秋》，经训堂丛书本。

[3] 孙星衍《晏子春秋音义》："腾，当为臘（腊）。"按此指腊祭之月，即十二月。冰月，十一月。

是师杀之半也。"[1] 公曰:"诺。是寡人之过也。"令止之。

——《内篇谏下第二》

晏子病,将死,凿楹纳书焉,谓其妻曰:"楹语也,子壮而示之。"及壮,发书之言曰:"布帛不可穷,穷不可饰;牛马不可穷,穷不可服[2];士不可穷,穷不可任;国不可穷,穷不可窃也。"[3]

——《内篇杂下第六》

《晏子》的文字算不得精致,却只是幽默得好,便有一种无所不在的聪明和机智。末一则最见性情,这是《晏子春秋》中的晏子,也半是《左传》中的晏子,而依然是幽默,依然是植根于幽默中的重实际,有理想,不苟且,即认真而严肃的快活。它有着儒家民胞物与的情怀,而又显示着战国时代的"士"之风流。

---

1 意庄公伐晋之役,死兵四人,今若杀兵二人,则为伐晋之师所损之半也。
2 服,驾。
3 于省吾以为,"窃"当读作"践",《外篇第七》中的第十五则"后世孰将践有齐国乎",践之用法同。(吴则虞《晏子春秋集释》引)

第四章 "春风扇微和"与"猛志固常在"

《论语》

孔子名丘,字仲尼,生于公元前551年,卒于前479年,后此三年,历史便进入了战国时代。孔子之先为宋公族,至祖父,避宋难而奔鲁,为鲁之防大夫,其父则为鲁之郰大夫。孔子虽早年丧父,幼而贫贱,但既为宋公族鲁大夫之后裔,则所学仍是"君子之学",当日便特有"博学"与"知礼"之誉[1]。孔子喜《易》,他说:"加我数年,五十以学《易》,可以无大过矣。"(《论语·述而》)又喜乐,曾"在齐闻《韶》乐,三月不知肉味"(《述而》)。更喜《诗》,且做过一番整理的工作,所谓"吾自卫反于鲁,然后乐正,《雅》《颂》各得其所"(《子罕》),是也。可见其学识与素养之一斑。

孔子一生,以从政、教学、编书为三端,其中从政的时日为短,教学则最长。《论语》便是孔门弟子以及后学编撰的一部教学纪录[2],其中包括师弟间的答问与切磋,评骘时事与古事,月旦时人与古人,又旁及孔子的行为容止、饮食起居,并兼及弟子的嘉言懿行,虽辞简语略,不成"文章",却是气象冲和,气质清明;平

---

[1] 《论语·子罕》:"达巷党人曰:'大哉孔子,博学而无所成名。'"《八佾》:"子入太庙,每事问。或曰:'孰谓郰人之子知礼乎,入太庙,每事问。'"是孔子本有"知礼"之名。

[2] 《汉书·艺文志》:"《论语》者,孔子应答弟子,时人及弟子相与言而接闻于夫子之语也。当时弟子各有所记。夫子既卒,门人相与辑而论纂,故谓之《论语》。"《释名·释典艺》:"《论语》,记孔子与弟子所语之言也。论,伦也,有伦理也;语,叙也,叙己所欲说也。"《释名》以音训为主,因以"伦"训"论",以"叙"训"语",如此,则《论语》以其为有伦理之语而得名。

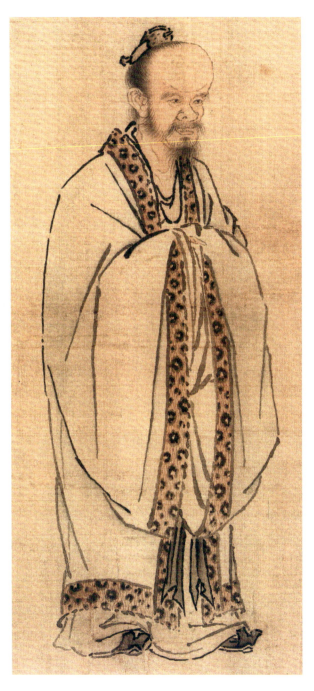

图 38 孔子像 宋马远作

今藏故宫博物院。

常记叙，而谈言微中，委折入情，实别开一体，其气韵与风格，于后世之文学，浸润深巨。

《论语》第一好在为文的情怀与境界。《雍也》篇：

> 子曰："中庸之为德也，其至矣乎。民鲜久矣。"[1]

何晏《集解》云："庸，常也。中和可常行之德也。"朱熹《集注》："中者，无过不及之名。庸，平常也。"两家的释义，均很切当。中和平常，最是难得。作为为人之德，它于人生之本分略无增加，不过尽心率性而已。若施之于为文，则中庸可以包含两番意思：其一，立意合于物理人情；其一，修辞求其惬心贵当。《论语》中提出的"辞达而已""文质彬彬"，其意均与之相合。为文的手段固有多种，境界也有不同，中庸作为一种标准，则既指点津梁于起始，又高悬于终极，它其实是确立了一种为文的情怀与精神，此中且特别包含了人情二字。因为它本是从体贴人情，切近人生而来，无过与不及，于是得其中也，得其和也；既为平常，于是可得常行，若说这境界遂有悠久无尽，广大无穷之致，也实在是因为它得之于人之常情。

《宪问》篇：

> 子问公叔文子于公明贾曰："信乎，夫子不言不笑不取乎？"公明贾对曰："以告者过也。夫子时然后言，人不厌其言也；乐然后笑，人不厌其笑也；义然后取，人不厌其取也。"[2]子曰："其然，岂其然乎？"

---

1 本节《论语》引文均据《古逸丛书》覆正平本《论语集解》。
2 皇侃《论语义疏》："过，误也。"意即传闻之误。"先云是告者误，后答言以实事对。言我夫子非时不语，语必得之中。既得之中，故世人不厌其言也。夫笑为乐，若不乐而强笑，必为人所厌，更云事言讫然后笑也。夫取利，若非义取，则为人所厌，我夫子见得思义，义而后取，故人不厌其取也。"

> 蘧伯玉使人于孔子，孔子与人坐而问焉，曰："夫子何为？"对曰："夫子欲寡其过而未能也。"[1] 使者出。子曰："使乎，使乎！"
>
> 或曰："以德报怨，何如？"子曰："何以报德？以直报怨，以德报德。"

又《述而》：

> 互乡难与言。童子见，门人惑。子曰："与其进也，不与其退也。唯何甚？人洁己以进，与其洁也，不保其往也。"[2]

公叔文子即卫大夫公孙拔，公明贾亦卫人。文子必为当日的廉静之士，所以有不言、不笑，不取的称誉。不过此虽可谓有威有德，然而如此纯全之威之德，未免稍远人情，人其实很难做到。于这样的传闻，孔子不能不生疑惑。"其然"是惊，"岂其然"是疑，便是马融所说"美其得道，嫌其不能悉然"（何晏《集解》引）。只是君子与人为善，不欲正言其非，因以疑辞委婉出之。

"蘧伯玉"章，子曰"使乎，使乎"，乃对使者的辞令极口称赏，而辞令的巧妙却正在于唯务平实。"以德报怨"章，朱子《集注》诠释得很好："孔子言于其所怨者，既以德报之矣，则人之有德于我者，又将何以报之乎？于其所怨者，爱憎取舍，一以至公而无私，所谓'直'也。于其所德者，则必以德报之，不可忘也。夫或人之言可谓厚矣，然以圣人之言观之，则见其出于有意之私，

---

[1] 蘧伯玉，卫大夫蘧瑗。皇疏："孔子与伯玉之使者坐而问之。""问使者汝家夫子何所作为耶？使者答言：我家夫子恒自修省，夙夜戒慎，欲自寡少于过失，而未能寡于过也。"

[2] 何晏《论语集解》引郑玄注："互乡，乡名也。其乡人言语自专不达时宜，而有童子来见孔子，门人怪孔子见也。"皇疏："往，谓已过之行。言是既洁己而犹进之，是与其洁也，而谁保其往日之所行耶，何须恶之也。"

图39 木燧

汉，新疆罗布淖尔地区出土。钻木取火法，自先秦一直沿用到南北朝。钻火之具，便称作木燧，即用硬木杆钻磨比较软的干木片，以发出火星，点燃艾绒。为便钻磨，木片上常常凿出凹槽，钻杆与凿孔木片大约也总是系在一起，即如这一件。所谓"钻燧改火，期可已矣"，即"年有四时，四时所钻之木不同。若一年则钻之一周，变改已遍也。"（皇侃疏）"期"，一年。

而怨德之报皆不得其平也。必如夫子之言，然后二者之报各得其所。其怨有不雠，而德无不报，则又未尝不厚也。"互乡"一章，其意也厚。孟子曰："伯夷隘，柳下惠不恭。隘与不恭，君子不由也。"（《公孙丑上》）正是与此相同的平和中正的胸怀与气量。《论语》中的人情之厚，其实每在这平情合理处，其为文，便也总是回旋在平允宽和、恳挚切实的空气里。

宰我问："三年之丧，期已久矣。君子三年不为礼，礼必坏；三年不为乐，乐必崩。旧谷既没，新谷既升，钻燧改火，期可已矣。"[1] 子曰："食夫稻也，衣夫锦也，于女安乎？"曰："安之。""女安则为之。夫君子之居丧，食旨不甘，闻乐不乐，居处不安，故不为也。今女安则为之。"宰我出。曰："予之不仁也。子生三年，然后免于父母之怀。夫三年之丧，天下之通

---

[1] 皇疏："礼为至亲之服至三年，宰我嫌其为重，故问至期则久，不假三年也。""谷没又升，火钻已遍，故有丧者一期亦为可矣。"

> 丧也。予也，有三年之爱于其父母乎。"[1]
>
> ——《阳货》

古人重丧制，固然重在"慎终追远"（《学而》），其中更有特别的政治意义，但制度初创之际，原是本自人情。"子生三年，然后免于父母之怀"，此情此景，实为千载不易。不过三年之丧的制度，春秋时代即已不大施行，《左传》《孟子》等对此均有记载。[2]宰我以为服丧三年太长，而一年其可，亦时风使然。孔子乃以微言相感，在在由情之不忍处婉转低回。"女安则为之"，前面省略掉"子曰"，文气一促，见出对答的紧凑。结末之叹，语极平常，却道出至情。所谓"礼云礼云，玉帛云乎哉"（《阳货》），就此看来，礼乐制度中最可珍重的，总还是人情。

《季氏》篇：

> 陈亢问于伯鱼曰："子亦有异闻乎？"[3]对曰："未也。尝独立，鲤趋而过庭，曰：'学诗乎？'对曰：'未也。'曰：'不学诗，无以言也。'鲤退而学诗。他日又独立，鲤趋而过庭，曰：'学礼乎？'对曰：'未也。''不学礼，无以立也。'鲤退而学礼。闻斯二矣。"[4]陈亢退喜曰："问一得三：闻诗，闻礼，又闻君子之远其子也。"

---

1 此"曰"，孔子曰。皇疏："仁犹恩也。言宰我无恩爱之心，故曰予之不仁也。'予'，谓宰我之名也。"
2 如《左传·宣公元年》《左传·襄公十七年》《孟子·滕文公上》等，钱玄《三礼通论》对此论述较详，南京师范大学出版社1996年，第606—610页。
3 皇疏："陈亢即子禽也，伯鱼即鲤也。亢言伯鱼是孔子之子，孔子或私教伯鱼，有异门徒闻，故云子亦有异闻不也。呼伯鱼而为子也。"
4 "未也"，未尝有异闻也。"尝独立"，孔子曾独立在堂。"闻斯二"者，唯私闻学诗学礼二事也。

陈亢问得实在，伯鱼答得诚恳，问者与答者的意态亦觉可爱，其间且见出一个"望之俨然，即之也温，听其言也厉"的孔子，此中人情便因之化作意趣，而活跃在平实与朴拙的文字中。陈亢本来因为好奇而启问，却以所得无奇而觉得欢喜。所谓"君子之远其子"，远，即不厚，亦即平常待之的意思，而亲爱之忱自在其中矣。或引《孟子》关于父不教子的一段议论来作解释[1]，却未免有高叟解诗之"固"[2]。以疑古与辨伪著称的崔述，颇以此章为不可信，曰："'子所雅言，《诗》，《书》，执礼'，伯鱼何以独不闻？""即诗礼之外，孔子之教门人亦甚多，而十五篇所记详矣，何以教门人独详，教子则略乎？恐圣人不如是矫情也。"[3]崔君固然疑得有理，不过持了这样的标准，却怕是难以论文了。

《论语》大约多为直录，但其间却不能不经过剪裁乃至语言文字的锤锻，其精微与凝练或得益于《诗》和《易》。不过《易》可以借助意象来结构文句，《诗》的自由则在于它可以是感觉的串联，文却要求字句之间的联络合于思维的逻辑，且须义之至安，理之至顺。所谓"文质彬彬"，这里的"文"，依然没有脱离原初的"博学"之义，因此，说它是重视语言的美化，即文采藻饰之类，毋宁说它是着力于语言之运用的恰当和其中包藏的意蕴之深厚。"文犹质也，质犹文也"（《颜渊》），"文"并非外加于"质"，而是与之圆融为一。《论语》也正是以它的这一特色而最为"文学"。

---

1 范宁曰："《孟子》云：君子不教子，何也？势不行也。教者必以正，以正不行，继之以怒，则反夷矣。父子相夷恶也。"（皇疏引）《孟子》原文见《离娄上》。

2 见《孟子·告子下》。

3 赵贞信辑点《论语辨》，朴社1935年，第33页。

季路问事鬼神，子曰："未能事人，焉能事鬼。"曰："敢问事死。"曰："未知生，焉知死。"[1]

——《先进》

子曰："不曰'如之何，如之何'者，吾末如之何也已矣。"[2]

——《卫灵公》

子曰："譬如为山，未成一篑，止，吾止也。譬如平地，虽覆一篑，进，吾往也。"[3]

——《子罕》

子曰："父母之年，不可不知也，一则以喜，一则以惧。"

——《里仁》

子曰："志于道，据于德，依于仁，游于艺。"

——《述而》

子曰："知者乐水，仁者乐山。知者动，仁者静。知者乐，仁者寿。"

——《雍也》

---

1 朱熹《论语集注》："问事鬼神，盖求所以奉祭祀之意。而死者，人之所必有，不可不知，皆切问也。然非诚敬足以事人，则必不能事神；非原始而知所以生，则必不能反终而知所以死。"
2 皇疏："如之何，谓事卒至，非已力势可奈何者也。言人生常当思虑，卒有不可如何之事，逆而防之，不使有起。"
3 朱熹《集注》："言山成但少一篑，其止者，吾自止耳。平地而方覆一篑，其进者，吾自往耳。盖学者自强不息，则积少成多；中道而止，则前功尽弃。其止其往，皆在我而不在人也。"

子曰："饭疏食，饮水，曲肱而枕之，乐亦在其中矣。不义而富且贵，于我如浮云。"

——《述而》

子曰："朝闻道，夕死可矣。"

——《里仁》

子曰："君子坦荡荡，小人长戚戚。"

——《述而》

子在川上曰："逝者如斯夫，不舍昼夜。"

——《子罕》

戋戋短章，几乎人人耳熟能详，遣词用字的简约精当更无须多说。立诚，多思，务实，自励，都是引人向善而读来最觉亲切的文字。写人情之深厚处，文字却是温而简，问学与人生的境界，则以朴质之辞以见丰美，饮水曲肱的清介也依然说得那么平实。"朝闻道，夕死可矣"，本是预拟之境，此中包含了闻道的欣悦，而得道的开悟中却更有着宁静与平和。当然这一章还可以有另外的许多解释，正如夫子的逝水之叹。"子在川上曰：逝者如斯夫，不舍昼夜"，平淡无奇，却包容了自然和人生的无限，其意味仿佛永远不能阐发得尽，这寻常的语言因此可以与天地同其悠久。而"君子坦荡荡"则不妨视作为人与为文的夫子自道。孔子于《诗》之作，推原本心，概之曰"思无邪"，彼与这里的"君子坦荡荡"，恰好有着精神的一致。至于《述而》篇中的"子曰：'二三子，以我为隐子乎，吾无隐乎尔，吾无所行而不与二三子者，是丘也'"，便又好像是"君子坦荡荡"的一个"形而下"的解释，却更有情味。宋罗大经《鹤林玉露》卷三："黄龙寺晦堂老子尝问山谷以'吾无隐乎尔'之义，山谷诠释终不然其说，晦堂不答。时暑退凉生，秋香满院，晦堂因问曰：'闻木犀香乎？'山谷曰闻。晦堂曰：'吾无隐乎尔。'山谷乃服。"以禅趣解之，则又把它的意思引向"形而上"。虽然《论语》的出现，并不标志文学的成熟，但此中表现出来的为文的情怀与境界，却使得这不是为着文学的文学，有着恒久的生意葱茏，"闻木犀香乎？"是足以当得晦堂一问也。

《论语》最为人称道的是《先进》的末一章。不过它的"斐然成章"却好像是《论语》中的一个特例。

> 子路、曾皙、冉有、公西华侍坐。子曰："以吾一日长乎尔，无吾以也。居则曰：不吾知也。如或知尔，则何以哉？"[1]子路率尔而对曰："千乘之国，摄乎大国之间，加之以师旅，因之以饥馑，由也为之，比及三年，可使有勇且知方也。"夫子哂之。"求，尔何如？"对曰："方六七十，如五六十，求也为之，比及三年，可使足民也。如其礼乐，以俟君子。""赤，尔何如？"对曰："非曰能之也，愿学焉。宗庙之事如会同，端章甫，愿为小相焉。"[2]"点，尔何如？"鼓瑟希，铿尔，舍瑟而作，对曰："异乎三子者之撰。"子曰："何伤乎，亦各言其志也。"曰："暮春者，春服既成，冠者五六人，童子六七人，浴乎沂，风乎舞雩，咏而归。"[3]夫子喟然叹曰："吾与点也。"三子者出，曾皙后。曾皙曰："夫三子者之言何如？"子曰："亦各言其志也已矣。"曰："夫子何哂由也？"子曰："为国以礼，其言不让，是故哂之。""唯求则非邦也与？""安见方六七十如五六十而非邦也者！""唯

---

[1] 何晏《集解》引孔安国曰："言我问汝，汝无以我长故难对。汝常居云：人不知己。如有用女者，则何以为治乎？"

[2] 何晏《集解》引郑玄曰："宗庙之事，谓祭祀也。""衣玄端，冠章甫，诸侯日视朝之服。小相，谓相君之礼。"按会同，初指诸侯会同于天子，后诸侯会盟亦曰会同。

[3] 皇疏："舞雩，祷雨之坛，在沂水上。"

图 40　子路问津

明仇英作。事见《论语·微子》。隐逸之士,遗世独立,迹近无情,然孔子游踪所至,每与此辈有缘,孔子欲与之接谈而不得,却总是不无敬意,只是道不同不相与谋而已。

赤则非邦也与？""宗庙之事如会同，非诸侯如之何？赤也为之小，孰能为之大？"

弟子率性任情，先生辞气则温润如玉。孔子在别一场合也有"盍各言尔志"的问话（《公冶长》），与此情景略似，而气韵却较这有名的一章更觉平朴自然。因彼处只是略陈平素所愿，此则特特表述用世的志向，所谓"如或知尔"云云，已经把这意思说得明白。曾点之"鼓瑟希，铿尔，舍瑟而作"，是《论语》中不多见的情景描写。"铿尔"，旧注多释作"投瑟声"，而依今人王泗原之说，则"铿尔"是形容曲终最末的弦声。"孔子发问，曾点且鼓瑟且听，未辍瑟也。问及已矣，犹不辍瑟，思所以对，故音希。思得矣，拨弦铿然一声，辍而起对。'作'者，起也。由坐而起，则为长跪，非起立。"[1]而孔子之赞与曾点，杨树达说，是"以点之所言为太平社会之缩影也"[2]，也较旧疏为切。《论语》中本来写了不少隐者，并且很是善意地写出性格，孔子欲与之接谈而不得，却总是不无敬意，只是道不同不相与谋而已。他曾怃然于隐者的讽劝："鸟兽不可与同群也，吾非斯人之徒与而谁与。天下有道，丘不与易也。"（《微子》）这感叹不免令人动容，诚所谓"本记与无情人问答之辞，而抒情独多"也。[3]而"浴乎沂，风乎舞雩，咏而归"，与"天下有道"正是同一向慕，后世范仲淹有"先天下之忧而忧，后天下之乐而乐"的名句，或不妨用来揭明这言语深处沉潜着的精神和品格。当然反过来说，更为合式。

《论语》中的孔子说《诗》，放在文学史中来讨论，也别有意义。

　　子贡曰："贫而无谄，富而无骄，何如？"子曰："可也。未若

---

[1]　《古语文例释》，上海古籍出版社1988年，第29页。
[2]　《论语疏证》，上海古籍出版社1986年，第273页。
[3]　《梅光迪文录》，辽宁教育出版社2000年，第40页。

贫而乐道，富而好礼者也。"子贡曰："《诗》云：'如切如磋，如琢如磨。'其斯之谓与？"子曰："赐也，始可与言诗已矣。告诸往而知来者也。"

——《学而》

子夏问曰："'巧笑倩兮，美目盼兮，素以为绚兮'，何谓也？"子曰："绘事后素。"曰："礼后乎？"子曰："起予者商也，始可与言诗已矣。"

——《八佾》

子曰："诵《诗》三百，授之以政，不达；使于四方，不能专对，虽多，亦奚以为哉。"

——《子路》

子曰："小子何莫学夫诗？《诗》可以兴，可以观，可以群，可以怨。迩之事父，远之事君，多识于鸟兽草木之名。"子谓伯鱼曰："女为《周南》《邵南》矣乎？人而不为《周南》《邵南》，其犹正墙面而立也与。"[1]

——《阳货》

四例中，无论引《诗》、说《诗》，其意均在于《诗》的应用，而并不立足于对《诗》的解释。"子夏"章，诗曰"巧笑倩兮，美目盼兮，素以为绚兮"，本意只是说美女丽质天生，无须特别的妆饰。素，原是细白的缯帛，"素以为绚"，即素以当绚之意，此以名词借作形容之用也。孔子却变化诗意，仍把"素"来作名词，所谓"绘

---

[1] 皇疏："墙面，面向墙也。""不学诗者，则如人面正向墙而倚立，终无所瞻见也。然此语亦是伯鱼过庭时，对曰未学诗，而孔子云不学诗无以言也。"

事后素",绘事,绘画之事也;后素,后于素也,以喻天性美好,亦须学礼以文其质。子夏何尝不解诗的本意,所以问者,实欲求其意外意、引申意也。类似之例如:"唐棣之华,翩其反而。岂不尔思,室是远而。"子曰:"未之思也,夫何远之有哉。"(《子罕》)是诗本言情,而孔子变其意以言理。这是《诗》在先秦时代一种独特的存在方式,它即以这样的方式生长着,润泽并丰富着当日的语言艺术。因此,从孔子与《诗》,可以看到的便是为文的用心,即看得他是如何经由《诗》,把语言的艺术引向知识的与智慧的境界。不为二《南》,便"犹正墙面而立",这意思适同于"不学诗无以言",却嫌它有些过甚其辞,孔子的说话,似乎不当如此。其实这一表述本是恰当。孔子看《诗》,第一看它是知识的源泉,"多识"云云,是也。此中不仅有"鸟兽草木之名",所谓"前言往行"也是包括在内的。第二则用它来开启思智,对《诗》的引申发挥,实在是此中要义。后来汉儒的解《诗》,却是别一体系,即转入政治的一途,早相远于初衷。《诗》所开启的智慧,举其要者,可以说是闻一知十,连类取譬,温故知新,察往知来,求言外之意,意外之旨;最为现成的应用,便是专对引《诗》以足其辞,为文引《诗》以足其意,后者则尤其成为一个重要的修辞手段。后世之《文选》,把"事出于沉思,义归乎翰藻"作为选文的标准之一(《文选序》)[1],所谓"事",实含古事与成辞两意,而孔子之于《诗》,便已经包括了如此文心。

先秦之文,可以说无一不是有所为而作,尤其百家争鸣的时代,各家著述只有学术是非之争,而并无文章工拙之论,即所谓"以立意为宗,不以能文为本"(《文选序》)。不过《论语》中"文质彬彬"的提出,其实已经显露了一种可以从文学角度来看的审美追

---

[1] 朱自清《〈文选序〉"事出于沉思,义归乎翰藻"说》于此有详论,见《朱自清古典文学论文集》,上海古籍出版社 1981 年。

求。当然,要有庄子那样不世出的天才方能为文学打开一个实生活之外的天地,此前的儒家便只是在日用常行的世间生活中悉心经营。然而它却以精神的宽博而确立了一个明智平允的为文之境界。所谓"乐而不淫,哀而不伤",强调的并不是道德的限制,而是为文的和谐,此乃由人情与道德的水乳交融处酝酿出来。"文质彬彬","辞达而已矣",都可以统括于"中庸"的境。孔子以及他的门弟子,虽然"不以能文为本",但却能够由此把文引向通往和谐的或曰美善的一端,而这正是它对于后世文学的一种品格与精神的厚惠。

《汉书·艺文志》著录"《论语古》二十一篇,《齐》二十二篇,《鲁》二十篇"。《论语古》即古文《论语》,《齐》则《论语》在齐国所传之本,《鲁》则鲁国所传之本。但今世所存却是所谓"张侯论",即西汉丞相安昌侯张禹以《鲁论》为本,兼采于《齐》,据以传授之本,其篇目与《鲁论》同。与先秦的其他著述相较,《论语》一书最少羼入之作,虽然,亦非一一可信。尤其最末一篇《尧曰》,所论与孔子及其弟子毫无关系,风格也很不相同,似当存疑。西汉经生的《论语》注释,均很早亡佚,现存注本,便以三国时魏人何晏等撰《论语集解》为古,其中并保存了汉儒的不少意见。此后则有梁皇侃在《集解》基础上所作的《论语义疏》,其释文浅白而详,且采择同时各家之说甚多。此书曾一度失传,清代自日本得之,《四库全书》与鲍廷博的《知不足斋丛书》均已收入。此外有朱熹《论语集注》,于义理阐发颇见独到。至于详核赅博,则当以清刘宝楠《论语正义》为最。近代姚永朴所作《论语解注合编》,集合何晏《集解》与朱熹《集注》之外,并甄采各家胜说,若举一简而精的读本,此编或可当之。

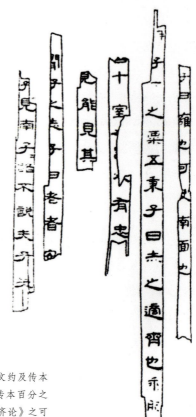

图 41 《论语》竹简

河北定县八角廊西汉晚期墓出土。简文约及传本《论语》之半,其中若干篇,则几达传本百分之六十强。此本应早于"张侯论",属《齐论》之可能性为大。

《孟子》

孔子死后约百年,有孟子。孟子确切的生卒年迄无定论,一个争议不算太大的说法是,他生在公元前372年,卒于公元前289年。《史记·孟子荀卿列传》:"孟轲,驺人也。受业子思之门人。道既通,游事齐宣王,宣王不能用;适梁,梁惠王不果所言,则见以为迂远而阔于事情。当是之时,秦用商君,富国强兵;楚、魏用吴起,战胜弱敌;齐威王、宣王用孙子、田忌之徒,而诸侯东面朝齐。天下方务于合从连衡，以攻伐为贤，而孟轲乃述唐虞三代之德，是以所如者不合。退而与万章之徒序《诗》《书》，述仲尼之意，作《孟子》七篇。”虽然仅传梗概，却是很得要领。

图 42　孟子像

孟子的学说不仅不合于当时，其精义也不大能够相容于以后专制的君主，明太祖所以必要命儒臣作一个删去激烈之辞的《孟子

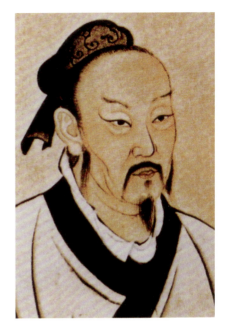

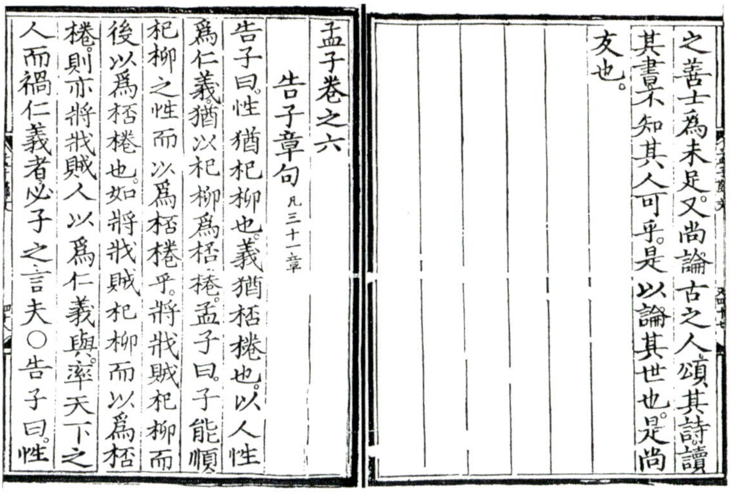

之善士爲未足又尚論古之人頌其詩讀
其書不知其人可乎是以論其世也是尚
友也

孟子卷之六
告子章句 凡三十一章
告子曰性猶杞柳也義猶桮棬也以人性
爲仁義猶以杞柳爲桮棬孟子曰子能順
杞柳之性而以爲桮棬乎將戕賊杞柳而
後以爲桮棬也如將戕賊杞柳而以爲桮
棬則亦將戕賊人以爲仁義與率天下之
人而禍仁義者必子之言夫○告子曰性

图 43　《孟子节文》

明初刊本。此页所删者，《万章下》之末节，“王曰：‘请问贵戚之卿。’曰：‘君有大过则谏，反覆之而不听，则易位。’王勃然变乎色。”睹此本，可知“勃然变乎色”者，非止齐宣王也。

节文》[1]。文之优劣与道德的高尚卑下固无必然联系，但孟子的气节与品格之于他的文字，却不能不说是"日月有明，容光必照焉"（《孟子·尽心下》）。读孟子之文，便不能不时常感动于他的"永矢弗谖"的批判精神和道德热忱。

> 孟子谓齐宣王曰："王之臣，有托其妻子于其友，而之楚游者，比其反也，则冻馁其妻子，则如之何？"王曰："弃之。"曰："士师不能治士，则如之何？"王曰："已之。"曰："四境之内不治，则如之何？"王顾左右而言他。[2]
>
> ——《梁惠王下》

> 齐宣王问卿。孟子曰："王何卿之问也？"王曰："卿不同乎？"曰："不同。有贵戚之卿，有异姓之卿。"王曰："请问贵戚之卿。"曰："君有大过则谏，反覆之而不听，则易位。"王勃然变乎色。曰："王勿异也。王问臣，臣不敢不以正对。"王色定，然后请问异姓之卿。曰："君有过则谏，反覆之而不听，则去。"
>
> ——《万章下》

两章作文章看本来也好。通常的评价是孟子之文最有气势，洋洋数

---

[1] 清钱曾《读书敏求记》云："孝陵阅至'君之视臣如土芥，则臣视君如寇仇'句，慨然而叹，谓非垂示万古君臣之义。爰命儒臣刘三吾刊削其文句之非醇而醇者。"按《孟子节文题辞》指斥《孟子》曰："《汤誓》时日害丧之喻，岂不太甚哉。雪宫之乐，谓贤者有此乐宜矣，谓人不得，即有非议其上之心，又岂不太甚哉。其他或将朝而闻命中止，或相待如草芥，而见报施以寇仇，或以谏大过不听而易位，或以诸侯危社稷则变置其君，或所就二，所去三，而不轻其去就于时君，固其崇高节抗浮云之素志，抑斯类也。在当时列国诸侯可也，若夫天下一君，四海一国，人人同一尊君亲上之心，学者或不得其扶持名教之本意。"故《孟子》一书中间抑扬太过者八十五条，其余一百七十条，悉颁之中外校官，俾读是书者知所本旨。自今八十五条之内，课试不以命题，科举不以取士。"下引两则，即均在《节文》刊削之列。

[2] 本节《孟子》引文，均据焦循《孟子正义》，中华书局 1987 年。

第四章 "春风扇微和"与"猛志固常在" | 101

图 44　黑漆朱绘凭几
战国时器，中国国家博物馆藏。

图 45　拜谒图
汉画像石，河南唐河县出土。此固与《孟子》无关，而情景二者差相仿佛。

百言的论辩之文固然如是，即此短章亦何尝不有沛然之气。这意思在诸子之文中也很是难得，虽然它原有着三代制度的乃至事实上的依据。《梁惠王下》有孟子对齐宣王问汤放桀，曰武王伐纣是"贼仁者谓之贼，贼义者谓之残，残贼之人谓之一夫，闻诛一夫纣矣，未闻弑君也"，则暴君可杀也。唐虞三代之德是孟子立论的最有力的支持，当然孟子笔下的上古制度，原有不少把理想当作历史的成分。

> 孟子去齐，宿于昼。有欲为王留行者，坐而言，不应，隐几而卧。[1] 客不悦曰："弟子齐宿而后敢言，夫子卧而不听，请勿复敢见矣。"[2] 曰："坐，我明语子。昔者鲁缪公无人乎子思之侧，则不能安子思；泄柳、申详无人乎缪公之侧，则不能安其身。子为长者虑，而不及子思，子绝长者乎，长者绝子乎？"[3]
>
> ——《公孙丑下》

> 陈代曰："不见诸侯，宜若小然。今一见之，大则以王，小则以霸[4]。且《志》曰：'枉尺而直寻。'宜若可为也。"孟子曰："昔齐景公田，招虞人以旌，不至，将杀之。[5] 志士不忘在沟壑，勇

---

1 赵岐《孟子章句》："昼，齐西南近邑也。孟子去齐，欲归邹，至昼地而宿也。齐人之知孟子者，追送见之，欲为王留孟子之行。客危坐而言，留孟子之言也。孟子不应答，因隐倚其几而卧也。"

2 赵岐注："齐，敬。宿，素也。弟子持敬心来言，夫子慢我，不受我言。言而遂起，退欲去，请绝也。"

3 赵岐注："往者鲁缪公尊礼子思，子思以道不行则欲去，缪公常使贤人往留之，说以方且听子为政，然后子思复留。泄柳、申详，亦贤者也。缪公尊之不如子思，二子常有贤者在缪公之侧，劝以复之，其身乃安也。长者，老者也。孟子年老，故自称长者。言子为我虑，不如子思时贤人也。不劝王使我得行道，而但劝我留，留者何为哉。此为子绝我乎，又我绝子乎，何为而愠恨也。"

4 赵岐注："陈代，孟子弟子也。代见诸侯有来聘请孟子，孟子有所不见，以为孟子欲以是为介，故言此介得无为狭小乎。如一见之，傥得引道，可以辅致霸王乎。"

5 赵岐注："虞人，守苑囿之吏也。"依礼，招大夫以旌，招虞人以皮冠。景公招虞人以旌，故虞人守礼不至。《左传·昭公二十年》记此事。

士不忘丧其元,孔子奚取焉?取非其招不往也。如不待其招而往,何哉?且夫枉尺而直寻者,以利言也。如以利,则枉寻直尺而利,亦可为与?昔者赵简子使王良与嬖奚乘,终日而不获一禽。嬖奚反命曰:'天下之贱工也。'[1]或以告王良,良曰:'请复之。'强而后可。一朝而获十禽。嬖奚反命曰:'天下之良工也。'简子曰:'我使掌与女乘。'谓王良,良不可,曰:'吾为之范我驰驱,终日不获一;为之诡遇,一朝而获十。《诗》云:不失其驰,舍矢如破。我不贯与小人乘,请辞'。御者且羞与射者比,比而得禽兽,虽若丘陵,弗为也。如枉道而从彼,何也?[2]且子过矣,枉己者,未有能直人者也。"

——《滕文公下》

公行子有子之丧,右师往吊。[3]入门,有进而与右师言者,有就右师之位而与右师言者。孟子不与右师言。右师不悦,曰:"诸君子皆与驩言,孟子独不与驩言,是简驩也。"孟子闻之,曰:"礼,朝廷不历位而相与言,不逾阶而相揖也。我欲行礼,子敖以我为简,不亦异乎。"[4]

——《离娄下》

"吾善养吾浩然之气",发而为文,自然有风骨,有勇力。"民为

---

1 赵岐注:"赵简子,晋卿也。王良,善御者也。嬖奚,简子幸臣。以不能得一禽,故反命于简子,谓王良天下鄙贱之工师也。"
2 赵岐注:"范,法也。王良曰:我为之法度之御,应礼之射,正杀之禽,不能得一。横而射之曰诡遇。非礼之射,则能获十。言嬖奚小人也,不习于礼。"诗引自《小雅·车攻》。是言君子之射也。"孟子引此以喻陈代。云御者尚知耻羞此射者,不欲与比,子如何欲使我枉正道而从彼骄慢诸侯而见之乎。"
3 赵岐注:"公行子,齐大夫也。右师,齐贵臣王驩,字子敖。"
4 姚永概《孟子讲义》:"'是简驩也'四字,又将右师骄态描出,而孟子闻之,不激不随,淡淡引古礼以折之,称之曰子敖,便与前文五'右师'字对照。孟子目中并无右师,只有一子敖而已。"

贵，社稷次之，君为轻"（《尽心下》），本是孟子学说的要义之一，前举孟子对齐宣王问卿，"易位"之说已经把这样的主张阐扬得透辟。对于人臣来说，为"不召之臣"，自是孟子所认定的理想和准则。"志士不忘在沟壑，勇士不忘丧其元"，对虞人的礼赞，更当用来砥砺人臣志气。王良不为小人御，强调的也是士的尊严，虽然在群趋为功利的时代，他的"范我驰驱"难免要被看作"迂远而阔于事情"，这里其实也还有着一个义、利之辩。孟子说："说大人，则藐之，勿视其巍巍然。""在我者，皆古之制也，吾何畏彼哉。"（《尽心下》）在文学史中与《孟子》相遇，固第一爱它文字雄快，而文字的后面，实有其以德抗位的精神在。

孟子承继了孔子的思想，其立论且更为详备，而文字则由《论语》的简约一变为雄肆，文风也由彼之和舒安雅而变作铺张扬厉。"辞达而已矣"，似乎再拢不住，必要指挥万乘，驰驱百里，把文字挥洒得淋漓尽致。《离娄》与《尽心》的上下篇中颇有短章近似《论语》，但《孟子》七篇中仍以长文为多，虽然也还不是据题抒论的文体。

《滕文公下》：

> 彭更问曰："后车数十乘，从者数百人，以传食于诸侯，不以泰乎？"孟子曰："非其道，则一箪食不可受于人；如其道，则舜受尧之天下，不以为泰。子以为泰乎？"曰："否。士无事而食，不可也。"曰："子不通功易事，以羡补不足，则农有余粟，女有余布；子如通之，则梓、匠、轮、舆皆得食于子。于此有人焉，入则孝，出则悌，守先王之道，以待后之学者，而不得食于子。子何尊梓、匠、轮、舆，而轻为仁义者哉？"曰："梓、匠、轮、舆，其志将以求食也；君子之为道也，其志亦将以求食与？"曰："子何以其志为哉！其有功于子，可食而食之矣，

图 46　箪

湖北荆门包山楚墓出土，右边为其表纹样展开图。竹制，上加木盖。器表黑漆地上施以红、黄、金三色彩绘。箪是普通的盛饭之器。《论语·雍也》"一箪食，一瓢饮，在陋巷，人不堪其忧，回也不改其乐"，与《孟子》此节之"一箪食"，均以简质为言，而这件箪出自卿大夫之家，其制作之讲究，则可谓"泰"矣。

且子食志乎，食功乎？"曰："食志。"曰："有人于此，毁瓦画墁，其志将以求食也，则子食之乎？"[1] 曰："否。"曰："然则子非食志也，食功也。"

1　赵岐注："孟子言人但破碎瓦，画地则复墁灭之，此无用之为也，然而其意反欲求食，则子食乎？"

孟子大约以"好辩"有名于当时，他所以在《滕文公下》的别一章中特别解释道："我亦欲正人心，息邪说，距诐行，放淫辞，以承三圣者，岂好辩哉？予不得已也。"不过这却并不是孟子一个人的宣言。高谈雄辩，乃彼时风气，或融旧铸新，或戛戛独造，战国诸子，几乎无一例外于"好辩"，正所谓"君子必辩"也（《荀子·非相》）。如此，方蔚成今天我们眼中那一片文学的繁荣。只是孟子之辩，多以见识取胜，又因为才思敏捷，而常能以他的才辩以及凛然之正气夺人。若论辩理，却不能许为致密，辩辞亦未必一一妥帖合理。东汉王充作《论衡》，其中《刺孟》一篇，即专意批驳孟子的辩辞之非。上引两章，很能见出孟子的论辩风格，自然也在《刺孟》的指摘之列。即如画墁之喻，彼难之曰："夫孟子引毁瓦画墁者，欲以诘彭更之言也。知毁瓦画墁无功而有志，彭更必不食也。虽然，引毁瓦画墁，非所以诘彭更也。何则？诸志欲求食者，毁瓦画墁者不在其中。不在其中，则难以诘人矣。夫人无故毁瓦画墁，此不痴狂则遨戏也。"文长，不必具录。其实孟子的稍亏于"理"，正不妨他的更丰盈于"文"。妙用比喻，飞扬文采，虽在攻其一点不及其余的时候小有"不讲理"处，其文辞却依然令人读之可喜。"彭更"章的论旨，正好用得着《孟子·尽心下》中的一段话：公孙丑曰："《诗》曰：'不素餐兮。'君子不耕而食，何也？"孟子曰："君子居是国也，其君用之，则安富尊荣；其子弟从之，则孝悌忠信。'不素餐兮'，孰大于是？"而这里的画墁之喻却是一章中的设色之笔。王充只是论理，若品藻论文，则为其所不及也。

又《滕文公下》：

> 匡章曰："陈仲子，岂不诚廉士哉。居於陵，三日不食，耳无闻，目无见也。井上有李，螬食实者过半矣，匍匐往将食之，三咽，然后耳有闻，目有见。"孟子曰："于齐国之士，吾子必

图47 金带钩

战国，湖北随州曾侯乙墓出土。

以仲子为巨擘焉。虽然，仲子恶能廉？充仲子之操，则蚓而后可者也。夫蚓，上食槁壤，下饮黄泉。仲子所居之室，伯夷之所筑与，抑亦盗跖之所筑与？所食之粟，伯夷之所树与，抑亦盗跖之所树与？是未可知也。"曰："是何伤哉？彼身织屦，妻辟纑，以易之也。"曰："仲子，齐之世家也。兄戴，盖禄万钟。以兄之禄为不义之禄而不食也，以兄之室为不义之室而不居也。避兄离母，处于於陵。他日归，则有馈其兄生鹅者，己频顣曰：'恶用是鶂鶂者为哉？'他日，其母杀是鹅也，与之食之。其兄自外至，曰：'是鶂鶂之肉也。'出而哇之。以母则不食，以妻则食之；以兄之室则弗居，以於陵则居之，是尚为能充其类也乎？若仲子者，蚓而后充其操者也。"[1]

---

[1] 陈澧《东塾读书记》："狂狷亦有似是非而者，故孔、孟取狂狷，而不取原壤、陈仲子也。"

《告子下》：

> 任人有问屋庐子曰："礼与食孰重？"曰："礼重。""色与礼孰重？"曰："礼重。"曰："以礼食，则饥而死；不以礼食，则得食，必以礼乎？亲迎，则不得妻；不亲迎，则得妻，必亲迎乎？"屋庐子不能对，明日之邹以告孟子。孟子曰："於，答是也何有。不揣其本而齐其末，方寸之木，可使高于岑楼。金重于羽者，岂谓之一钩金与一舆羽之谓哉？取食之重者与礼之轻者而比之，奚翅食重？取色之重者与礼之轻者而比之，奚翅色重？往应之曰：'紾兄之臂而夺之食，则得食；不紾，则不得食，则将紾之乎？逾东家墙而搂其处子，则得妻；不搂，则不得妻，则将搂之乎？'"[1]

《尽心上》：

> 桃应问曰："舜为天子，皋陶为士，瞽瞍杀人，则如之何？"孟子曰："执之而已矣。""然则舜不禁与？"曰："夫舜恶得而禁之？夫有所受之也。""然则舜如之何？"曰："舜视弃天下犹弃敝屣也。窃负而逃，遵海滨而处，终身䜣然，乐而忘天下。"

总是声气咄咄逼人，却饶有风趣，便觉得分外可爱。何况此中尤其有着通达的见识。《论语·阳货》"古之矜也廉，今之矜也忿戾"，似可用来为陈仲子的故事作批注。《尽心上》中的一则，也有孔子

---

[1] 赵岐注："孟子言夫物当揣量其本，以齐等其末，知其大小轻重，乃可言也。不节其数，累积方寸之木，可使高以岑楼。岑楼，山之锐岭者。宁可谓寸木高于山邪？金重于羽，谓多少同而金重耳。一带钩之金，岂重一车羽邪？如取食色之重者，比礼之轻者，何翅食色重哉？翅，辞也。若言何其不重也。"《孟子讲义》："任人之问，取食色之万不可少者以屈礼，其辞甚巧，几令人迷乱。'不能'下一转语，孟子之教，乃取食色之万不可行者以伸礼，用意极空灵，文亦敏妙已极。"

第四章　"春风扇微和"与"猛志固常在" | 109

图 48　鲜卑妆的舜故事（局部）

宁夏固原北魏墓出土漆棺画，时代约当太和年间。舜以孝子形象出现在这里，十一个画面各有榜题，构成情节递进的一组连环画。

之说在先。《论语·子路》:"叶公语孔子曰:'吾党有直躬者,其父攘羊,而子证之。'孔子曰:'吾党之直者异于是:父为子隐,子为父隐,直在其中矣。'"朱子《集注》:"父子相隐,天理人情之至也,故不求为直,而直在其中。"为亲者讳,是人很难克服的感情,也是性情之真者,孔子乃完全从人情一面说来,孟子则兼理与情而言,且特地在理与情之间为情留出余地,二者皆以极端的比喻而显示出一种宽容平和的气象。当然两则比喻的后面尚有一个更为深远的背景,即远古时代血族关系影响下产生的"亲亲"之观念。[1] 明郝敬云:"孟子人品心术,正大光明,议论开口见心,更无回互诡谲之谭。行己与人,坦然宽平,虽嚬笑不苟,而亦无矫激违情。"(《孟子解说》)这里说的正是儒家本色。姚永概评《孟子》曰:"以文论之,光明俊伟,有豪杰气象,然却少含蕴。""少含蕴",不必是《孟子》的遗憾,"光明俊伟,有豪杰气象",则评得切当。若借陶诗论孔、孟,则《论语》是"春风扇微和",《孟子》乃"猛志固常在"。于是《论语》如水,于文学特有浸润之效;《孟子》如钟,以鞺鞳之音而常可唤起深沉的回响。

《孟子》七篇为"内篇",此外尚有所谓"外书"四篇,《汉书·艺文志》"诸子略"著录《孟子》十一篇,当是合此"内""外"之数。东汉赵岐作《孟子章句》,说"外书"四篇"其文不能宏深,不与内篇相似,似非孟子本真,后世依放而托之者也",因此没有为它作注,以后便失传了。今存《孟子》注本,即以赵岐《孟子章句》为最早,此后有朱熹《孟子集注》,简明而精核,清焦循《孟子正义》则详审渊博。又有托名苏洵的《苏批孟子》,清赵大浣且为之增补。后者的八股腔令人生厌,《孟子》不当如是读也,即所谓"苏

---

[1] 日知《从〈春秋〉"称人"之例再论亚洲古代民主政治》,载所著《中西古典学引论》,东北师大出版社1999年,第251页。

批"亦不类老泉口吻。近人姚永概作《孟子讲义》，注释浅显易晓，时或评文，片言居要，多有可取。

附《檀弓》

孔门弟子很多，《史记·孔子世家》说："孔子以《诗》《书》《礼》《乐》教，弟子盖三千焉，身通六艺者七十有二人。"不过其中有著作传世的却很少。至于七十子之弟子，其述作《汉书·艺文志》"诸子略"著录之若干，多已亡佚，虽存者，也略无完帙。汉儒编撰的《礼记》，中有《檀弓》一篇，孔安国以为作在六国时，清人孙希旦《礼记集解》则认为是"七十子之弟子所作"，虽然无法考证得确切，却也不致相去太远。

《檀弓》多言丧制，而颇存流传于当时的与丧制乃至丧事有关的故事，用笔则极有斟酌，虽短章也每有周旋曲折，可以说它虽无意于文法，却独厚于人情。

> 孔子哭子路于中庭[1]，有人吊者，而夫子拜之[2]。既哭，进使者而问故[3]。使者曰："醢之矣。"遂命覆醢[4]。

---

1 中庭，郑玄注："寝中庭也，与哭师同，亲之。"《檀弓上》别记孔子之言曰："师，吾哭诸寝。"本节《檀弓》引文，均据《十三经注疏》本。

2 郑玄注："为之主也。"

3 郑玄注："使者，自卫来赴者。故，谓死之意状。"按"赴"，报丧也。

4 郑玄注："覆，弃之，不忍食。"朱彬《礼记训纂》："古者食必有酱，皆兼醢酱言之。《仪礼》正馔有菹醢，则每食有醢，明矣。孔子闻子路之故，适食坐设醢，故不忍食也。"孙邎人《檀弓论文》："哭中庭，拜吊者，视之如子也。二句总写哀恸倍常，却用'既哭'二字略一停顿，补出使者来，以见当日闻丧便哭，不暇问故光景，愈托出首二句突兀之妙。末句伤心惨目，虽不露一哭字，而有无数哭声在内。"

> 颜渊之丧，馈祥肉，孔子出受之。入，弹琴而后食之[1]。

《檀弓》差不多篇篇记礼，而说到礼的故事，总未免有情。若了然于彼一时代的丧制，则引在这里的两节，便很能令人感觉到扑面而来的至深的哀恸。却只是叙事，又只是白描，质雅，简净，文字的节制几乎到极点，然而不作形容处却因之形容尽致。"孔子哭子路"一节，"覆醢"，情景真切，自是实录；评者又看它倒叙之笔用得好，但恐怕其要仍在于"修辞立其诚"是遣词造句的始终的依凭。

> 公叔文子升于瑕丘，蘧伯玉从。文子曰："乐哉斯丘也，死则我欲葬焉。"蘧伯玉曰："吾子乐之，则瑗请前。"

> 陈子车死于卫，其妻与其家大夫谋以殉葬，定而后陈子亢至。以告曰："夫子疾，莫养于下，请以殉葬。"子亢曰："以殉葬，非礼也。虽然，则彼疾当养者，孰若妻与宰？得已，则吾欲已；不得已，则吾欲以二子者之为之也。"[2] 于是弗果用。

孔门之文很少表现纯粹的个人，只是把人所共通的普遍的情感道德与好恶，每每表达得沉着厚实，且使人能够会心于一片仁者情怀。《檀弓》记言记事，当也有引人向善的意思，却绝少议论，更

---

[1] 祥，丧祭名。祭所用肉，祭后分送亲友。孙希旦《礼记集解》："夫子为颜子、子路皆如丧子而无服，而其于颜子之死哀痛尤深。盖心丧之如长子（按《仪礼·丧服篇》"父为长子斩衰三年"），自祥以前皆废乐，故弹琴而后食祥肉，盖以此为释心丧之节也。"《檀弓论文》："极感伤事，一笔不写，反着'弹琴'二字，奇绝。不知'而后食之'四字，已包却前此多少情景也。"

[2] 《礼记集解》："家大夫，即宰也。子亢度二人不可以理争，故言欲以二人为殉，所以使其惧而自止。"

丝毫没有说教气。笔所到处，仿佛都是即目，实录中，则深意存焉。"公叔文子"一节，蘧伯玉之"请前"，各家解释不很一致，孙希旦《礼记集解》"愚谓伯玉以文子欲夺人之地以为葬地，故言吾子若乐此，则瑗请前行以去，亦不欲闻其谋也"，似较合宜。"陈子车"一则中的子亢，孔颖达《礼记正义》以为当即《论语·季氏》中相问于伯鱼的陈亢，《学而》也还记载着他的另一问："夫子至于是邦也，必闻其政，求之与，抑与之与？"也颇见性情。《檀弓》里的机智，更令人想见其人。这里的事态本分外严重，而辞令则令人绝倒，其意却因此倍添郑重。后来记在《史记·滑稽列传》中的西门豹故事，其河伯娶妇一节本与这里的故事同一机杼，却是情节丰富得多，而敷演得格外热闹了。

图49 玉佩

战国时期，传洛阳金村东周王室墓出土，今藏华盛顿弗利尔美术馆。系在玉佩上方的一对玉舞人深衣曳地，长袖飞扬，鬓边垂将及肩的余发夭矫外卷，是《诗·小雅·都人士》所谓"卷发如虿"也。

《檀弓》里的"曾子易箦","嗟来之食","苛政猛于虎",也都有名。可举之例实在还有不少。

> 石骀仲卒,无适子,有庶子六人,卜所以为后者。曰:"沐浴佩玉则兆。"五人者皆沐浴佩玉。石祁子曰:"孰有执亲之丧而沐浴佩玉者乎?"不沐浴佩玉。石祁子兆,卫人以龟为有知也。[1]

> 鲁庄公及宋人战于乘丘,县贲父御,卜国为右[2]。马惊,败绩,公队,佐车授绥。[3]公曰:"末之卜也。"县贲父曰:"他日不败绩,而今败绩,是无勇也。"遂死之。[4]圉人浴马,有流矢在白肉。公曰:"非其罪也。"遂诔之[5]。士之有诔,自此始也。

> 孔子之故人曰原壤,其母死,夫子助之沐椁,原壤登木曰:"久矣,予之不托于音也。"歌曰:"狸首之班然,执女手之卷然。"夫子为弗闻也者而过之。从者曰:"子未可以已乎?"夫子曰:"丘闻之,亲者毋失其为亲也,故者毋失其为故也。"

---

[1] 适子,即嫡子。《礼记集解》:"《左传》言立子之法:'年均以德,德均以卜。'(按见《昭公二十六年》)骀仲庶子六人,未必皆同年,盖既皆庶子,故不论长幼,直以卜决之,盖骀仲之遗命也。兆,谓得吉兆。'沐浴佩玉则兆',掌卜者谓之之辞,石祁子不沐浴佩玉,守礼而不惑于祸福也。"《檀弓论文》:"结句正见得人心与鬼神孚合处,不但写祁子之贤,并凡事只当循礼守义,不必谄媚鬼神可知。"

[2] 郑玄注:"县、卜,皆氏也。凡车右,勇力者为之。"

[3] 败绩,此谓车覆。公队,坠于车。佐车,副车。绥,车上所设登车助力的带子。

[4] "末之卜也",郑玄注:"末之,犹微哉,言卜国无勇。"按此释不确。"末之卜"若为责卜国,当举其名,不当称其姓。孙希旦《礼记集解》:"末之卜,言未尝卜也。凡战,于御、右,必卜之。"按乘丘之战见《左传·庄公十年》。时鲁出奇兵,故于御者与车右不及占卜而遽用之。庄公言此,欲以宽二人之责,而贲父耻其无勇,遂赴敌而死。

[5] 诔,哀死而述其事迹之辞。

叙事之笔，依然不动声色，却字字有神。"马惊，败绩，公队，佐车授绥"，十个字，一个惊心动魄的场面。"有流矢在白肉"，关键之笔，仍以俭省写出细微：矢中马股间肉白处，故人所不见也。石祁子故事，"沐浴佩玉"，一而再，再而三，乃至寥寥数言的叙事中把它一字不易四复之，真的是拙，却偏因这拙，而带得全副文字都有了意态神情。原壤之真与孔子之厚，以"故人"二字别见情味。"夫子为弗闻也者而过之"，《孔子家语》作"夫子为之隐，佯不闻以过之"，则何其陋也。《礼记集解》："原壤母死而歌，与子桑户死，孟子反、琴张临丧而歌相类，盖当时为老氏之学者多如此。然壤之心实非忘哀也，特以为哀痛在心而礼有所不必拘耳，故夫子原其心而略其迹，而姑以是全其交也。"孟子反、琴张，见《庄子·大宗师》。《檀弓》的驱遣文字每有持一当百之效，若说它的叙事安排得宜，布置停匀，也怕这评论是用了后人的眼光，只是后世叙事的手段更丰富更圆熟，却仿佛再难回到如此之"有工力的淳朴"[1]。

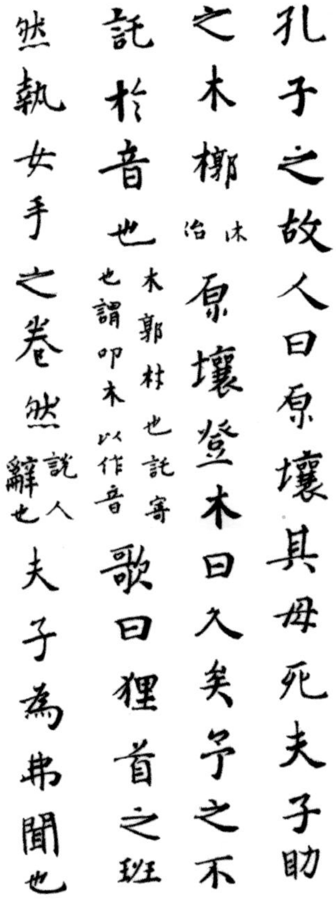

图 50 《檀弓》
初唐写本，出敦煌。

---

[1] 语出卞之琳，见《人与诗：忆旧说新》，生活·读书·新知三联书店1984年，第66页。

第五章　幻丽之文

《庄子》

周秦诸子的文章，大抵都可以看出各自的渊源来，如论辩之文在《左传》《国语》《战国策》中可以见出发展的线索，《孟子》《韩非子》等皆可以算在这一系，虽然又各自有着不同的创造，且因此又形成不同的风格。《论语》承继了记言记事的传统，而在诚恳切实的空气中，酝酿出生动的气韵。《老子》格言式的述作，则有着由《周易》蜿蜒而来的文字血脉。

《庄子》却仿佛异峰突起，前不见古人，后不见来者。看《庄子》，只好把它看作一道流水，它的时代，它的时代的文与人，一一是流水中的倒影，由这些倒影才可以反映出水流的明净澄鲜。

庄子的生卒年，史无明文。《史记·庄子列传》云："庄子者，蒙人也，名周。周尝为蒙漆园吏，与梁惠王、齐宣王同时。"蒙初属宋，后灭于楚，地在今河南商丘市北。庄子生活的时代，大抵与孟子同时，约当前四世纪中期到前三世纪早期。

《庄子》，《汉书·艺文志》著录为五十二篇。陆德明《经典释文·序录》云："《汉志》'《庄子》五十二篇'，即司马彪、孟氏所注是也。言多诡诞，或似《山海经》，或类《占梦书》，故注者以意去取。其《内篇》众家并同，自馀或有《外》无《杂》，唯郭子玄所注，特会庄生之旨，故为世所贵。"[1]晋郭象注本，即通行于今的

---

[1] 据《叙录》所载，《庄子》注释中，可考其文本之变迁者有五，武内义雄《诸子考略·庄子考》于此备述其详，见江侠庵编译《先秦经籍考》中册，商务印书馆1933年。

三十三卷三十三篇本。而晋司马彪所注二十一卷五十二篇本，则至南宋已亡。郭象是玄学家，未免以己意多所刊落，却因此而丧《庄子》之全，是很可惜的。至于逸篇辑录，宋王应麟曾由旧籍中辑得三十九则（见《困学纪闻》），以后翁元圻为《困学纪闻》作注，又有所补缀。今人马叙伦辑有《庄子佚文》一卷，合之旧辑，得一百余则。然则零章散句较之五十二篇之数，究竟差得太远。

《庄子》却并不是全部由庄子所作，今本篇题亦非庄子所拟，《内》与《外》与《杂》的分别，更是出自后人。[1] 传世的三十三篇，按照通常的说法，《内》七篇内容相对来说比较精纯，可以视为庄子的作品，《外》《杂》篇则出自众手，或者是继承庄子之后学，或者竟是与庄子观点发生分歧的庄子后学乃至与庄子学派已不相干者之作。哲学思想的相异之处暂且不论，叙述风格的不同，清人王夫之所作的分别，似可参考。关于《内》《外》篇，他说："《内篇》虽参差旁引，而意皆连属；《外篇》则舛驳而不续。《内篇》虽洋溢无方，而指归则约；《外篇》则言穷意尽，徒为繁说而神理不挚。《内篇》虽极意形容，而自说自扫，无所黏滞；《外篇》则固执粗说，能死而不能活。"又曰《外》《杂》篇之别："《外篇》文义虽相属，而多浮蔓卑隘之说；《杂》篇言虽不纯，而微至之语，较能发《内篇》未发之旨。"（《庄子解》）若就文体论，则又不妨把它别作三类：一、首尾成篇者；二、条记式而首尾一义连贯者；三、条记式而非一义连贯者。[2] 又有论者进一步认为，《庄子》之文不当以"篇"作单元，而应以段落作单元，则《内篇》原有屡入之什，《外》《杂》

---

1 《汉书·艺文志》云《庄子》五十二篇，并无《内》《外》《杂》篇之名，至《隋书·艺文志》始有周弘正《庄子内篇讲疏》八卷，梁简文帝《庄子外篇杂音》《庄子内篇音义》各一卷，可知今所见有《内》《外》《杂》之分者，已非汉时面且。

2 叶国庆《庄子研究》，商务印书馆1935年，第36—37页。此本用来说《外》《杂》篇的组织，其实《内篇》也可包括在内，《内篇》之结构约相当于第二类。

篇也未必全非庄子手笔。今人张恒寿《庄子新论》于此作了细致的辨析。它不以庄子与非庄子为界线，而以早出和晚出作为分别。[1]这也许是读《庄》的一个更好的办法。总之，《内篇》中的大部，早出的证据比较充分，虽然有若干窜乱错简，但大体上一义贯穿，自相矛盾的地方并不太多。则我们不妨把它作为一个基准，来看待《外篇》和《杂篇》，而勾画出庄学创始人和他的嫡派一种卓尔不群的语言风格，且以此检阅它对文学的贡献。那么这里说庄子，也就不是庄子其人的特指，而是为了叙述方便的一个代称。

庄子的语言风格与特色，其后学在《天下》篇中概括得最好：

> 寂漠无形，变化无常，死与生与，天地并与，神明往与，芒乎何之，忽乎何适，万物毕罗，莫足以归，古之道术有在于是者，庄周闻其风而悦之。以谬悠之说，荒唐之言，无端崖之辞，时恣纵而不傥，不以觭见之也。以天下为沉浊，不可与庄语，以卮言为曼衍，以重言为真，以寓言为广，独与天地精神往来，而不敖倪于万物，不谴是非，以与世俗处。其书虽瑰玮，而连犿无伤也。其辞虽参差，而諔诡可观。彼其充实不可以已，上与造物者游，而下与外死生、无终始者为友。其于本也，弘大而辟，深闳而肆；其于宗也，可谓调适而上遂矣。虽然，其应于化而解于物也，其理不竭，其来不蜕，芒乎昧乎，未之尽者。[2]

庄子和孔子，是截然不同的两种风格，影响于后世的文学，也是如此。可以说，孔子是把个人放在一个历史的社会的秩序里，庄子则把个人放在宇宙的生命的秩序里。孔子系心于日用伦常中的

---

1 《庄子新论》上编，湖北人民出版社1983年。
2 本节《庄子》引文，均据《南华真经注疏》（郭象注、成玄英疏），中华书局1998年。

人生，庄子关怀着天地大化中的人生。孔子是为人之道，庄子乃为生之道。孔子奠定了根基，所以是深厚。庄子拓展了视野，所以特别有着精神世界的广大。"天地并与，神明往与"，即与天地同体也，与造化同运也。发之为文，在孔子，是触处皆实理；在庄子，便触处皆幻相。"子在川上曰：逝者如斯夫，不舍昼夜。"庄子说："夫藏舟于壑，藏山于泽，谓之固矣，然而夜半有力者负之而走，昧者不知也。"感叹虽然有共通，但孔子的眼光总放在人间，庄子则已跃然于山之外、壑之外，取了一个俯瞰的姿态。孔子所以老老实实说"辞达而已"，庄子却必要谬悠其说，荒唐其言，即寓言也，重言也，卮言也。

寓言、重言、卮言，其意义《寓言》篇中已经作了解释：

> 寓言十九，重言十七，卮言日出，和以天倪。寓言十九，藉外论之。亲父不为其子媒，亲父誉之，不若非其父者也。非吾罪也，人之罪也。与己同则应，不与己同则反；同于己为是之，异于己为非之。重言十七，所以已言也，是为耆艾。年先矣，而无经纬本末以期年耆者，是非先也。人而无以先人，无人道也，人而无人道，是之谓陈人[1]。卮言日出，和以天倪，因以曼衍，所以穷年。[2]

《寓言》中的第一节，可以看作是《庄子》一书的序例。庄子的基本主张本来是齐物、忘言，而却喋有称说——既有著述，则已是不齐、不忘，正是"一落语言文字，而早已与道不相肖"，因此要

---

[1] 成玄英疏："期，待也。上下为经，傍通曰纬。言此人直是以年老居先，亦无本末之智，故待以耆宿之礼，非关道德可先也。无礼义以先人，无人伦之道也，直是陈久之人，故重之耳。世俗无识，一至于斯。"

[2] 成玄英疏："卮，酒器也。日出，犹日新也。天倪，自然之分也。"媒，荐引。成疏："父谈其子，人多不信，别人誉之，信者多矣。"又宣颖《南华经解》："不是我故为支离，因人情难于直陈耳。"

在这里特别"发明其终日言而未尝言之旨,使人不泥其迹"(王夫之《庄子解》)。

寓言的意思,最明白。"藉外",便是假借他人之口,仿佛意见皆非己出,则自家不必参入是非争论之场。重言,则是引重古人之言。若用《人世间》中颜子所谓"成而上比者,与古为徒"来作解释,也是恰好,即引古人以为证也。至于卮言,则历来有不同的理解。清陆树芝云:"所谓'卮言日出',如《齐物论》所云'和之以天倪,因之以曼衍,所以穷年',虽如卮之注而不竭,而一切付之无心,初非争执是非,故有言一如无言也。"(《庄子雪》)此释似较近之。至于所谓"十九""十七",则原非"庄语",二者本来错综为文,并没有一个清楚的分别,正不必认真计较。

不过无论寓言还是重言,其运用本为当日写作的一般风气,并不为庄子所特有。而庄子之独擅,实在于"正言若反"(《释文·序录》),或者说,取义多在于"败其兴"(谭元春《遇庄·阅人间世》),其中任由庄子创造发挥的帝王故事、圣贤故事,可以算作比较显明的例子。然而这仍不是主要。庄子语言的精蕴更在于合寓言与重言而为卮言。若以庄注庄,还可以断章取义再引《齐物论》中的话,即"注焉而不满,酌焉而不竭,而不知其所由来"。而此又源于庄子的哲学。

庄子哲学的精要,在"齐物论",亦即齐是非,亦即看得世间的此是彼非,无非是瞬间之"迹",而世间万物原本日日夜夜运行不息,前举《大宗师》中的藏舟之喻便把这样的意思表达得尽致,郭象注云:"夫无力之力,莫大于变化者也,故乃揭天地以趋新,负山岳以舍故;故不暂停,忽已涉新,则天地万物无时而不移也。"大化密移,交臂而失之,如此流动之境中,作为运行间的瞬时之"迹",如何可以认定它有不易之"是"、不易之"非"。明陶望龄说《齐物论》乃"以无是非处齐是非"(《解庄》),是也。而庄子学说原受了名家一派惠施的很大影响[1],庄子之"言"、之"知",且多与惠子相契合,一对挚友恰又在论辩中丰盈了各自的学说。然而不同的是,惠子止于言,止于知,庄子却始于言而终于无言,始于知而终于无知,竟至超越了言、知之境,而达于齐言知、齐是非。此一分别,是庄子与惠子之别,亦庄子与诸子之别,而根本的在于有迹与无迹之别,所谓"至于无迹,则谓之至人矣,谓之神人矣,谓之圣人矣"(林希逸《庄子鬳斋口义》),《逍遥游》所以于此三致意焉。

不过始于言终于无言,却不是不言,否则天地间也就没有一部《庄子》。《人间世》云"绝迹易,无行地难",《外物》云"至人不留行",都不是否定"行",而只是不想把所行之"迹"留存下来,即"渡水不湿脚之意",又所谓"随步随扫其迹"[2]。因此,"卮言日出,和以天倪,因以曼衍,所以穷年",照字面看去,不妨说它是"随事理曼衍所在而写之于言,日出之以消遣岁月也"(宣颖),但真正的含义却在于不执、不滞,求圆、求通、求明、求透脱,亦如前引陆树芝之释。自说自扫自新,不偏执,不泥迹,卷舒自在,无碍圆融,因而能够行无所住,不主故常,卮言所包含的实在于一种独特的观照方式与精神气质。而庄子之齐是非、齐物我,原是以天地大化为参照,因此眼界本来宽广,胸襟本来博大,即《天下》篇所云"其于本也,弘大而辟,深闳而肆;其于宗也,可谓调适而上遂",庄子文字汪洋恣肆、"充实不可以已",此其所由来也。

---

1 冯友兰《中国哲学史》,中华书局1961年,第245页。
2 焦竑《庄子翼》引录宋褚伯秀《管见》。又清人宣颖《南华经解》"方以一言扫有,随以一言扫空,方是一丝不挂,不然与纷纭者一间耳",也是同样的意思。

最可见出如此境界者，莫过于《齐物论》，虽然它的原始面貌是否如此首尾成篇，未必能够完全肯定，后面"故昔者尧问于舜"一段也恐怕是羼入之辞，不过不妨说它大部存真。《齐物论》一面包括着庄子学说的精义，一面也最可代表庄子的语言风格。先秦之文章，"篇"的构成比较随意，有时甚至只是若干论题相近的文字段落的集合，因此它并不讲求如后世"起承转合"之类的章法经营，所谓"随意出词，绝无结构，庄文也"（朱得之《庄子通义·读庄评》）。但它却绝少敷演题目的浮词浪语，而更有着清晰的思想的逻辑，论说、推理，无不次第分明。《齐物论》"详究深妙之哲理，本已极难着笔，而笼罩大篇广漠之空论，不亦难之又难乎"[1]，然而它却能够凭着流水一样的语言，把枯劲之辩思来随文生情，汩汩滔滔依水势而起伏流淌，因此谈理灵活，笔致波峭，行文则显隐缓急各臻其妙。

> 夫大块噫气，其名为风。是唯无作，作则万窍怒呺。而独不闻之翏翏乎？山林之畏佳，大木百围之窍穴，似鼻，似口，似耳，似枅，似圈，似臼，似洼者，似污者；激者，謞者，叱者，吸者，叫者，譹者，宎者，咬者，前者唱于而随者唱喁。泠风则小和，飘风则大和，厉风济则众窍为虚，而独不见之调调之刁刁乎。[2]

林希逸注《庄》，以为这是《庄子》文章中的第一妙，并且不止此

---

1 杨文煊《南华直旨》，星星日报印刷部1936年，第20页。
2 成玄英疏："翏翏，长风之声。畏佳，扇动之貌。而翏翏清吹，击荡山林，遂使树木枝条，畏佳扇动。""木既百围，穴亦奇众，故或似人之口鼻，或似兽之阑圈，或似人之耳孔，或似舍之枅楷，或洼曲而臃肿，或污下而不平，形势无穷，略陈此八事。""激者，如水湍激声也；謞者，如箭镞头孔声也；叱者，咄声也；吸者，如呼吸声也；叫者，如叫呼声也；譹者，哭声也；宎者，深也，若深谷然；咬者，哀切声也。略举树穴，即有八种，风吹木窍，还作八声。"郭象注："调调刁刁，动摇貌也。"又罗勉道《庄子循本》："调调刁刁，树尾风，调调然和而刁刁然微也。"

也,"合古今作者求之,亦无此一段文字"。虽然极力赞美,但不算过分。庄子本是天纵之才,有思想的逻辑,却全没有作文的成规,欹侧旁出,任意挥洒,落笔遂成绝唱。后来韩愈作《画记》,写马一段,略袭此意,却一一是正面着笔,便令人觉得画虎不成。宋刘辰翁评《庄子》此节云:"杂以七八'者'字,而形与声若不可胜数。""'调调''刁刁',又画中之远景,形容之所不尽也。说了许多窍穴,若无'调调''刁刁',则树梢之披靡如有遗矣。"[1]而他自作《松声诗序》,摹仿庄子画声手笔,到底望尘莫及。

《齐物论》有文势的转折起伏,有句势的转折起伏。比喻、寓言,总是天外飞来之笔,跳接于论议,偏又浑融无间。

图51 提梁虎形铜灶

春秋时器,山西太原金胜村晋国赵卿墓出土。全器由灶体、四节烟筒以及釜与甑组合而成。为便搪泥,灶的内壁特地做出许多小刺。此灶既可以拆卸,则也不妨用于行旅。晋卿的饮爨之具精巧如此,丽姬之"与王同匡床,食刍豢",宜乎悔其当初之泣也。

劳神明为一,而不知其同也,谓之朝三。何谓朝三?狙公赋芧,曰:"朝三而暮四。"众狙皆怒。曰:"然则朝四而暮三。"众狙皆悦。名实未亏,而喜怒为用,亦因是也。是以圣人和之

---

[1] 明凌氏四色刊本《南华经》引录。

以是非而休乎天均，是之谓两行。

道之所以亏，爱之所以成。果且有成与亏乎哉？果且无成与亏乎哉？有成与亏，故昭氏之鼓琴也；无成与亏，故昭氏之不鼓琴也。

丽之姬，艾封人之子也。晋国之始得之也，涕泣沾襟。及其至于王所，与王同匡床，食刍豢，而后悔其泣也。予恶乎知夫死者不悔其始之蕲生乎。[1]梦饮酒者，旦而哭泣；梦哭泣者，旦而田猎。方其梦也，不知其梦也，梦之中又占其梦焉，觉而后知其梦也，且有大觉而后知此其大梦也。

昔者庄周梦为胡蝶，栩栩然胡蝶也，自喻适志与，不知周也。俄然觉，则蘧蘧然周也，不知周之梦为胡蝶与，胡蝶之梦为周与？周与胡蝶则必有分矣，此之谓物化。

朝三暮四，本是用来齐名实。"天均"，郭象注："莫之偏任，故付之自均而止也。""两行"，郭象注："任天下之是非。"这是《齐物论》中的"庄语"，也是"齐物论"的境界，却把狙公赋芧夹喻其中用来吐露大化的真消息，似谐而实庄。

鼓琴之喻很有意思，它可以有几种解释，而都能够解释得通畅。成玄英疏：昭氏，"古之善鼓琴者也。夫昭氏鼓琴，虽云巧妙，而鼓商则丧角，挥宫则失徵，未若置而不鼓，则五音自全"。这一句

---

[1] 成玄英疏："昔秦穆公与晋献公共伐丽戎之国，得美女一，玉环二，秦取环而晋取女，即丽戎国艾地守封疆人之女也。匡，正也。初去丽戎，离别亲戚，怀土之恋，故涕泣沾襟。后至晋邦，宠爱隆重，与献公同方床而燕处，进牢馔以盈厨，情好既移，所以悔其先泣。一生之内，情变若此，况死生之异，何能知哉。庄子寓言，故称献公为王耳。"

却又特别接得好,仿佛一断,其实接得更紧,整个句子于是字字立得起,而格外有精神。

丽姬一段,则齐生死,齐梦觉。它本来是长梧子答瞿鹊子之问,乃寓言中的一个寓言,庄子为文,最喜欢这样的层层布置。丽戎之女添得一段风趣,又仍是把转折插接得不露痕迹。

胡蝶的比喻最奇妙。忽然现身一譬,自扫其迹:物论是迹,齐物论也是迹,于是一并洗发扫却。由声而起,最终至于万籁俱寂声影俱无的一片空明,思如捕风,言若镂尘,"不但论者废然,即齐者亦瞿然自失矣"(钱澄之《庄子精释》)。若说一起一结,出自庄子用心安排,却是不然。《大宗师》"安排而去化,乃入于寥天一",是随造化而行,又入于造化也,用来形容他作文的胸襟和境界,仿佛正是贴切。此所以庄子文章之奇纵,竟至不容后人学步。

> 北冥有鱼,其名为鲲。鲲之大,不知其几千里也。化而为鸟,其名为鹏。鹏之背,不知其几千里也,怒而飞,其翼若垂天之云。是鸟也,海运则将徙于南冥。南冥者,天池也。《齐谐》者,志怪者也。《谐》之言曰:"鹏之徙于南冥也,水击三千里,抟扶摇而上者九万里,去以六月息者也。"野马也,尘埃也,生物之以息相吹也。天之苍苍,其正色邪?其远而无所至极邪?其视下也,亦若是则已矣。且夫水之积也不厚,则负大舟也无力。覆杯水于坳堂之上,则芥为之舟,置杯焉则胶,水浅而舟大也。风之积也不厚,则其负大翼也无力。故九万里则风斯在下矣,而后乃今培风,背负青天而莫之夭阏者,而后乃今将图南。
>
> ——《逍遥游》

这是《庄子》中特别为人传诵的一节,其实它最好是文字的夭矫变化。论事,不过大鹏凭风徙于南冥而已,却把多少转折顿挫摆布于寥寥数百字中,"穷山深谷,惟恐使人不入迷路,然恐人之真迷也"[1]。由南冥而转入《齐谐》,妙在文字之不相衔接;由《齐谐》又折回南冥,妙在思意之复合前情。野马,尘埃,正是虚空中的情景,然而"天之苍苍"一问,忽然是人之在下仰视天上;"其视下也",忽然又翻作鹏之腾空下视。杯水坳堂,转瞬之际跳开去;恍惚之间,九万里上,风已在下,忽然又是大鹏,仍是凭风,仍赴南冥也。

不过它在《逍遥游》中仍只是庄子的"弄笔处",《逍遥游》"赞美之、又赞美之"的,乃是"至人无己,神人无功,圣人无名",即真正的无待也,无迹也;若大鹏之刻意于云霄之上,凭九万里之风,击三千里之浪,则仍是有待。所谓"逍遥"者,其实不逍遥。吾人爱它文字之奇纵驰骋而诵之不已,却仿佛买椟还珠,也实在因为这椟做得太好——庄子于文,本来也是有着特别的爱惜。朱得之云"三十三篇皆以扫迹为义"(《庄子通义·读庄评》),其实"扫迹"又当别作两事,所谓"迹",便是我们眼中的庄子之文学,"扫"则是我们眼中的庄子哲学,二者在庄子却是"方生方死,方死方生"须臾不曾相离,文学与哲学如此的互为依赖互为否定,竟至成就了一种奇特的完美,先秦诸子,庄子贡献于文学者所以为最。

> 子祀、子舆、子犁、子来四人相与语曰:"孰能以无为首,以生为脊,以死为尻,孰知死生存亡之一体者,吾与之友矣。"四人相视而笑,莫逆于心,遂相与为友。
>
> 俄而子舆有病,子祀往问之。曰:"伟哉,夫造物者将以予为此拘拘也。"曲偻发背,上有五管,颐隐于齐,肩高于顶,句赘指天,阴阳之气有沴,其心闲而无事,跰𨃅而鉴于井。曰:"嗟

---

[1] 杨文煊《南华直旨》,第9页。

乎，夫造物者又将以予为此拘拘也。"子祀曰："汝恶之乎？"曰："亡，予何恶！浸假而化予之左臂以为鸡，予因以求时夜；浸假而化予之右臂以为弹，予因以求鸮炙；浸假而化予之尻以为轮，以神为马，予因以乘之，岂更驾哉。[1]且夫得者，时也；失者，顺也。安时而处顺，哀乐不能入也，此古之所谓县解也，而不能自解者，物有结之。且夫物不胜天久矣，吾又何恶焉。"

俄而子来有病，喘喘然将死，其妻子环而泣之。子犁往问之，曰："叱！避，无怛化。"倚其户与之语曰："伟哉造化，又将奚以汝为？将奚以汝适？以汝为鼠肝乎，以汝为虫臂乎？"子来曰："父母于子，东西南北，唯命之从。阴阳于人，不翅于父母。彼近吾死而我不听，我则悍矣，彼何罪焉。夫大块载我以形，劳我以生，佚我以老，息我以死。故善吾生者，乃所以善吾死也。今之大冶铸金，金踊跃曰'我且必为镆铘'，大冶必以为不祥之金。今一犯人之形而曰'人耳，人耳'，夫造化者必以为不祥之人。今一以天地为大炉，以造化为大冶，恶乎往而不可哉。"[2]成然寐，蘧然觉。

——《大宗师》

---

[1] 成玄英疏："拘拘，挛缩不申之貌也。夫洪炉大冶，造物无偏，岂独将我一身故为拘挛之疾。以此而言，无非命也。子舆达理，自欢此辞也。""骈蹒"，曳疾貌。言曳疾力行，照临于井，既见己貌，遂使发伤嗟。寻夫大道自然，造物均等，岂偏于我，独此拘挛。欲显明物理，故寄兹嗟叹也。""假令阴阳二气渐而化我左右两臂为鸡为弹，弹则求于鸮鸟，鸡则夜候天时。尻无识而为轮，神有知而作马，因渐渍而变化，乘轮马以遨游。"

[2] 林希逸云："叱者，呵止之声；避者，使其妻子远去也。怛，惊也，谓其无以哭泣而惊怛将化之人。"成玄英疏："夫洪炉大冶，镕铸金铁，随器大小，悉皆为之。而炉中之金，忽然跳踯，殷勤致请，愿为良剑，匠者惊嗟，用为不善。亦犹自然大冶，彫刻众形，鸟兽鱼虫，种种皆作。偶尔为人，遂即欣爱，郑重启请，愿更为人，而造化之中，用为妖孽也。"按成疏之"愿为良剑"，剑应作戟，即镆铘之本义也。而剑是卫体之器，不居五兵之首，金必踊跃为之。

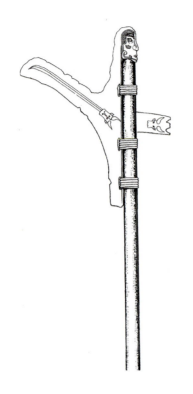

图 52　人头銎戟（复原图）

甘肃灵台白草坡西周墓出土。刺銎作人头形，援上扬，装柲处设三穿，内上饰牛首纹，造型雄肆张扬，或即所谓"镆铘"。镆铘又作镆金铘，徐锴《说文解字系传》："镆铘，大戟也。"

好像庄子眼中别有一个怪怪奇奇的世界，其实他只是眼中没有一个不变不易的世界，如此变动不居的世界中，自然也没有一个不易不变之"我"。所谓死生齐一，却不是恶生悦死，乃是"不知悦生，不知恶死"（《大宗师》），即顺从自然之易，且在此瞬息之易中从容体验大化中的生命秩序。为鸡为弹之喻，《齐物论》中也曾用到，这里变换其意，更有出人意外之妙。尻以为轮，神以为马，则尤有奇致。而左臂、右臂，尻也、神也，化鸡化弹，化为轮与马，却是"把此身分别看去，一任造化拨弄，而无预于己"（林仲懿《南华本义》），亦即顺自然，无好恶。如此，则我之为我，随遇无择，变化代兴，周游于造化之逆旅，万变而未有其极[1]。鼠肝、虫臂，只是形容极微极细，却比喻得可爱。大冶铸金之譬，更令人粲然。宋高似孙说庄子"率以荒怪诡诞，狂肆虚眇，不近人情之说，瞽乱而自呼；至于法度森严，文辞隽健，自作瑰新，亦一代之奇才乎"（《子略》）。虽然他的贬，

---

[1] 陈柱云："夫独以今日之我为足喜，是喜有而尽也；此时之吾为足爱，是爱俄顷而灭也。曷若无好恶于其间，一任天地之自然而无私焉。则吾与天地并生，与万物为一。"《庄子内篇学》，中国学术讨论社1929年，第143—144页。

图 53　刖人守门鼎

西周中期器，出自陕西宝鸡茹家庄窖藏。战国时，燕丹质于秦，秦人称，"马生角，乌头白，厨门木人生肉足"，乃得归。或其厨门亦雕饰刖足木人，装饰意匠与此鼎相类。铜鼎木人与厨门木人皆不能生肉足，故兀者恒为世所讥也。

未必是庄子之非，他的褒，也未必为庄子之是，但是这一番议论却正好揭出庄子的独特之处。庄子贡献于文学的，是一个卮言日出的世界，而首先在于，这个世界是瞬息变化着的生生不息，庄子之文所以充满了体验生命的智慧和感悟，语言的俶诡，想象的恣纵，固此中应有之验，"汪洋恣肆以适己"，泼洒的又总是一片快活文字。

庄子也有平常之文，不过，仍然是庄子式的平常。

　　申徒嘉，兀者也，而与郑子产同师于伯昏无人。子产谓申徒嘉曰："我先出则子止，子先出则我止。"其明日又与合堂同席而坐,子产谓申徒嘉曰:"我先出则子止,子先出则我止。今我将出,子可以止乎?其未邪?且子见执政而不违,子齐执政乎?"申徒嘉曰:"先生之门固有执政焉如此哉?子而悦子之执政而后人者也。闻之曰:鉴明则尘垢不止,止则不明也。久与贤人处则无过。今子之所取大者,先生也,而犹出言若是,不亦过乎。"子产曰:"子既若是矣,犹与尧争善。计子之德,不足以自反邪?"[1]申徒嘉曰:"自状其过以不当亡者众;不状其过以不当存者寡。知不可奈何而安之若命,唯有德者能之。游于羿之彀中,中央者,中地也,然而不中者,命也。人以其全足笑吾不全足者多矣,我怫然而怒,而适先生之所,则废然而反。不知先生之洗我以善邪。吾与夫子游十九年矣,而未尝知吾兀者也。今子与我游于形骸之内,而子索我于形骸之外,不亦过乎。"子产蹴然改容更貌曰:"子无乃称。"[2]

——《德充符》

林纾云:"南华之辩,异于国策。国策辩功利,故即于凡;南华辩道,故无一语落于迹象。"[3] 所评颇得要领。《战国策》纯是世间学,

---

[1] 成玄英疏:"刖一足曰兀。"林希逸释此节云:"我出子止,子出我止,欲其相避也,申徒嘉又不如其约。'不违'者,不避也。'齐'者,同也;'执政',自谓也。言子与我同出入,则与执政同矣。'后人'者,先己也,先己而后人则是贵我而贱物。有学问则见识广大,'取'者,求也,言子学于先生,将求以广其见识,乃浅狭如此乎,'取''大',两字佳。'与尧争善'四字最奇,言子既兀矣,纵能为善,得如尧乎。'自反',言其不自量也。"

[2] 成玄英疏:"夫自显其状,推罪于他,谓己无愆,不合当亡,如此之人,世间甚多;不显过状,将罪归己,谓己之过,不合存生,如此之人,世间寡少。郑子产奢侈矜伐,于义亦然者也。"林希逸云:"彀中者,张弓而射,箭端所直之地也。善射莫如羿,彀中乃其必中之地,喻世之危如此,况在战国之时,此语尤切心。幸而不中者,命也。"" '洗'字甚佳,言以善道告我,如洗涤我而不自知也。形骸内外一句最好,此皆前书所未有者。'称'者,谓其能言也,如《左传》所谓'鲁人以为敏'。"

[3] 《庄子浅解》,商务印书馆1925年,第42页。

庄子则是世间的出世间学,即超越凡俗之见造成的种种不自由,而臻于形骸之内的精神之绝对自由,"眇乎小哉,所以属于人也;謷乎大哉,独成其天"(《德充符》)。故所辩者,道也。虽辞令佳好可与《战国策》并论,却是有着仙凡之别。此节以执政对刑人的种种成见而把世情写得透彻,申徒嘉的辩辞因此更见得洗净尘垢。彀中一喻,又是精彩。"是知申徒兀足,忽遭羿之一箭;子产形全,中地偶然获免。"(成玄英疏)庄子之平常,仍然不是平常。论者所以曰:"庄子之笔,殆具万能,所向无不如意,而滑稽谐谑自恣者,其间有无限之热泪,最善动人者也。"[1]

《外篇》和《杂篇》,不出一家,不出一时,与《内篇》的语言风格很不相同。《内篇》有整体的好,如《齐物论》;《外》《杂》篇,则多为片段的好。

> 庄子行于山中,见大木枝叶茂盛,伐木者止其旁而不取也。问其故,曰:"无所可用。"庄子曰:"此木以不材得终其天年。"夫子出于山,舍于故人之家。故人喜,命竖子杀雁而烹之[2]。竖子请曰:"其一能鸣,其一不能鸣,请奚杀?"主人曰:"杀不能鸣者。"明日弟子问于庄子曰:"昨日山中之木以不材得终其天年,今主人之雁以不材死,先生将何处?"庄子笑曰:"周将处夫材与不材之间。材与不材之间,似之而非也,故未免乎累。若夫乘道德而浮游则不然。无誉无訾,一龙一蛇,与时俱化,而无肯专为。一上一下,以和为量,浮游乎万物之祖。物物而不物于物,则胡可得而累邪?"
>
> ——《山木》

与《内篇》中的文字相比,浅白平易立刻见出分别。平常引录此

---

[1] 顾实《中国文学史大纲》,商务印书馆1931年,第82页。
[2] 此雁,鹅也。

图 54　许由洗耳镜

吉林德惠大青嘴金代遗址出土

文,多引至"周将处夫材与不材之间"而止,并且把这一句断为庄子的处世之道,却未免失掉了庄学真义。"材与不材之间",是仍有世间情也,仍是有迹,当然仍是有累,所以说它"似之而非"。必得"既遣二偏,又忘中一"(成玄英疏),即离去这仍属世间行为的三者而超然独立于精神之域,一任天道而卷舒无我,方可获得形骸之内的真正自由。山木与雁的故事,在这里只是此一番道理的发端,不过它本来别有意趣,因此偏偏更容易被人记住,在这一点上,它与《逍遥游》中鹏鸟的寓言似有同妙。谭元春云:"点染着色,箸人入胜地,古人文妙得是法,而庄尤渊藻。"(《遇庄·阅田子方》)其说是也。庄子的哲学并不玄奥,也不很复杂,但好像只因有着对文字的偏嗜,而能够由此生出无限遐思,且泛滥为汪洋浩森之文。《外》《杂》篇的浓淡点染,语言渊华,较之于《内篇》,或更有胜处。又以忿激之词为多,发之为寓言,便格外有冷峭之致。

如《徐无鬼》篇徐无鬼答女商问:

> 子不闻夫越之流人乎?去国数日,见其所知而喜;去国旬月,见所尝见于国中者喜;及期年也,见似人者而喜矣。不亦去人滋

图 55 镰

战国铜器刻纹。器藏故宫博物院。筍镰两端之翼兽,镰也。

> 久,思人滋深乎。夫逃虚空者,藜藿柱乎鼪鼬之径,踉位其空,闻人足音跫然而喜矣,又况乎昆弟亲戚之謦欬其侧者乎。[1]

又《外物》:

> 演门有亲死者,以善毁爵为官师,其党人毁而死者半。尧与许由天下,许由逃之;汤与务光,务光怒之;纪他闻之,帅弟子而踆于窾水,诸侯吊之。三年,申徒狄因以踣河。[2]

前一则不过说着魏武侯久未闻真人之言,乍听为喜,却有如此一番点染,且把去国思乡和乱离初归的情与景都写得真切。后一则固然是渲染逐其迹失其真的荒唐,其实人们能够读出来的讽意尚不止此。后来被定为一尊的儒学,种种演变,及由演变而生出种

---

[1] 成玄英疏:"柱,塞也。踉,良人也。跫,行声也。"
[2] 林希逸云:"演门,地名也。善毁,孝也,以孝而得爵,遂为官师,其党人慕之,乃至有哀毁而死者,言好名之为累也。""许由、务光以隐得名,纪他慕之,亦相率而隐于窾水。'踆'与蹲同,此一字,鄙薄之之意也。纪他之意,亦欲诸侯以国让之,诸侯但以其苦,吊之而已,已自可笑。三年之后,申徒狄又慕隐名,以至自投于河。此盖极言好名之累也。"

种的可笑乃至可悲,岂不远甚于此。浮世人情早被庄学一派看得透,笔下所以每挟风霜。

庄子哲学多与艺术创作之境相通,《内篇·养生主》中庖丁解牛的故事大约最是著名。《外篇》中有不少与此相近的寓言,意思都很好,文字也精粹。

> 梓庆削木为鐻,鐻成,见者惊犹鬼神。鲁侯见而问焉,曰:"子何术以为焉?"对曰:"臣工人,何术之有。虽然,有一焉:臣将为鐻,未尝敢以耗气也,必齐以静心。齐三日,而不敢怀庆赏爵禄;齐五日,不敢怀非誉巧拙;齐七日,辄然忘吾有四枝形体也。当是时也,无公朝,其(内)巧专而外滑消。然后入山林,观天性,形躯至矣,然后成见鐻,然后加手焉,不然则已。则以天合天,器之所以疑神者,其由是与。"[1]
>
> ——《达生》

> 宋元君将画图,众史皆至,受揖而立,舐笔和墨,在外者半。有一史后至者,儃儃然不趋,受揖不立,因之舍。公使人视之,则解衣般礴裸。君曰:"可矣,是真画者也。"[2]
>
> ——《田子方》

---

[1] 朱得之云:"鐻者,筍虡之端刻为禽兽形者"(《庄子通义》)。按筍虡即悬挂钟鼓的木架。林希逸云:"'惊犹鬼神',言精绝非人所能为也。'耗气'者,气不定也,齐以静心而后定。不怀爵禄,不怀非誉,忘其四枝,谓纯气自守,而外物不入也。'无公朝'者,亦不知有朝廷矣。唯如此,故我之巧心专,而外物之可以滑乱吾心者皆消释而不留。入山林,观天性,观木之性也。木之形躯各有成象,皆若见成者,然后取而用之。'加手',取也。以我之自然,合其物之自然,故曰'以天合天'。"

[2] 成玄英疏:"宋国之君,欲画国中山川地土图样,而画师并至,受君令命,拜揖而立,调朱和墨,争竞功能。除其受揖,在外者半,言其趋竞者多。""儃儃,宽闲之貌也。"朱得之云:"'受揖不立',领画图之意遂返舍也。"陆树芝云:"'解衣'盖除去礼服也。"林希逸云:"'槃礴',箕踞之状也。"

图 56　文同画竹

大马之捶钩者,年八十矣,而不失豪芒。大马曰:"子巧与,有道与?"曰:"臣有守也。臣之年二十而好捶钩,于物无视也,非钩无察也"[1]。

——《知北游》

1　成玄英疏:"大马,官号,楚之大司马也。捶,打锻也。钩,腰带也。大司马家有工人,少而善锻钩,行年八十而捶钩弥巧。"又钟泰认为此"钩"为兵器,《汉书·韩延寿传》"铸作刀、剑、钩、镡",颜师古注:"钩亦兵器也,似剑而曲,所以钩杀人也。"司马掌兵,捶钩自其所属,故得而问之。见所著《庄子发微》,上海古籍出版社1988年,第506页。按钟说是。

图 57 陕北绥德白家山汉画像石

此为所刻人物故事之局部。斤乃平木工具,即后世所称之锛。图中一人执斤下斫,具体情节不甚明了,但见被斫者垂首而立,全无"立不失容"之神采,因知郢人难觅,匪独匠石怀绝技也。

与庖丁相同,梓庆、捶钩者,还有画史,都是技人之属。技近于道,此道,即虚静、无我,亦即《达生》篇痀偻者承蜩故事中说到的"用志不分,乃凝于神"。几则故事寓意皆相近,不过侧重点有不同,正好可以互为注解,互为补充。当然更令人感兴趣的是这里有着叙事角度的不同,而各传其神。梓庆与捶钩者,自述其状也,不妨描写得亲切;若画史,却是他人眼中的意态风神,居然寥寥几笔形容微至。后来的《世说新语》多学其笔致,而《雅量》篇中坦腹东床的故事,其傲然于规矩之外的气度,则不仅神似,且迹近形似了。

寓言所表现的境界,影响于中国文学与艺术的创作至深,至巨。苏轼《文与可画筼筜谷偃竹记》举文与可之言"画竹必先得成竹于胸中",即所谓"成见镰"也。张岱《陶庵梦忆》记姚简叔其人其画,曰某日与之"访友报国寺,出册叶百方,宋元名笔。简叔眼光透入重纸,据梧精思,面无人色",及归,仿苏汉臣图两帧,"覆视原本,一笔不失"。"据梧精思",正用着《庄子》里的典(见《齐物论》),"面无人色",便是"乃凝于神"的又一解。类似之例不胜举,凡此,都是文学艺术家心目中的至境。至于由此而成就为艺术创作的理论,则更是蔚为大观。

《外》《杂》篇中有不少记述庄子事迹的文字,也多俊逸可喜。

庄子与惠子游于濠梁之上。庄子曰："鯈鱼出游从容，是鱼之乐也。"惠子曰："子非鱼，安知鱼之乐？"庄子曰："子非我，安知我不知鱼之乐？"惠子曰："我非子，固不知子矣；子固非鱼也，子之不知鱼之乐，全矣。"庄子曰："请循其本。子曰'汝安知鱼乐'云者，既已知吾知之而问我。我知之濠上也。"[1]

——《秋水》

庄子送葬，过惠子之墓，顾谓从者曰："郢人垩漫其鼻端若蝇翼，使匠石斲之。匠石运斤成风，听而斲之，尽垩而鼻不伤，郢人立不失容。宋元君闻之，召匠石曰：'尝试为寡人为之。'匠石曰：'臣则尝能斲之。虽然，臣之质死久矣。'自夫子之死也，吾无以为质矣，吾无与言之矣。"

——《徐无鬼》

濠梁知乐一则，最可见出庄子与惠子的不同，即庄子的"知"，原是立足于物我为一之境，因此周与鱼本来没有分别；惠子的"安知"之疑，则由物我有别而生，是立足于有分之境。其实两个人辩论的并不是一个层次的问题。然而惠子憨实，庄子狡狯，"安知"一问，在庄子这里悄然变换掉意思，由如何知，变作何处知，于是顺理成章接一句濠上知，如此占得上风，论辩便戛然而止。难得是由两位极聪明之人，生出如此一段冰雪聪明的文字，足以开启文思，至于论辩的智慧，倒在其次了。

郢人故事，诚可谓庄子式的有情。林希逸云："'运斤成风'，言其急也，泥尽而鼻不伤，斲者固难矣，然其人若立得不定，匠石虽巧，安得其鼻不伤，是立者尤难也。"且看一部《庄子》中，如何

---

[1] 林希逸云："'循其本'者，请反其初也，言汝当初问我非鱼安知鱼之乐，是汝知我之意，方有此问，汝既如此知我，则我于濠上亦如此知鱼也。"

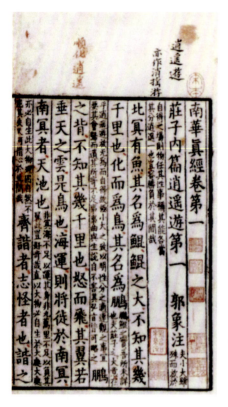

图58　郭象注《南华真经》

宋刻本，中国国家图书馆藏

因了一位惠子，而使庄子可以尽申汗漫无涯之论，以豁畅胸中磊落之奇，便可知"立者尤难"，更难于子期之于伯牙。"盖知惠子之亡，庄子丧偶，故匠人辍成风之妙响，庄子息濠上之微言"（成玄英疏），匠石泠泠的两句话，原是一片恻怛，而出之以别样兴会，庄子之微意存焉。

《杂篇》中的《让王》《盗跖》《说剑》《渔父》，乃后人之作，苏轼在《庄子祠堂记》中率先提出，后为论者普遍接受。《说剑》，可以说是很漂亮的一篇策士之文，然而论语言与思想，却与庄学一派相去甚远。

置于三十三篇之末的《天下》篇，当出自庄子后学。它衡量诸家，锱铢悉称，意郑重而语不烦，是精湛谨严的一篇周末学术概要。文字、笔力，由前引论庄子的一段，已可见得它的卓异。

《庄子》影响于后世的，多在于一种旷然达观心与天游的胸襟与境界。至于文字语言，则可以说它与《楚辞》一道合力开辟了文学创作中奇幻繁丽的一路。《庄子》仿佛夸父的手杖，它抛出去化作邓林；然而奇迹只有一次，邓林蓊郁一片的枝枝叶叶，却再没有这幻化的神奇。

《庄子》的历代注疏，可依其看待《庄子》的观点不同而大略别作道、释、儒三派。汉代，庄子尚没有显赫的地位，彼时言道家，皆以黄、老并称。庄、老并举，始于玄风大畅的魏晋时代。今所见到的晋人注本，以郭象注为全，不过郭氏多以己意注庄，是借庄子之言以立玄学要旨，而《庄子》行文之妙，并不在关注中。唐代最著名的两家是陆德明与成玄英。成玄英是唐初道士，后加号西华法师，他的《南华真经注疏》自然是用道家眼光读庄。疏以郭象注为基础，而史实典故、人物地名、字词字义的考实，却远较郭注为详。特别是释义晓畅平易，且用了典丽的文辞串解章句，极便初学。宋人多从儒家角度看庄，林希逸《庄子鬳斋口义》，却是融合儒、道、释三家，来为庄子作注。林注之优在于它格外留心庄子之文学，每每能够揭明庄文之"鼓舞处""戏剧处""弄笔处"，疏解文义尤其明白通畅。明代注庄，杨慎、朱得之、陆西星、焦竑等都很有名。朱得之《庄子通义》虽注重于阐发义理，但于庄子之文亦时有会心，间或有很好的意见。清人注庄于抉发文心用力为多者，当推宣颖的《南华经解》。他说："庄子参透道体，欲以一两言晓畅之而不得也。岂惟一两言晓畅之而不得，虽于万言亦只是说不出，所以多方荡漾，婉转披剥，有时罕譬之，有时旁衬之，有时反跌之，有时白描之，有时紧刺之，有时宽泛之，无非欲人于言外忽地相遇。"（《南华经解·庄解小言》）他的好，便在于时常能够在"相遇"处觉悟庄子的文字之妙。

第六章 "各为其所欲焉以自为方"

《老子》

关于老子其人其书，纷纭之议已有两千年，迄无定论。司马迁为老子作传，大约先已读到不少异说，只是孰是孰非，疑莫能明，于是异辞并陈，不乏矛盾之处，自然难以取信后人，宋代起，便有人表示出种种的怀疑，清代以降及于近世，对这一问题的讨论，更为热烈。至于1973年，湖南长沙马王堆三号西汉墓出土了老子帛书两种，其一抄写用篆书，今人命名为甲本；其一用隶书，则命之曰乙本。甲本不避汉讳，乙本避"邦"字讳，那么甲本抄成当在刘邦称帝前，乙本在此之后，是均当汉初。后此二十年，湖北荆门郭店楚墓中又出土了一批《老子》竹简，篇幅约当于帛书本和今本《老子》的五分之二。依竹简的长短不同，今人把它分作甲、乙、丙三组，它很可能是不同于帛书本和今本的另外一种传本。墓葬的时代，大致在战国中期偏晚，那么《老子》一书中的若干章节至少在此之前即已流传于世。比较竹简本与帛书本及与今本的不同，可以发现《老子》成书的一个大略的过程，今人之研究《老子》，更有了一个比较可靠的依据和参照。然而许多疑案尚未能因此而涣然冰释，关于老子其人，依然难有确定的认识，说到老子，司马迁的记录仍是基本的依据。《史记·老子韩非列传》："老子者，楚苦县厉乡曲仁里人也，姓李氏，名耳，字聃，周守藏室之史也。""老子修道德，其学以自隐无名为务。居周久之，见周之衰，乃遂去。至关，关令尹喜曰：'子将隐矣，强为我著书。'于是老子乃著书上下篇，言道德之意五千言而去，莫知其

第六章 "各为其所欲焉以自为方" | 141

图59 老子像

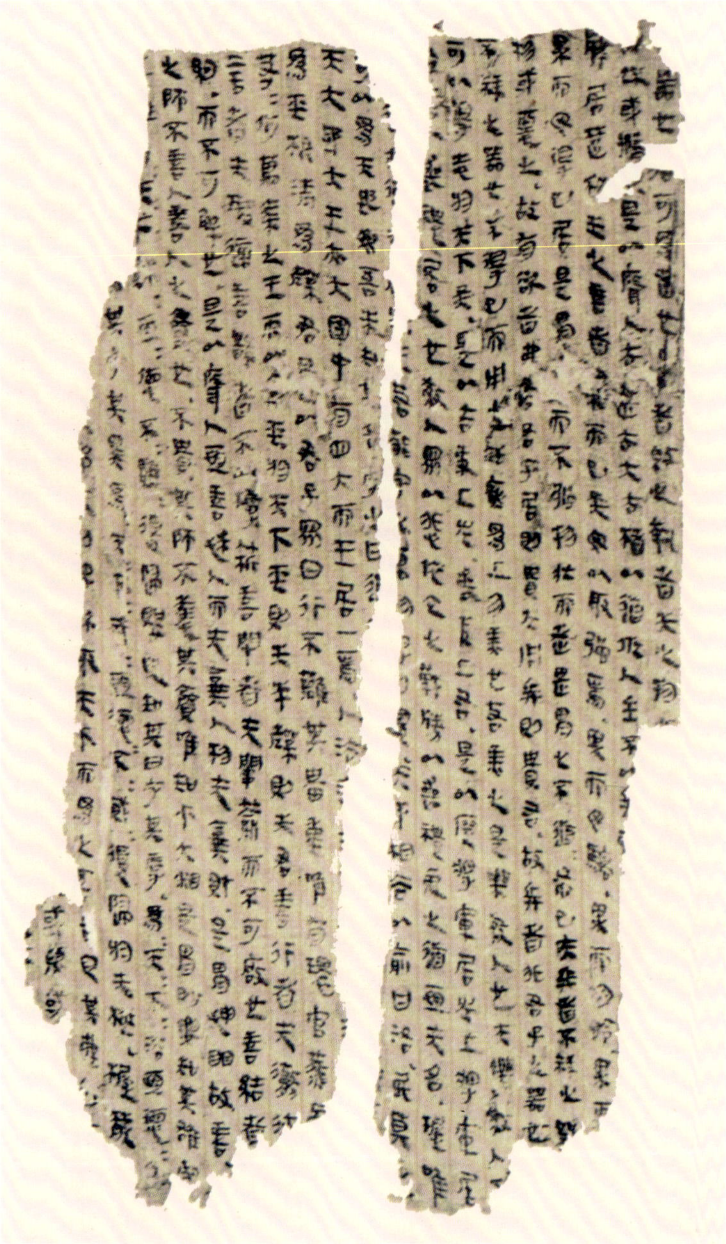

图 60　帛书《老子》

出土于湖南长沙马王堆三号西汉墓。同墓所出帛书，《老子》之外，又有《黄帝书》。后世虽老、庄并称，但战国至西汉前期的黄老之学，却是与庄子一派很不相同的道家流派之一。

图61 《老子》竹简

出自湖北荆门郭店楚墓。

所终。""自孔子死之后百二十九年,而史记周太史儋见秦献公曰:'始秦与周合,合五百岁而离,离七十岁而霸王者出焉。'或言儋即老子,或曰非也,世莫知其然否。"传中并且说到孔子曾问礼于老聃,不过对此无法考证得确实,故至今难有一致的意见。至于《老子》一书的作者,究竟为老聃还是太史儋,目前尚未有定说,只好暂且存疑。

《老子》讲哲学,本与文学不甚相干。不过哲学概念总要用语言来表达,而它的概念偏偏又很难用通常的方式来阐发,在语言选择的困难中它不得已而与"文学"相遇。

《老子》贡献于哲学的一个重要概念,乃是形而上学意义的"道"。它是天地万物所以生之的总原理,所谓"道者,万物之所以然也"

图 62　孔子见老子

山东嘉祥齐山汉画像石。《史记》卷六十三:"孔子适周,将问礼于老子。""孔子去,谓弟子曰:'鸟,吾知其能飞;鱼,吾知其能游;兽,吾知其能走。走者可以为罔,游者可以为纶,飞者可以为矰。至于龙,吾不能知其乘风云而上天。吾今日见老子,其犹龙邪。'"所记虽未必信实,流传却很广远,汉武帝独尊儒术,但仍不妨它成为汉画像石中的重要题材。

(《韩非子·解老》)。凡天地万物之为事物者,皆可名之曰"有",而道则不同。道不是事物,相对于事物之"有",则只可称之曰"无",却又不等同于如零一般的无,它本是"无状之状,无物之象"(《老子》十四章),故王弼注云:"欲言无耶,而物由以成;欲言有耶,而不见其形。"然则其特质毕竟如何?虽稍涉迹象,便落言诠,却又不能不假"有"以言"无",即以有迹之言以拟喻无迹之"道"。单向的"辞达",便难奏效,只得取不达之达,而迂曲之,而反言之,而"强为之容"。

　　有物混成,先天地生。寂兮寥兮,独立不改,周行而不殆,可以为天下母。吾不知其名,字之曰道。强为之名曰大。大曰逝,逝曰远,远曰反。[1]

——二十五章

孔德之容,惟道是从。道之为物,惟恍惟惚。惚兮恍兮,其中有象;恍兮惚兮,其中有物。窈兮冥兮,其中有精。其精甚真,其中有信。自古及今,其名不去,以阅众甫。吾何以知众甫之状哉?以此。

——二十一章

视之不见名曰夷,听之不闻名曰希,搏之不得名曰微。此三者不可致诘,故混而为一。其上不皦,其下不昧,绳绳不可名,复归于无物,是谓无状之状,无物之象。是谓惚恍。迎之不见其首,随之不见其后。

——十四章

道冲而用之或不盈,渊兮似万物之宗,挫其锐,解其纷,和其光,同其尘。湛兮似或存,吾不知谁之子,象帝之先。

——四章

"可道"与"不可道"之间、以有限表现无限之际,语言的选择大约很是艰难。它因此舍形悦神,舍质趋灵。它是体验的,感悟的,以虚淡微茫为旨归。它是收敛的,节制的,以深微玄奥为至境。语言在这里乃有了别样的辉光,本来的局限因此并不成为意思的束缚,反赋予它玄妙空灵。若即若离,乍阴乍阳,肯定中否定、否定中肯定,在在掣肘的文字,竟因此而调理得柔顺体贴。

不过所谓《老子》的"哲学"与"文学",乃我们的姑妄分别,只

---

[1] 本节《老子》引文均据《王弼集校释·老子道德经注》,中华书局 1980 年。

是为了叙述方便而已。其实《老子》哲学本身即蕴涵着为文的智慧。诗情、哲理、文思、玄言，熔铸为一，它因此可以把视之不见、听之不闻、搏之不得的大道之精微，用"可道"的方式令人会意于它的不可道。而《老子》贡献于后世诗文创作的，也可以说，重要在于哲思与文理的会通。

《老子》之文并不华美，其风格则近《易》，可谓先秦文章中的别一体。或把《老子》与《论语》作比较，以为二者辞气相类[1]，但恐怕比较之下仍是异大于同。比如：

《老子》：

> 载营魄抱一，能无离乎？专气致柔，能婴儿乎？涤除玄览，能无疵乎？爱民治国，能无知乎？天门开阖，能为雌乎？明白四达，能无为乎？
>
> ——十章

《论语》：

> 子曰："学而时习之，不亦说乎。有朋自远方来，不亦乐乎。人不知而不愠，不亦君子乎。"
>
> ——《学而》

《老子》：

> 我有三宝，持而保之：一曰慈，二曰俭，三曰不敢为天下先。慈，故能勇；俭，故能广；不敢为天下先，故能成器长。
>
> ——六十七章

---

[1] 钱基博《中国文学史》（上册），中华书局1993年，第28页。

《论语》：

> 孔子曰："君子有三畏：畏天命，畏大人，畏圣人之言。小人不知天命而不畏也，狎大人，侮圣人之言。"

——《季氏》

喜欢用排比的句式，是战国文章风气。不过《论语》虽用排比，但它为文的趣向，却是偏于散行。若《老子》，则不仅用排比而且用押韵的办法整齐其句，致密其意，虽文的形式，却是诗的风致，或者说，它的文体更近乎比散文为古老的格言，因此也可以说，《老子》之文，并不在"散文"的发展的线索之上。而一种比较原始的表达形式，本来是它有意的选择。

《老子》所重在天道自然，有情之"我"在《老子》仿佛是没有的。第二十章"众人熙熙，如享太牢，如登春台，我独泊兮其未兆，如婴儿之未孩，儽儽兮若无所归"，云云，虽然是为体道者写照，不过其中之"我"，也当有作者的影子"老子盖由洞明历史而成其超上哲学者，旷观乎百世之变，而自立于九霄之上，下视人伦物理，如当世之晓晓者，若屑屑不介意"[1]，是以出世的姿态谈处世也，五千言乃以天地之"无情"看待人间之"有情"。不过《老子》的"无情"本来还是顺情的意思，所谓"天地之常心，普万物而无心；圣人之常情，顺万事而无情"（沈一贯《老子通·读老概辨》）。"圣人"者，大其智慧者也，会心于自然法则者也，亦《老子》是也。《世说新语·文学》："僧意在瓦官寺中，王苟子来，与共语，便使其唱理。便谓王曰：'圣人有情不？'王曰无。重问曰：'圣人如柱邪？'王曰：'如筹算。虽无情，运之者有情。'"《老子》的无情与顺情，此之

---

[1] 徐梵澄《老子臆解》，中华书局1988年，第26页。

谓钦。

《老子》注本极多。今存者以河上公《老子章句》为最早。此书《汉书·艺文志》不见著录，作者及成书年代无法详考，大约在战国末至西汉初。此后有魏王弼《老子注》，释义较河上公为精。明焦竑《老子翼》、清张尔岐《老子说略》是明清注本中比较有名的，前者博赡而有理致，后者疏通大意，明白简当。

《荀子》

荀子名况，字卿，赵人。清人汪中考订他约生于赵惠文王元年，即公元前289年，卒于赵悼襄王七年，即前283年（《述学·荀卿子年表》），大抵近实。荀子一生奔走列国，议兵论政，游齐，适秦，之楚，返赵，晚年又复入楚，终老于楚之兰陵。所谓"君上蔽而无睹，贤人距而不受"（《荀子·尧曰》），其遭际之蹇与孔、孟不甚相远。

图63　荀子像

先秦文章至荀子而一大变。据题抒论的文体，实由荀子大开风气。荀子为文喜欢用大量的比喻，刘勰云"韩非著博喻之富"（《文心雕龙·诸子》），其实用来评说荀文才是确当。不过比喻若是得自灵感，自然有妙趣，若特别作为为文的手段，刻辞镂意，而又才力稍逊，便容易失其自然，而流于堆垛。荀子或有不免焉。

《荀子·劝学》中的三节，最是传诵人口：

> 君子曰：学不可以已。青，取之于蓝而青于蓝；冰，水为之而寒于水。木直中绳，𫐓以为轮，其曲中规，虽有槁暴，不复挺者，𫐓使之然也。故木受绳则直，金就砺则利，君子博学而日参省乎己，则智明而行之无过矣。

> 吾尝终日而思矣，不如须臾之所学也。吾尝跂而望矣，不如登高之博见也。登高而招，臂非加长也，而见者远；顺风而呼，声非加疾也，而闻者彰。假舆马者，非利足也，而致千里；假舟楫者，非能水也，而绝江河。君子生非异也，善假于物也。

> 积土成山，风雨兴焉；积水成渊，蛟龙生焉；积善成德，而神明自得，圣心备焉。故不积跬步，无以至千里；不积小流，无以成江海。骐骥一跃，不能十步；驽马十驾，功在不舍。锲而舍之，朽木不折；锲而不舍，金石可镂。蚓无爪牙之利，筋骨之强，上食埃土，下饮黄泉，用心一也；蟹六跪而二螯，非蛇蟺之穴无可寄托者，用心躁也。是故无冥冥之志者无昭昭之明，无惛惛之事者无赫赫之功，行衢道者不至，事两君者不容，目不能两视而明，耳不能两听而聪，螣蛇无足而飞，梧鼠五技而穷。《诗》曰："尸鸠在桑，其子七兮。淑人君子，其仪一兮。其仪一兮，心如结兮。"故君子结于一也。[1]

句式整饬，辞义宣畅，又以博喻为文敷采，读来且铿锵上口，说它是上古文章中的"骈俪体"，或者不错。修辞之一丝不苟，亦足

---

[1] 本节《荀子》引文均据王先谦《荀子集解》，中华书局 1988 年。

见精心结撰之经营。不过它乃以铺陈之笔力胜,而乏纵横为文之才情。《论语》多短章而总是气韵生动,《孟子》多长章而每有意趣,《荀子》在中心议题之下结构文辞,努力于图案式的整齐,珠玉之,黼黻之,灿灿然变化其文而决不出规矩,但重重叠叠间却终少奇致,《论语》式的气韵,《孟子》式的意趣,皆所不及也。

不妨再作一个"素"与"绚"的对比:

《论语·里仁》:

> 子曰:"不患无位,患所以立。不患莫己知也,求为可知也。"

《荀子·劝学》:

> 昔者瓠巴鼓瑟而流鱼出听,伯牙鼓琴而六马仰秣。故声无小而不闻,行无隐而不形;玉在山而草木润,渊生珠而崖不枯。为善不积邪,安有不闻者乎?

《论语·颜渊》:

> 季康子问政于孔子。孔子对曰:"政者,正也。子帅而正,孰敢不正?"

《荀子·君道》:

> 请问为国。曰:闻修身,未尝闻为国也。君者,仪也,民者,景也。仪正而景正。君者,槃也,民者,水也,槃圆而水圆。君射则臣决。楚庄王好细腰,故朝有饿人。故曰:闻修身,未尝闻为国也。

《论语·子罕》：

子曰："譬如为山，未成一篑，止，吾止也。譬如平地，虽覆一篑，进，吾进也。"

《荀子·修身》：

故蹞步而不休，跛鳖千里；累土而不辍，丘山崇成。厌其源，开其渎，江河可竭；一进一退，一左一右，六骥不致。彼人之

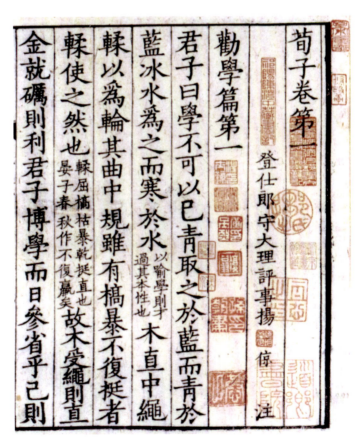

图64　杨倞注《荀子》

宋刻本，今藏中国国家图书馆。

才性之相悬也,岂若跂鳖之与六骥足哉?然而跂鳖致之,六骥不致,是无他故焉,或为之,或不为尔。道虽迩,不行不至;事虽小,不为不成。

同样的意思,而文字迥别。风格之异,原是见仁见智,自然不好强为品第,曰"各有千秋",算是持平之论,却是说不得"后来居上",虽然荀文中的铺张排比显示了一种前所未有的侈丽。而它与《庄子》式的幻丽却又不同,《庄子》丽中有奇,《荀子》则否。不过荀子文章中规中距,稳当工致,不惟可诵,且示人以法则,因此尤便仿效,荀文所昭示的路径,继武者所以为众。若论对于文学的贡献,这可以算作特别的一项。[1]

收在《荀子》中的尚有两种韵文作品,其一题之曰"成相",其一则为"赋"。"赋"虽有开创新体的作用,却实在不是他出色的作品。所谓"成相"则是一种通俗的说唱,荀子乃借以抒愤。以文字论,似乎成绩平平。荀子学问渊博,思虑周密,"其教在礼,其功在学"(卢文弨《书荀子后》),汉儒编纂礼学著作,如《礼记》和《大戴礼》,即颇采荀子撰述,其为文实以理性之思维胜,若诗性之思维,或不可从荀子求也。

今本《荀子》三十二篇,为西汉刘向校订编集,而又经唐代杨倞重新编次。《汉书·艺文志》"诸子略"著录"孙卿子三十三篇",宋王应麟《汉艺文志考证》曰"当云三十二篇","三十三"乃传刊

---

[1] 顾实云《论语》《孟子》等,本"未始有意于著书,单为问答笔记而已。然《荀子》异是,始《劝学》,终《尧曰》,虽仿《论语》,而以充分之准备及推敲而成书,其特征即修辞是也。彼学博而富于文学,故甚若绚烂夺目,惜乎单于文句之外形见妙,既乏气魄,复无精神。其极也往往为冗漫芜杂,转折无力,读五六叶,辄欠伸欲起矣。""然彼在战国之世,为最后出,其文之所为规律,颇易学步,故及于后世之影响不少,忽成秦汉以后,偏尚雅丽一派之修辞矣。"《中国文学史大纲》,商务印书馆1931年,第59—60页。

之误也(《玉海》)。荀卿之称孙卿,自司马贞、颜师古以来,相承以为避汉宣帝讳,清谢墉指出此说不确,"盖荀音同孙,语遂移易,如荆轲在卫,卫人谓之庆卿,而之燕,燕人谓之荆卿"(谢墉《荀子笺释序》),其说是。现存《荀子》注本,以杨倞注为最古;日人物茂卿《读荀子》解释字词名物多明通,又间举宋、明人批注以论文;清王先谦《荀子集解》则集各家校释之大全,详而且精,最可称善。

《韩非子》

与荀子相比,韩非子其人其文,却是生动得多,太史公据以作传,也成一篇好文字。"韩非者,韩之诸公子也。喜刑名法术之学,而其归本于黄老。非为人口吃,不能道说,而善著书。与李斯俱事荀卿,斯自以为不如非。非见韩之削弱,数以书谏韩王,韩王不能用。于是韩非疾治国不务修明其法制,执势以御其臣下,富国强兵而以求人任贤,反举浮淫之蠹而加之于功实之上,以为儒者用文乱法,而侠者以武犯禁,宽则宠名誉之人,急则用介胄之士。今者所养非所用,所用非所养,悲廉直不容于邪枉之臣,观往者得失之变,故作《孤愤》《五蠹》《内外储》《说林》《说难》十余万言。然韩非知说之难,为《说难》书甚具,终死于秦,不能自脱。(按下录《说难》,此略)人或传其书至秦,秦王见《孤愤》《五蠹》之书,曰:'嗟乎,寡人得见此人与之游,死不恨矣。'李斯曰:'此韩非之所著书也。'秦国急攻韩,韩王始不用非,及急,乃遣非使秦,秦王悦之,未信用。李斯、姚贾害之,毁之曰:'韩非,韩之诸公子也,今王欲并诸侯,非终为韩不为秦,此人之情也。今王不用,久留而归之,此自遗患也。不如以过法诛之。'秦王以为然,下吏治非。李斯使人遗非药,使自杀。韩非欲自陈,不得见。秦王后悔之,使人赦之,非已死矣。"其时为公元前二三三年¹,亦即始皇十四年,距灭六国、一天下,不过十余岁。传之结末云"韩子引绳墨,切事情,明是非,其极惨礉少恩,皆原于道德之意,而老子深远矣",也评述得简要得中。只是所谓"明是非"之"是非",在韩子学说中当别有意义,曰明辨者为是非,毋宁说明辨的是功用,且最好是当下之功用,则"是非",其实不过利害耳。王充说:"韩子之术,明法尚功,贤无益于国不加赏,不肖无害于治不施罚,责功重赏,任刑用诛,故其论儒也,谓之不耕而食,比之于一蠹;论有益与无益也,比之于鹿马。马之似鹿者千金,天下有千金之马,无千金之鹿,鹿无益,马有用也,儒者犹鹿,有用之吏犹马也。"(《论衡·非韩》)王充本意在攻其一点,自然不必举出全面,但于韩子之术的用心,说得并不错。我们不妨把对立着的另一端,即孔子请来与之同观。孔子于人性之凉薄愚蒙,未尝不有清醒的观照,但同时而有亲切之体察,同情之原宥,因循循然以道导引之,而总存一种善良之期待。韩子则不然。韩子看得人心根本处只是一个"利"字,而且只此一个"利"字是真,其余不免都是伪,或者多有伪的成分。他因此把清醒一例化作"孤愤",而力主以术、以权、以势为治要。发之为文,孔子乃有包容广大之宽平,韩子便唯有洞烛幽微之峻刻。如果说孔子是把政治伦理化,老子是把政治哲学化,韩子则是把政治功利化、权术化,以至于用赤裸裸的利害关系来消解掉人生的一切温暖和光明。相对于孔子的有情,老子已是无情,但是从不同的出发点,二者却都可以把文引向艺术之境;若韩子,则在入口处即已宣示"此路不通"。而另一面,老子之勘破世情乃立足于超然之境,其人其学因此皆可得"深远",韩子则仍不免热中。又孔子与韩子皆有用世之热中,孔子且不乏脚踏实地的切实,但孔子曰"道不行,乘桴浮于海"(《论语·公冶长》),究竟为之安放了一个

---

1 据陈奇猷考证,韩非子约生于韩襄王末年,则其卒当在六十五岁左右。见氏所作《韩非子新校注》,上海古籍出版社 2000 年,第 1211–1213 页。

独善其身之境，一个想象的诗意的空间，而韩子则否，故终究"不能自脱"也。

不过韩子到底是理论家，如同孔孟学说颇多理想的成分，韩子的法术，其种种设计，也不免过分理想化。后来秦始皇差不多是把他的理论完全付诸实践，而成为一种前所未有的极端的君主专制，其速亡的结果，却何尝是韩子所期。韩非本心要做实行家却幸而没有做得成，"纸上谈兵"，便有了不少文学的趣味，虽然他于文学原无一点儿情分。他的为文，也不是《中庸》引《诗》所谓"衣锦尚䌹"，因为䌹衣之下本来未曾衣锦，"盛容服以饰辩说"（《五蠹》），一向为韩非所反对。他凭他的冷峻之思调度文字，不悲不苦，不怨不泣，只把郁结的忿懑化作驳难和辩说，血脉贲张，锋芒毕露，并且常常有着悬河泻水的气势。

> 历山之农者侵畔，舜往耕焉。期年，田畎亩正。河滨之渔者争坻，舜往渔焉，期年而让长。东夷之陶者器苦窳，舜往陶焉，期年而器牢。仲尼叹曰："耕、渔与陶，非舜官也，而舜往为之者，所以救败也。舜其信仁乎？乃躬藉处苦而民从之，故曰：圣人之德化乎。"

> 或问儒者曰："方此时也，尧安在？"其人曰："尧为天子。""然则仲尼之圣尧，奈何？圣人明察在上位，将使天下无奸也。今耕渔不争，陶器不窳，舜又何德而化？舜之救败也，则是尧有失也。贤舜，则去尧之明察；圣尧，则去舜之德化，不可两得也。楚人有鬻盾与矛者，誉之曰：'吾盾之坚，莫能陷也。'又誉其矛曰：'吾矛之利，于物无不陷也。'或曰：'以子之矛陷子之盾，何如？'其人弗能应也。夫不可陷之盾与无不陷之矛，不可同世而立。今尧、舜之不可两誉，矛盾之说也。且舜救败，期年已一过，三年已三过。舜有尽，寿有尽，天下过无

已者，以有尽逐无已，所止者寡矣。赏罚使天下必行之，令曰'中程者赏，弗中程者诛'。令朝至暮变，暮至朝变，十日而海内毕矣，奚待期年？舜犹不以此说尧令从己，乃躬亲，不亦无术乎？且夫以身为苦而后化民者，尧、舜之所难也；处势而骄下者，庸主之所易也。将治天下，释庸主之所易，道尧、舜之所难，未可与为政也。"[1]

——《难一》

"或问"者，韩子之难也。《难一》《难二》《难三》《难四》，是《韩非子》中系列的翻案文章，即拈来向被称为美谈的古史旧闻，另择一个角度，更换一副目光，一一重作评述。本意当然是藉以贯穿他所倡导的法与术，不过若以此则论，类似的意见，《孟子》里已是有的，如《离娄下》："子产听郑国之政，以其乘舆济人于溱洧。孟子曰：'惠而不知为政。岁十一月，徒杠成；十二月，舆梁成，民未病涉也。君子平其政，行辟人可也，焉得人人而济之。故为政者，每人而悦之，日亦不足矣。'"只是到了韩子笔下，再不讲什么"君子"，只把法与术强调到极端，所谓"令朝至暮变，暮至朝变，十日而海内毕矣"，亦可谓神乎其术矣。但我们只来论文，则可以说它特别显示了诸子文章散文化的成熟。韩子之为文，不以密丽的排比植其骨，而以条理清晰、文辞畅达、逻辑严密振其气。间用比喻，则也用得恰如其分，著名的矛与盾的故事，此其出处也，放在原文里，尤其见出说理的功效。

韩子曰："上古竞于道德，中古逐于智谋，当今争于气力。"（《五蠹》）用他主张的"气力"二字来评他的文，也很合宜。如有名的《说难》《孤愤》《五蠹》皆是也，冷面的犀利与深刻且一以贯之，那样一种精悍之气在诸子文章中可以说是绝无仅有。不过这却要通篇看

---

[1] 本节《韩非子》引文，均据陈奇猷《韩非子新校注》。

图 65　矛与盾

矛，湖南长沙出土；盾，出湖北荆门包山楚墓，均为战国时器。彼时青铜兵器制作技术已臻成熟，防护之具亦称精良，兵利盾坚，韩子所以有矛盾之喻。

来方可体味得真切，而同时读出的刚狠的一面又很难使人成为他的同调。后世之欣赏《韩非子》，便多以其中保存下来的故事为可喜。《说林》上下，《内储说》上下，《外储说》左右之上下，多存广搜博采而来的古事传闻，经韩子按照类目的重新诠解和编纂而——有了寓意，故统称作寓言也可。虽然本意在于使君主从中获得教训，却不期为善良人提供了一个观察世界洞烛人心的特殊视角。而不少故事一旦从原有的语境中独立出来，便成为世相百态之种种，从它不苟言笑、乃至十分严厉的文字中竟也能够读出许多俏皮与幽默，于是这些故事便多以趣味、尤其是讽刺的趣味取胜了。

鸱夷子皮事田成子。田成子去齐，走而之燕，鸱夷子皮负传而从。至望邑，子皮曰："子独不闻涸泽之蛇乎？泽涸，蛇将徙。有小蛇谓大蛇曰：'子行而我随之，人以为蛇之行者耳，必有杀子，不如相衔负我以行，人以我为神君也。'乃相衔负以越公道，人皆避之曰：'神君也。'今子美而我恶，以子为我上客，千乘之君也；以子为我使者，万乘之卿也。子不如为我舍人。"田成子因负传而随之。至逆旅，逆旅之君待之甚敬，因献酒肉。

——《说林上》

子胥出走，边候得之，子胥曰："上索我者，以我有美珠也。今我已亡之矣，我且曰'子取吞之'。"候因释之[1]。

——《说林上》

晋中行文子出亡，过于县邑。从者曰："此啬夫，公之故人，公奚不休舍？且待后车。"文子曰："吾尝好音，此人遗我鸣琴；吾好佩，此人遗我玉环，是振我过者也。以求容于我者，吾恐其以我求容于人也。"乃去之。果收文子后车二乘而献之其君矣。

——《说林下》

杨朱之弟杨布衣素衣而出。天雨，解素衣，衣缁衣而反，其狗不知而吠之。杨布怒，将击之。杨朱曰："子毋击也，子亦犹是。曩者使女狗白而往，黑而来，子岂能毋怪哉？"

——《说林下》

---

1 《战国策·燕策三》张丑为质于燕，与此同一旨趣："张丑为质于燕，燕王欲杀之，走且出境，境吏得丑。丑曰：'燕王所为将杀我者，人有言我有宝珠也，王欲得之。今我已亡之矣，而燕王不我信。今子且致我，我且言子之夺我珠而吞之，燕王必当杀子，刳子腹及子之肠矣。夫欲得之君，不可说以利。吾要且死，子肠亦且寸绝。'境吏恐而赦之。"

第六章 "各为其所欲焉以自为方" | 159

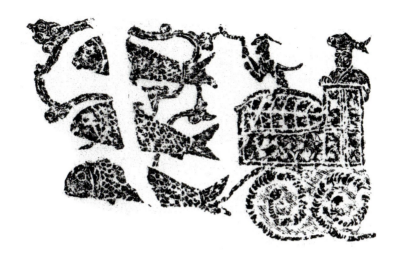

图 66　河伯

汉画像石，江苏铜山洪楼汉墓出土。河伯戴鱼冠，驾鱼车，水中之蛟则其鱼车之轮也。

图 67　击彘

摹自汉画像石，石出山东诸城前凉台汉墓。

> 齐人有谓齐王曰:"河伯,大神也。王何不试与之遇乎?臣请使王遇之。"乃为坛场大水之上,而与王立之焉。有间,大鱼动,因曰:"此河伯。"
>
> ——《内储说上》

> 燕人无惑,故浴狗矢。燕人,其妻有私通于士,其夫早自外而来,士适出,夫曰:"何客也?"其妻曰:"无客。"问左右,左右言无有,如出一口。其妻曰:"公惑易也。"因浴之以狗矢。

> 一曰:燕人李季好远出,其妻私有通于士,季突至,士在内中,妻患之。其室妇曰:"令公子裸而解发,直出门,吾属佯不见也。"于是公子从其计,疾走出门。季曰:"是何人也?"家室皆曰无有。季曰:"吾见鬼乎?"妇人曰然。"为之奈何?"曰:"取五姓之矢浴之。"季曰:"诺。"乃浴以矢。一曰浴以兰汤。
>
> ——《内储说下》

> 曾子之妻之市,其子随之而泣。其母曰:"女还,顾反为女杀彘。"妻适市来,曾子欲捕彘杀之。妻止之曰:"特与婴儿戏耳。"曾子曰:"婴儿非与戏也。婴儿非有知也,待父母而学者也,听父母之教。今子欺之,是教子欺也。母欺子,子而不信其母,非所以成教也。"遂烹彘也。
>
> ——《外储说左上》

或长或短,或虚或实,其事或奇,其情却真。巧用心机的小奸小坏,摹画最肖,写意式的记叙[1],也颇能写照传神。杨朱与曾子

---

1 石昌渝把先秦诸子的叙事之文命为"记实"与"写意"两类,见所著《中国小说源流论》,三联书店1994年,第83页。按"写意"之称很是贴切,它后来发展到《世说新语》,成为记叙之文中最有风格的一派,影响便更为深远。

的故事，韩子采录来，前者旨在说明法立，即不好轻易变更，后者则特别强调与法紧相关联的"信"，而我们看这故事本来也都有很好的意思。韩子的"察微"之透辟原在于对世故人情深明利害，虽然对人性不抱善良的期待，但是冷酷峻切的审视却能够使他从一个极端的角度解剖人性，所谓"古今事变，奸臣世主，隐微伏匿，下至委巷穷闾，妇女婴儿，人情曲折，不啻隔垣而洞五脏"（陈深《韩子迂评序》），其纂辑编撰的故事也因此别有微妙之意趣，此在《韩非子》中可以说是览胜不尽。寓言故事在战国的风行，有如《诗》《书》之在春秋。春秋时代辩说、议论总要征引《诗》《书》以足其意，此际则除此之外又多增以寓言故事。前者即《文心雕龙·事类》篇中所说的"成辞"，后者则即所谓"人事"[1]，"人事"较"成辞"自然稍少蕴藉，但所表达的意思却更为具体和直接，也不妨说这里有着一个由雅向俗的转变。不过先秦寓言后世多浓缩为成语典故而在诗文的创作中延续生命，于是作成别一时代的"雅"，而并没有成为促进小说创作发生与发展的直接动因。也许因为它本来只为辅文，其中有可资鉴戒的意思也便足矣，却未专心致力于故事中人物性格、情节结构等的完备与丰满。但是后来笔记体的"准小说"却与这种简约传神的叙事文体接通了血脉，在小说兴盛起来之后，它虽作为一支偏军却始终未曾多让，在这一点上，《韩非子》之于文学，倒是出其意外的流泽孔长。

《汉书·艺文志》"诸子略"著录《韩子》五十五篇，《史记》本传张守节正义曰阮孝绪《七录》载《韩子》二十卷，今存本正为二十卷五十五篇。元明旧刊曾有佚脱，明万历十年赵用贤始得宋椠校补，《四库全书总目》的《韩子》条下对此有比较详细的考证。后

---

1 《事类》篇云："明理引乎成辞，征义举乎人事，乃圣贤之鸿谟，经籍之通矩也。"

有清黄丕烈校影宋抄本,《四部丛刊》据以影印;清吴鼒影刻宋乾道本,后附顾千里《识误》三卷,则更为完善。总之,《韩子》五十五篇,自《汉书·艺文志》以来,并没有亡佚的篇章。现存旧注,其作者不可考,只能推知是宋以前人。清王先慎所作《韩非子集解》是旧日注本中最好的一部。

第七章 《山海经》志怪意趣

《山海经》

汉文学史中,原始的神话可以说保存得很少,因为它很早便与历史合流,神话学中称作"创世英雄""文化英雄"的人物,已很早演变为历史中实有的帝王,存留下来的吉光片羽,自然难以构成一个完整的神话系统。其实中国古来并无"神话"之称,它的出现,要到20世纪初年。[1] 保存神话最多的《山海经》,最初著录于《汉书·艺文志》,是列在数术略中的形法家之首。形法者,"大举九州之势以立城郭室舍形,人及六畜骨法之度数、器物之形容,以求其声气贵贱吉凶"也。以后的《隋书·经籍志》仍将《山海经》作史部地理类之冠,对它的认识,与汉人没有太大的区别。至清代的《四库全书总目》,《山海经》才归于子部小说家之属。而它被看作神话的渊府,乃在中国神话学建立之后。《山海经》中的故事,放在神话学的框架里,大致可以别作:一、开天辟地的神话;二、日月风雨及其他自然现象的神话;三、万物来源的神话;四、记述神或民族英雄的武功的神话;五、幽冥世界的神话;六、人物变形的神话。或者:一、哲学的;二、科学的;三、宗教的;四、社会的;五、历史的,五项内容。[2] 不过神话学

---

1 "神话"和"比较神话学"为中国学者接受和使用,起始于1903年。它先是出现在几部由日文翻译过来的文明史著作中,如高山林次郎的《西洋文明史》等。1903年留日学生蒋观云在《新民丛报》发表《神话历史养成之人物》一文,此后中国学者才相继把"神话"的概念引入文学和历史的领域。见马昌仪《中国神话学发展的一个轮廓》,载马昌仪编《中国神话学文论选萃》(上册),中国广播电视出版社1994年,第9页。
2 郑德坤《〈山海经〉及其神话》,载马昌仪编《中国神话学文论选萃》(上册),第153—154页。

中的神话和《山海经》中的神话严格说来应是两回事，若我们只是把《山海经》放在"文"的范围之内，则它的价值便可以说特别在于朴野天真的好奇和一种纯粹的志怪趣味。与史著的一个根本不同，在于《山海经》的搜集者和整理者并没有政治化的功利目的，他不含教训，不存寄托，也不致力于文字的美化，而惟以志怪、志奇为旨趣。或曰《山海经》是一部"古之巫书"，这是由《山经》"所载祠神之物多用糈（精米），与巫术合"而推断出来。[1] 然而巫的内容却并不是《山海经》的主体。它的志异，取了差不多是忠实纪录的姿态，这使它虽然多记荒诞离奇，却毫无神秘色彩。《山海经》成书的时代固然很晚，比较早一些的《山经》大约在战国初年，稍晚的《海经》及《大荒经》《海内经》则要到战国末年，或者秦汉之际，但其中的确保存了许多远古传闻，难得是原有的稚拙之气多半也还没有失去。

"山海经"的名称，可以用来大致说明《山海经》的内容。《山经》末行云："右五藏山经五篇。""藏"，即"内"的意思，意即五篇所记山川均在内地，即华夏范围之内。"海外""海内"之"海"，则取《尔雅·释地》"九夷、八狄、七戎、六蛮谓之四海"之义，指不在华夏范围内的地区，较近者为"海内"，较远者为"海外"，"大荒"便是极远之地，荒经因此是海经的补充。[2] 而"山海经"之"经"，则是"经历"之"经"，意即山海之所经。[3]《山海经》的作者，自西汉刘秀（刘歆之易名）以来皆以为是唐虞时代的大禹、伯益"随山刊木，定高山大川"，"逮人迹之所希至，及舟舆之所罕到"，而纪其所历（《山海经叙录》）。这当然不可能是实。但如果把大禹、伯益易作某一位旅行家，则正好可以表明《山海经》所采取的记述的角度。20 世纪 30 年代江绍原著《中国古代旅行之研究》，即以

---

1 鲁迅《中国小说史略》，《鲁迅全集》第 9 卷，人民文学出版社 1982 年，第 17 页。
2 谭其骧《〈山海经〉简介》，《长水集续编》，人民出版社 1994 年，第 370 页。
3 袁珂《山海经校注》，上海古籍出版社 1980 年，第 181 页。

为《山海经》含有旅行指南的性质。"旅行指南",固嫌坐实,《山海经》之"旅",其实多为想象中的世界,而近似旅行记的形式却很是赋予它记述之便,散乱的神话传说即因此串联为线索,行脚处处,所录虽多奇怪,却仿佛眼见身历,写真的笔调使它所具有的一种严肃与诚恳,则尤其动人兴致。出自想象的见闻,在当时正是作为一种知识来传布的。

> 有女和月母之国[1]。有人名曰鹓。北方曰鹓,来之风曰狻,是处东极隅以止日月,使无相间出没,司其短长[2]。
> ——《大荒东经》

> 又西二百里,曰长留之山,其神白帝少昊居之。其兽皆文尾,其鸟皆文首,是多文玉石。实惟员神磈氏之宫,是神也,主司反景[3]。
> ——《西山经》

> 东南海之外,甘水之间,有羲和之国。有女子名曰羲和,方浴日于甘渊。羲和者,帝俊之妻,生十日。
> ——《大荒南经》

> 汤谷上有扶桑,十日所浴,在黑齿北。居水中,有大木,九日居下枝,一日居上枝。
> ——《海外东经》

---

1 郝懿行《山海经笺疏》:"女和月母即羲和常仪之属也。谓之女与母者,《史记·赵世家》〈索隐〉引谯周云:'余尝闻之代俗,以东西阴阳所出入,宗其神,谓之王父母。'据谯周斯语,此经'女和月母'之名,盖以此也。"本节《山海经》引文,均据郝懿行《山海经笺疏》。
2 郭璞注:"言鹓主察日月出入,不令得相间错,知景之短长。"
3 郭璞注:"日西入则景反东照,主司察之。"

图 68　羲和捧日

汉画像石，河南南阳。

图 69　扶桑

漆箱彩绘之局部，战国早期，湖北随县曾侯乙墓出土。

这都是有关于日月的故事。日出月落，周而复始，如此的循规蹈矩，自然不能缺少一位主持。落日返照，光景竟然也有那样的美丽，则必要受着分光布色的细心安排。而日月所以能够总是光鲜明亮，当是母亲天天为之洗浴的缘故。汤谷上的扶桑，则是太阳的止息之所，羲和之子便在那里候值。又仿佛洗浴过后带了一点儿水湿，于是依次挂在扶桑树上干一干。如同说到乐土，便是百谷自生，凤鸟自舞，如《海内经》中的都广之野；说到地狱般的幽都，便是玄鸟、玄蛇、玄豹、玄虎，山水景物，一切都被了黑的颜色，如《海内经》中的幽都之山。辽远的世界，依然被想象得切近于人间。这时候的羲和,是一位女子。帝俊三妻,一曰羲和,便是这一位日母。一曰常羲,便是《大荒西经》中所说:"大荒之中,有山名日月山,天枢也。""有女子方浴月。帝俊妻常羲,生月十有二,此始浴之。"一曰娥皇,《大荒南经》云:"大荒之中,有不庭之山,荣水穷焉。有人三身,帝俊妻娥皇,生此三身之国。"不过羲和在别处却是驾车在天际奔行的日御。屈原《离骚》:"吾令羲和弭节兮,望崦嵫而勿迫。"《淮南子·天文训》:"日出于旸谷,浴于咸池,拂于扶桑。""至于悲泉,爰止其女,爰息其马,是谓悬车。"《初学记》引高诱注云:"日乘车,驾以六龙,羲和御之,日至此而薄于虞泉,羲和至此而回六螭。"常羲后来演变为偷取不死药而奔月的嫦娥,娥皇则去做了湘水之神。而《山海经》中的故事当是最为原始的纪录,其想象也最为质朴。

图70 嫦娥

唐镜,上海博物馆藏。伊左手举"大吉",右手捧盘,盘中三粒不死药。

> 又东十里,曰青要之山,实惟帝之密都。北望河曲,是多驾鸟。南望墠渚,禹父之所化,是多仆累、蒲卢。䰠武罗司之,其状人面而豹文,小要而白齿,而穿耳以鐻,其鸣如鸣玉。是山也,宜女子。畛水出焉,而北流注于河。其中有鸟焉,名曰鴢,其状如凫,青身而朱目赤尾,食之宜子。有草焉,其状如葌,而方茎黄华赤实,其本如藁本,名曰荀草,服之美人色。

图 71　操蛇神怪

铜器刻纹，器出江苏淮阴高庄战国墓。

又东二百里，曰姑媱之山。帝女死焉，其名曰女尸，化为䔄草，其叶胥成，其华黄，其实如菟丘，服之媚于人。

又东南一百二十里，曰洞庭之山，……帝之二女居之，是常游于江渊，澧、沅之风，交潇湘之渊[1]，是在九江之间，出入必以飘风暴雨。是多怪神，状如人而载蛇，左右手操蛇。多怪鸟。

——《中山经》

大人国在其北，为人大，坐而削船。[2]

——《海外东经》

周饶国在其东，其为人短小，冠带。[3]

三株（珠）树在厌火北，生赤水上，其为树如柏，叶皆为珠。

1　郭璞注："此言二女游戏江之渊府，则能鼓三江，令风波之气共相交通，言其灵响之意也。"
2　《大荒东经》"东海之外，大荒之中，有山名曰大言，日月所出。有波谷山者，有大人之国。有大人之钧市，名曰大人之堂。有一大人踆其上，张其两耳（或作臂）"，即此大人国也。郝懿行云："削当读若稍，削船谓操舟也。"
3　《大荒东经》："有小人国，名靖人。"《大荒南经》："有小人，名曰焦侥之国，几姓，嘉谷是食。"又："有小人，名曰菌人。"袁珂云："'周饶''焦侥'，并'侏儒'之声转。"

一曰其为树若彗。

——《海外南经》

欧丝之野在大踵东,一女子跪据树欧丝[1]。

——《海外北经》

《楚辞·九歌》中的山鬼和湘夫人,其原型,便是《中山经》里活泼快乐、没有一点尘滓气的山中水中的精灵。[2] 有关大人国、小人国的记述,虽然很是简单,却极有意趣,因播下了想象的种子,成为以后小说家十分热衷的题材。三珠树的故事,在《庄子·天地》篇中敷演为哲学寓言。[3] 欧丝之野的神话则是后来"蚕马"故事的雏型。神话的演变,多是循着华丽的和更为浪漫的方向。《山海经》一面以它别致而又特别丰富的素材相煦于后世的文学创作,一面又为人长久保存着初创时期的生气。而我们看《山海经》,便总可以感觉到上古时代质素和憨朴的想象力实在可爱。但若为《山海经》的笔墨

图72 三珠树

四川郫县东汉墓画像石棺。三珠树生在西王母所居昆仑山附近的赤水上,因不免常把它同西王母联系在一起。

---

1 郭璞注:"言啖桑而吐丝,盖蚕类也。"
2 袁珂注云:"魌武罗者,盖《楚辞·九歌·山鬼》所写山鬼式的女神也。'小要白齿',所以'窈窕''宜笑';'赤豹文狸',或即'人面豹文'之演化;'荀草服之美人色',山鬼所采'三秀',说者亦谓是使人驻颜不老的芝草之属,而山鬼所思之'灵修',亦此魌武罗所司密都之'帝',均高级天神也。"
3 郝懿行《笺疏》:"《庄子·天地》篇云黄帝游乎赤水之北,遗其玄珠,盖本此为说也。"按《庄子·天地》:"黄帝游乎赤水之北,登乎昆仑之丘,而南望还归,遗其玄珠。使知索之而不得,使离朱索之而不得,使吃诟索之而不得也,乃使象罔,象罔得之。黄帝曰:'异哉!象罔乃可以得之乎。'"

作赞,用着后世论文的语言却很难表述得恰当。曰天然,曰本色,也未必贴切。黄帝遗珠在"山"间"海"间,得之者则惟有象罔。"象罔"者,无心也。《山海经》的为文,便是一个象罔拾珠的境界。

> 共工臣名曰相繇,九首,蛇身自环,食于九土。其所欤所尼[1],即为源泽,不辛乃苦[2],百兽莫能处。禹堙洪水,杀相繇,其血腥臭,不可生谷。其地多水,不可居也。禹湮之,三仞三沮,乃以为池,群帝是因以为台,在昆仑之北。
>
> ——《大荒北经》

图73　执五兵之蚩尤

山东出土汉画像石。

> 钟山之神,名曰烛阴,视为昼,瞑为夜,吹为冬,呼为夏,不饮,不食,不息,息为风,身长千里。在无䏿之东。其为物,人面,蛇身,赤色,居钟山下。
>
> ——《海外北经》

> 蚩尤作兵伐黄帝,黄帝乃令应龙攻之冀州之野。应龙畜水,蚩尤

1　郭璞注:"欤,呕,犹喷吒;尼,止也。"
2　郭璞注:"言气酷烈。"

图 74 伏羲与女娲

东汉画像石,出四川崇州市。伏羲见诸文字其实远晚于女娲,《山海经》中,女娲之有趣只在于一体化为十神,而在后世的传说中,其形象已与此大不相同。

请风伯雨师,纵大风雨,黄帝乃下天女曰魃,雨止,遂杀蚩尤。

——《大荒北经》

有国名曰淑士,颛顼之子。有神十人,名曰女娲之肠,化为神[1],处栗广之野,横道而处。

——《大荒南经》

---

1 郝懿行《笺疏》:"《楚辞·天问》:云'女娲有体,孰制匠之?'王逸注云:'传言女娲人头蛇身,一日七十化,其体如此,谁所制匠而图之乎。'今案王逸注非也。《天问》之意即谓女娲一体化为十神,果谁裁制而匠作,言其甚巧也。"

共工和女娲都是中国神话中的著名人物，女娲的造人与补天在神话学的意义上则更为重要。不过这些事迹均见于汉代文献，如果《山海经》中的这一则记载是其源，则女娲造人似乎并不是产生在远古的神话。共工的事迹《山海经》中也很少，除两处记载共工之臣相繇（《海外北经》之相柳即此相繇）的故事之外，《海内经》也只是在述说炎帝世系时提及共工的名字。《淮南子·天文训》云："昔者共工与颛顼争为帝，怒而触不周之山，天柱折，地维绝。天倾西北，故日月星辰移焉；地不满东南，故水潦尘埃归焉。"又《兵略训》："共工为水害，故颛顼诛之。"共工之怒，固然很有英雄气概，但他本来是一个作怪的水神，因此共工之臣相繇所到之处亦"所歍所尼，即为源泽"，治水的禹自然要把他诛灭。"争帝"云云，大约有着远古时代若干史事的影子，黄帝与蚩尤的故事如此，《山海经》中这一类的故事也都如此。原始神话中本应有着很多神圣的象征意义，但那一部分恰恰最早脱离神话形态进入历史，用来发挥另外的效用。《山海经》却是真正独立于历史之外，而以一种奇异的方式保存了神话中散落的情节，它因此独以朴野的想象和纯粹的志怪趣味在文学史中占据了显著的一席。片断，驳杂，不成系统，却反而助成它多向的发展和影响。后来的志怪小说自然是直接承其余绪，它的近乎游记的记述形式也影响着《西游记》乃至《镜花缘》。《山海经》为山石草木禽鸟虫鱼志异，又开启了博物之端，以后的地理博物之著即或多或少带着它幻怪奇谲的色彩。只是受了《山海经》滋润且沿此一路发展起来的成年人的想象，却越到后来越多不免幼稚，童年时代的可爱则一去不复返。

《山海经》中的内容，战国秦汉之间即被不少著作称引，但未举书名。而《山海经》之称，当不晚于司马迁的时代，《史记·大宛列传》提到："故言九州山川，《尚书》近之矣，至《禹本纪》《山海经》

所有怪物，余不敢言之也。"西汉哀帝时，刘歆把《山海经》校订为十八篇，《汉书·艺文志》之著录为十三篇，或曰是弃《大荒东经》以下五篇不计（郝懿行《山海经笺疏叙》）。以后晋郭璞为《山海经》作注，成《山经》五篇，《海经》四组十三篇，亦为十八篇，此即现行《山海经》的祖本，也是今所见到的最早的注本。其时《山海经》并有图，郭璞注中时常提到，郭氏且著有《山海经图赞》二卷，但是这些图却未能流传下来。古代注本中，以清郝懿行《山海经笺疏》为最有名，其多所引证，又精于辨核，故至今为研读《山海经》者所重。

附《穆天子传》

《穆天子传》是西晋初年出土于战国魏墓的先秦简牍，即所谓"汲冢书"[1]。出土之后，便经过了很好的整理。和它同时出土的简书，以后大都散失，惟有这一部《穆天子传》完整保存下来，流传至今。它当时有两个整理本，一为束皙本，题作《周王游行》，为五卷；一为荀勖本，题作《穆天子传》，他把同时出土的杂书十九篇中《周穆王美人盛姬死事》一篇置于卷后，遂成六卷。[2]

《穆天子传》也是一部很奇特的书。周穆王，史有其人。穆王好游历，史书也有不少记载。《左传·昭公十二年》楚右尹子革云"昔穆王欲肆其心，周行天下，将皆必有车辙马迹焉"，即是也。《穆天

---

[1] 荀勖《穆天子传序》："汲县民不准，盗发古冢，所得书皆竹简素丝编，以臣勖前所考定古尺度其简，长二尺四寸，以墨书，一简四十字。"此汲县，在今河南省汲县之西南，战国时属魏。根据同时出土的《竹书纪年》，可推知《穆天子传》埋入汲冢之年，当在魏襄王卒年。关于汲冢书出土的时间，各家的说法则稍稍有异。据朱希祖考证，其出土在咸宁五年（公元279年）十月，藏于秘书监在太康元年（公元280年）正月，命官校理在太康二年（公元281年）春。见所著《汲冢书考》，中华书局1960年，第37页。

[2] 《汲冢书考》，第28—29页。

子传》中提到的随行之臣毛班，在西周铜器上可以找到印证[1]，又东周初年的晋戎生编钟铭，称穆王为"穆天子"，也可知这称号早有来历[2]。或曰引导穆王西行游历的河宗伯夭是一个游牧部族的祖先，穆天子西征原是保存在这一部族中的神话传说，战国初年被魏国史官采得，遂成此编[3]。这似乎能够用来解释《穆天子传》中的若干情节，可备一说。

《穆天子传》大约有一个由中原向着西北部乃至极西地区开辟交通的背景，近世便有不少学者对《传》中涉及的地名详细考证，如丁谦《穆天子传地理考证》，如顾实《穆天子西征讲疏》。只是《穆天子传》原是从史实中撷取若干情节，然后铺张想象，亦实亦虚，成为穆天子的事迹，考证起来，若处处落实，自难免有穿凿附会的地方。

《传》的体例，类似史官记录言行起居的形式，因此它在很长的时间里被目录学家归在史部起居注一类。其基本情节，即如顾实在《讲疏》中所概括的那样，曰穆王"逾黄河而北出雁门关，入河宗之邦，得河伯为先导，相与偕行，乃遂逾昆仑而至西王母之邦，无非沿途抚辑华戎，所至赏赐无算，其征供食于诸部落，殆无一不受《周礼》之支配，终乃取鸟羽于西北大旷原而还"[4]。与《山海经》相同，《穆天子传》也取了实录的姿态，且有着更多的史实为依托，应答之礼，赏赉之物，也多有根据，不过其中细节的铺陈，逸出"周礼"之外的其实很不少。卷四："丙寅，天子至

---

1 毛班，名见于西周班簋铭。杨树达云："《穆天子传》一书，前人视为小说家言，谓其记载荒诞不可信。今观其所记人名见于彝器铭文，然则其书固亦有所据依，不尽为子虚乌有虚构之说也。"《积微居金文说·毛伯班簋跋》，科学出版社1959年，第123页。

2 李学勤《戎生编钟论释》，《文物》1999年第9期，第77页。

3 杨宽《〈穆天子传〉真实来历的探讨》，《中华文史论丛》第55辑，上海古籍出版社1996年，第184页。

4 《穆天子西征讲疏》，中国书店1990年，第2页。

图 75　班簋

西周穆王时器。原为清宫旧藏,后散失,1972 年由废铜中拣出。经复原,铭文尚完整,今藏首都博物馆。铭文中的毛班,乃文王之子毛叔郑之后,时为王室重臣,封爵为伯,多认为此即《穆天子传》中的毛班。

于钘山之隊,东升于三道之隉,乃宿于二边,命毛班、逢固先至于周,以待天子之命。癸酉,天子命驾八骏之乘,赤骥之驷,造父为御,□南征翔行,径绝翟道。升于太行,南济于河,驰驱千里,遂入于宗周。官人进白鹄之血,以饮天子,以洗天子之足。造父乃具羊之血,以饮四马之乘一。"[1] 荀勖在《序》中说此《传》"其言不典",不典,即不经,即不合于《诗》《书》等传世之经典的记载,此即其例之一。当然亦其新奇之一。这一节也可以代表《穆天子传》的叙述语言,即平实而已。它得益似乎只在于题材,

---

[1] 本节《穆天子传》引文,均据王贻梁、陈建敏《穆天子传汇校集释》,华东师范大学出版社 1994 年。

图 76　西王母

四川彭山汉画像石棺。中间戴胜者为西王母,左边之三足乌、九尾狐,右边闻乐起舞之蟾蜍,却是后世传说中的踵事增华。不过三足乌与九尾狐有时也在汉画像石中单独出现,即如图 77,它把乌与狐尤其表现得生动,构图且格外活泼,树上树下,乌与狐的顾盼竟仿佛讲述另外的故事,因有人考证其为《伊索寓言》中的狐狸与乌鸦,却也误得有趣。

"周王游行"这题目下的故事便有意趣,其意趣,更集中在穆天子见西王母一节。西王母的传说,已见于《山海经》。《大荒西经》云:昆仑之丘,"其下有弱水之渊环之,其外有炎水之山,投物辄然,有人,戴胜,虎齿,有豹尾,穴处,名曰西王母"。又《西山经》:"玉山,是西王母所居也。西王母其状如人,豹尾虎齿而善啸,蓬发戴胜,是司天之厉及五残。"可知她本是昆仑山上主知灾厉和五刑残杀之气的神怪。而在《穆天子传》中,虽然西王母自述曰"虎豹为群,於鹊与处",却俨然彬彬有礼的一位人王。

丁巳,天子西征。己未,宿于黄鼠之山。西□,乃遂西征。癸亥,至于西王母之邦。

吉日甲子,天子宾于西王母。乃执白圭玄璧,以见西王母。好献锦组百纯,□组三百纯,西王母再拜受之。乙丑,天子觞西王母于瑶池之上。西王母为天子谣曰:"白云在天,山陵自出。道里悠远,山川间之。将子无死,尚能复来。"天子答之曰:"予归东土,和治诸夏。万民平均,吾顾见汝。比及三年,将复而野。"西王母又为天子吟曰:"徂彼西土,爰居其野。虎豹为群,於鹊与处。嘉命不迁,我惟帝女。彼何世民,又将去子。吹笙鼓簧,中心翔翔。世民之子,唯天之望。"天子遂驱升于弇山,乃纪丌(其)迹于弇山之石,而树之槐,眉曰西王母之山。

西王母的风致,并不是从形容中写来,而是由宾主唱和中见出远神。本是欢宴,但只写别情。赋诗见意,有身分,有至情。不是赴约,仿佛也不是邂逅,且别无浪漫,更不似后来托名班固实际恐怕是葛洪所写的《汉武帝内传》,充满求道的神仙气而偏偏尽为俗艳,它只是一次不见开端也不知结局的奇异的会见,而这样一个相见相别一片人间气息的场景即已足够,即足以令"西王母之山"成为后世诗文中用之不衰的意象。李商隐诗:"瑶池阿母绮窗开,

图77 三足乌与九尾狐

汉画像砖,河南郑州出土。

黄竹歌声动地哀。八骏日行三万里，穆王何事不重来。"（《瑶池》）诗人本别有讽意，但我们只作正读，便觉得《穆天子传》中一切引人遐思的神气，尽在此中。

卷下 诗

第一章 "思无邪"

《诗经》

从现存的先秦载籍来看,诗与文是并行发展的。诗的渊源或者应该更早,但却没有确实可信的材料流传下来。前人虽然从先秦文献中网罗钩稽古谣谚、古佚诗,作了不少辑佚的工作,但这些歌、谣的创作年代其实很难确定,因此未免真伪杂糅。何况这里还有一个区别,即诗必有韵,而有韵却未必即是诗。或者说,有韵是诗的重要特征,然而却不是它的唯一特征。《书·尧典》曰"诗言志",《诗大序》云"情动于中而形于言",则有此志与情,方有诗的精神与旨趣。可以说,韵律是诗的形貌,情志方为诗的内质,在谣谚与诗之间,原当有这样一个分界。而先秦时代流传至今的比较可靠的诗歌作品,便只有《诗经》和《楚辞》。

"诗经",当日称作"诗"或"诗三百"。司马迁说:"古者诗三千余篇,及至孔子,去其重,取可施于礼义,上采契后稷,中述殷周之盛,至幽厉之缺,始于衽席。""三百五篇孔子皆弦歌之,以求合《韶》《武》《雅》《颂》之音"(《史记·孔子世家》)。虽然由"三千"删至"三百"的说法颇可怀疑,乃至"诗三百"究竟是否成于孔子,也不很可信,但孔子大约是作了细致的整理工作。《诗》的时代,以《周颂》为最早,时当西周初年;《国风》为晚,最晚的《陈风·株林》已近春秋中叶,则《诗》所存是此间五百年诗歌之精华。

"诗三百",都可以入乐,并且可以伴随着舞,《左传》中便有很多这样的记载；后来代表了南音的《楚辞》，也是如此。以后乐与舞都失传，自然很是可惜，不过从文学的角度来看，如果诗非依赖乐舞则不能完成它的美善，那么应该说这样的诗尚不是纯全之诗。诗、乐、舞，可以结合，而且结合之后达于谐美；诗、乐、舞，又可以分离，而且分离之后依然不失其独立之美善，这时候我们才可以说，三者都已臻于成熟。因此，《诗》的旋律虽已随风散入史的苍远，但无论如何它已经有了独立的诗的品质，即文字本身所具有的力和美，并由这样的文字而承载的意志与情感，则作为文学史中的诗，它并没有损失掉很多，只要我们时时记得，它有一个音乐的背景，它曾经是属于"乐语"的诗。

《诗》有《风》《雅》《颂》之分。《诗大序》云："以一国之事，系一人之本，谓之风。言天下之事，形四方之风，谓之雅。雅者，正也，言王政之所由废兴也。政有小大，故有小雅焉，有大雅焉。颂者，美盛德之形容，以其成功告于神明者也。"此说未必能够与诗完全相合，所谓"政有小大"，也未免令人疑惑，但作为一个大略的分别，或者尚有可取之处。当然乐调很可能是划分类别的重要因素，只是我们已经无法知道。以内容论，大致可以说，《风》多写个人，《雅》《颂》多关国事；《风》更多的是追求理想的人生，《雅》《颂》则重在建立一个理想的社会，即前者是抒写情意，后者是讲道理。抒写情意固然最易引起人心之感动，而道理讲得好，清朗透彻的智思，同样感发志意，令人移情，何况二者之间并没有一个截然的分别。如果说早期记事之文的简洁很大程度是由于书写材料的限制，而并非出于文学的自觉，那么到了《诗》时代，追求凝练便已出自诗心，尤其二《雅》中的政论诗，常常是把诗的意旨锻炼为精粹的格言，这些诗句也果然有着格言式的警世的力量。

诗的创作时代，已经无法一一考订，但仍可有一个粗略的划分，即《周颂》在先,《大雅》次之,《小雅》又次之,《风》则最后。当然各部之间也还有交叉有重叠。

颂

《颂》是祭祖时的舞乐,即所谓"美盛德之形容,以其成功告于神明者也"。如此,诗里自然要有颂扬,但却不仅仅是颂扬,此中仍是在传达一种志意与精神。宋人辅广在评述《秦风·终南》时说:"古人为颂祷之辞,不徒颂祷而已也,必有劝勉之意寓乎其间,故君子谓之善颂善祷。若徒颂祷而无劝戒之意,则是后世之谀词耳。"(《童子问》)此于《颂》的精神揭示得很明白。"他们敬畏上帝,敬畏祖先,敬畏民众,敬畏民众的公共意志,他们常不敢放肆,不敢荒淫惰逸,相互间常以严肃的意态警诫着。"[1] 这样一种小心敬畏之心,为《颂》灌注了始终的和厚与真诚,虽是庙堂舞乐,却仍有动人之处,并且在一篇本来很少个人情感的颂词中,也依然有神气,有韵致。

图 78 何尊

西周成王时器,陕西宝鸡出土。器内底铭文十二行一百二十二字,记述了文王受命,武王灭商,然后营建成周洛邑,至成王而"初迁宅于成周"的重要史实,与《逸周书·度邑》所载正相吻合。铭之"中国",本是"天下之中"的意思,"宅兹中国,自之乂民",这一观念起源很古,此后且又延续了很久,至于后世,而成为国号。

---

[1] 钱穆《中国文化史导论》,商务印书馆1994年,第66页。

如《般》：

> 於皇时周，陟其高山，隨山乔岳，允犹翕河。敷天之下，裒时之对，时周之命。[1]

《诗序》说它是"巡守而祀四岳河海也"，然而却不知道这是属于哪一个王。后人由情理上推测，以为系于成王为近是，即武王克殷二年，天下未宁而逝，恐怕未及巡守，至周公辅成王，做定几件大事，如平三监，营洛邑，制礼作乐，此后周政才得稳定，曰成王巡守祭祀，合于这一段史事中的情理，而《般》之如此气魄，也应该有这样一个背景。可以与诗互相发明的是铸于成王五年的何尊铭文，据今所知，它是最早提出了"中国"的概念，即所谓"余其宅兹中国，自之乂民"。诗与铭文，便恰好有这样一种精神上的一致。

《般》在《颂》中最是大气磅礴，但自信中依然存着小心翼翼的敬慎与畏。诗中"隨山乔岳"一句味最长。清徐玮文曰："自高望下则曰隨山，自下望高则曰乔岳"（《说诗解颐》），解释得很好。只是诗所表现的又不仅仅是视角的转换，一俯一仰，俯仰之间，乃是明智和清醒的观照。正是这种自信与敬畏的交织，使颂祷声中始终有着内省的觉悟。

特存敬畏之心的《颂》诗，更见于《闵予小子之什》中的前四首：

> 闵予小子，遭家不造，嬛嬛在疚。於乎皇考，永世克孝，念兹皇祖，陟降庭止。维予小子，夙夜敬止。於乎皇王，继序思不忘。
>
> ——《闵予小子》

---

[1] 本节引《诗》均据阮元《十三经注疏》本，个别字句据阮元校语径改。

访予落止,率时昭考。於乎悠哉,朕未有艾。将予就之,继犹判涣。维予小子,未堪家多难。绍庭上下,陟降厥家。休矣皇考,以保明其身。

——《访落》

敬之敬之,天维显思,命不易哉。无曰高高在上,陟降厥士,日监在兹。维予小子,不聪敬止。日就月将,学有缉熙于光明。佛时仔肩,示我显德行。

——《敬之》

予其惩而,毖后患。莫予荓蜂,自求辛螫。肇允彼桃虫,拚飞维鸟。未堪家多难,予又集于蓼。

——《小毖》

这几首诗大抵先后同时,都作于成王三年丧毕朝庙之际,时三监之乱已生,而周公东征,诗中所述种种,便有着这些事件的背景。诗里边没有神秘与怪异,也很少夸饰的成分,实实在在的几句话,讲的都是切近的事与情,即天之"日监在兹"的感觉,也是所谓"人生化"的。《大雅·抑》:"无曰不显,莫予云觏,神之格思,不可度思,矧可射思。"《板》:"敬天之怒,无敢戏豫。敬天之渝,无敢驰驱。昊天曰明,及尔出王。昊天曰旦,及尔游衍。"神明能够如此无所不在,它的"在",自然是"在"人心。周人的信天命,即便起初原有论证周之取代殷商的合理,其意本在求得自信,那么后来自励自警的意思却是更重,则自信的根基可以说是因此而更牢。历经患难而所见者深,"命不易哉"乃是一种很清醒的忧惧感,最后落实在尽人事,正是周人的智慧,《周颂》中的这几篇乃于此尤致惓惓。

四篇中,《小毖》更多一点儿抒情的成分,或曰感情的气氛也可。它诚恳诉说心事,讲述一种真实的生存境遇。桃虫,飞鸟,是比喻,是暗示,而又同感觉连成一气。"未堪家多难",与《访落》中的句子一字不差,但是紧跟一句"予又集于蓼",把"未堪""多难"的意思推到极致,便戛然而止。因为这一收收得太迫促,诗里边的情感仿佛不能够就这样拢住,于是收束处反而是涌出。这同所谓"有余不尽""意在言外"还不是一回事,它本来没有一点儿意思要取巧。它的好,在诗人也是意外。

图 79-1 鲁侯尊

西周早期器,上海博物馆藏。尊的形制很是特殊,大口的下方两侧各铸一对虎头形把手,把手下披垂宽而长的两翼,下面是层次分明的高高的基座。器底铭文二十二字,曰周公之子即明公率族征伐东方之际,鲁侯参与其事,并立战功,因作此器以为纪念。

图 79-2 鲁侯尊铭文

与《雅》和《风》相比,《周颂》可以说是以气魄胜,虽短章,亦不输雄厚之气。其品格则如太羹玄酒,论"文",论"质",它都比《风》和《雅》更完全地属于它的时代。

至于《鲁颂》和《商颂》,则已不见《周颂》中的敬畏之心与劝勉之意,如《般》那样的气魄,自然也是没有了。

《鲁颂》名"颂",其实体兼《风》《雅》,并且与《周颂》用于告神不同,它乃专用以颂祷,是开后世文人献颂诗之先。

图 80 盠驹尊

西周中期器,陕西眉县出土,今藏中国国家博物馆。驹之前胸有铭,云王在斆地行执驹之礼。所谓"执驹",即幼马在一岁至一岁半时,断乳,离其母,始系笼头,然后正式编入王之六闲或十二闲,且记录其数于王之财产簿籍,执驹礼的重要,自不待言,周王所以亲与其事。"骏牡北三千",实当曰国力所系,《诗》因此多咏马之句。《鲁颂》一唱三叹,颇有即目之亲切,又正如盠驹尊造型之格外写实也。

周成王封周公长子伯禽于鲁,而鲁诗不名"风",却以"颂"名,郑玄《诗谱》云:"初,成王以周公有太平制典法之勋,命鲁郊祭天三望,如天子之礼,故孔子录其诗之'颂',同于王者之后。"大抵可据。

《鲁颂》四篇,似乎都不属《诗》中的上乘,当然仍不乏可以称道的诗笔。如《驷》:

> 驷驷牡马,在坰之野。薄言驷者,有骄有皇,有骊有黄,以车彭彭。思无疆,思马斯臧。
> 驷驷牡马,在坰之野。薄言驷者,有骓有駓,有骍有骐,以车伾伾。思无期,思马斯才。
> 驷驷牡马,在坰之野。薄言驷者,有驒有骆,有骝有雒,以车绎绎。思无斁,思马斯作。
> 驷驷牡马,在坰之野。薄言驷者,有駰有騢,有驔有鱼,以车祛祛。思无邪,思马斯徂。

四章分咏良马、戎马、田马、驽马,八个"有"字,好像有当十、当百的力量,先把缭乱纷纭的一片颜色引来,诗的境象于是变得阔远。每章不过更换几个字,看去拙得很,其实颇有斟酌。换字处,很细又很切,贴合马,更贴合马政和国政,叠还往复,总是递进。收束处归结到思,亦即思之人,来把称颂之意完足。此篇与《小雅·无羊》同一机杼,不过《驷》究竟细致中缺少一点置身其中的亲切,如《无羊》之"尔羊来思,其角濈濈;尔牛来思,其耳湿湿"。又稍逊其意态和姿致,如"尔羊来思,矜矜兢兢,不骞不崩。麾之以肱,毕来既升",因此而不免略略损失诗的神气。

《商颂》的创作年代,是至今未决的问题。旧有二说,一曰成于春秋之宋,一则曰商。从诗本身的语言与风格来看,大抵前说近

图 81 对羊尊

晚商，英国不列颠博物馆藏。

图 82 牛尊

晚商，湖南衡阳出土，湖南省博物馆藏。

是。近人王国维《说〈商颂〉》一文于此考证较详,并据以认为:"《商颂》盖宗周中叶宋人所作以祀其先王,正考父献之于周太师,而太师次之于《周颂》之后,逮《鲁颂》既作,又次之于鲁后。"(《观堂集林》卷二)似可从。

> 猗与那与,置我鞉鼓。奏鼓简简,衎我烈祖。汤孙奏假,绥我思成。鞉鼓渊渊,嘒嘒管声。既和且平,依我磬声。於赫汤孙,穆穆厥声。庸鼓有斁,万舞有奕。我有嘉客,亦不夷怿。自古在昔,先民有作。温恭朝夕,执事有恪。顾予烝尝,汤孙之将。
>
> ——《那》

与《诗》中其他写祀事的篇章不同,《商颂》之《那》特别把祀事中的乐写得细致分明。《礼记·郊特牲》:"殷人尚声,臭味未成,涤荡其声。乐三阕,然后出迎牲,声音之号,所以诏告于天地之间也。"则奏乐在迎牲、灌鬯之先,原是殷商特有的风习,《那》所以选择了最是典丽温雅的祀事之序幕。鼓声渊渊,管声嘒嘒,堂下堂上,八音克谐,诗用"依我磬声"的一个"依"字,写出音乐全部的和平与谐美,开篇"猗与那与"之叹于是也被相生相映得格外妥帖。"自古在昔,先民有作",其意同于《大雅·生民》中的"后稷肇祀,庶无罪悔,以迄于今";然而曰"自古",曰"先民",则又有了"匪且有且,匪今斯今,振古如兹"(《周颂·载芟》)之意,乃把眼前小心从事的一切都推向不知开端的邈远,可见"温恭朝夕",只是在平静自然中以谦厚之心传递着一个坚实的信念。《商颂》中的长篇如《殷武》和《长发》,其体近《雅》,铺张扬厉,叙述"厥初生民"的史迹,却未如《那》,能够以乐声中浮荡着的平静和自然昭示史的久远,而入人更深。《韩诗外传》云原宪居鲁,徐步曳杖歌《商颂》,"声满于天地,如出金石",《商颂》诸篇,似乎惟有《那》

图 83　铜编钟

战国，楚，河南信阳长台关出土。

图 84　石编磬

战国，魏，河南陕县后川村出土。

篇可以当之。

雅

《雅》和《颂》都可以说是旋律载负着的思想和历史,二《雅》,尤其是《大雅》,则以温厚真淳的诗心,深美端劲的文字,把这思想和历史表现得更明白更透彻,并且每每以它的力重千钧而令人俯首。

《大雅》三十一,篇篇与政事相关。记史,记祀,征战,宴饮,讽谏献替,西周从兴盛到衰微,《大雅》传达着三百三十年雨阔烟深中诗所肩负着的"我民"之"视","我民"之"听"。这是"载道"的文学,这是孔子所钦慕的"郁郁乎文哉"的文学。它的作者,则是活跃在政权中心的明智清醒的一群。而作为诗人,与其说他是在努力维护一种秩序,不如说,他更是在坚持一种信念。王应麟说"世道虽坏,而本心未尝坏"(《困学纪闻》),则"本心"所在,正在诗人。诗人虽然无法挽狂澜于既倒,然而忧世伤时的"大谏"却最可表现沧海横流之际的诗之精神,这些诗作因此可以成为我们永久的相知。

图85 凤皇

刺绣,出自湖北荆门包山楚墓。

有卷者阿，飘风自南。岂弟君子，来游来歌，以矢其音。

伴奂尔游矣，优游尔休矣。岂弟君子，俾尔弥尔性，似先公酋矣。

尔土宇昄章，亦孔之厚矣。岂弟君子，俾尔弥尔性，百神尔主矣。

尔受命长矣，茀禄尔康矣。岂弟君子，俾尔弥尔性，纯嘏尔常矣。

有冯有翼，有孝有德，以引以翼。岂弟君子，四方为则。

颙颙卬卬，如圭如璋，令闻令望。岂弟君子，四方为纲。

凤皇于飞，翙翙其羽，亦集爰止。蔼蔼王多吉士，维君子使，媚于天子。

凤皇于飞，翙翙其羽，亦傅于天。蔼蔼王多吉人，维君子命，媚于庶人。

凤皇鸣矣，于彼高冈。梧桐生矣，于彼朝阳。菶菶萋萋，雍雍喈喈。

君子之车，既庶且多。君子之马，既闲且驰。矢诗不多，维以遂歌。

——《卷阿》

《诗序》曰：" 《卷阿》，召康公戒成王也，言求贤用吉士也。"大致可信。召康公与周公一样，也是开国元勋，诗中自有这样的气度。而《卷阿》境象广大，意象高远，所谓"伴奂尔游矣，优游尔休矣"，也都是盛世气象。"岂弟君子"，成王也，"歌"乃是起倡，"以矢其音"则为康公之相和。《乐记》说"广大而静，疏达而信者，宜歌《大雅》"，那么"岂弟君子，来游来歌"，所歌者，便是这样的歌了。

周人之开国，经历了一个长久而坚苦的进程，在这样的进程中，不必说，总是武力的征服，然而在周人，却始终把一个"德"字系在《诗》里。应该说，武力征服是实，德的建立也是实，甚至可以认为，这正是周文明的一个标志。与殷人尚鬼不同，自周人始，而崇尚理性，用理性的精神来安排人生，安排社会的秩序，而首先是完成人自己，于是乎曰"德"。《卷阿》中的岂弟君子，蔼蔼吉士，便都是德行的楷模。彼时尚未有"大一统"的中央集权之建立，而周王室若仅凭着武力，实不足以成为团聚乃至调遣众多诸侯国的中心，如此形势之下，维持王室在精神领域中的声望当然显得格外重要，这也是周人从成功的经验中得到的认识，并且坚持了很久，而因此维持了不算短的盛世。所谓"土宇昄章"，当然是武力征服的结果，但若求长期的稳定，则仍以修治内政为根本，便是《大雅·抑》中说到的"夙兴夜寐，洒扫庭内，维民之章"。治内，则又以涵养德性为指归，《抑》曰"辟尔为德，俾臧俾嘉。淑慎尔止，不愆于仪"，《卷阿》则于"俾尔弥尔性"中深寄其意。

德之既修，乃有"颙颙卬卬，如圭如璋"之美，于是足以动人，于是才引出下半篇的求贤之意，但仍不说求贤，却先引了凤凰来为吉人吉士写神。高冈，朝阳，梧桐，凤凰，额外生色，全是造境。至"蔼蔼吉士，维君子使"，应该说是揭出诗的正意，而其实诗的正意已在前半大抵说尽，欲求贤人，固以慎德修身为第一要义也，此不过仍将未有之功，指顾铺陈，作眉睫之前已睹之象来看。若与前半的质实相对言，后半则可以说它清空。"凤凰鸣矣，于彼高冈。梧桐生矣，于彼朝阳。菶菶萋萋，雍雍喈喈"，所谓"镂空之笔，不着色相"（姚际恒《诗经通论》），也可以说是诗的"通篇精神聚会处"（邓翔《诗经绎参》）。

《大雅》诸篇，《卷阿》的文字最是明朗清澈，意境又极好，更不必说，它还载负了深醇的思想和智慧。

然而有如此意境者在《大雅》中却是极少数，更多的则是王政黑暗时代的讽谏之篇，如《民劳》《板》《荡》，如《抑》和《桑柔》。

> 菀彼桑柔，其下侯旬。捋采其刘，瘼此下民。不殄心忧，仓兄填兮。倬彼昊天，宁不我矜。
> 四牡骙骙，旟旐有翩。乱生不夷，靡国不泯。民靡有黎，具祸以烬。於乎有哀，国步斯频。
> 国步蔑资，天不我将。靡所止疑，云徂何往。君子实维，秉心无竞。谁生厉阶，至今为梗。
> 忧心慇慇，念我土宇。我生不辰，逢天僤怒。自西徂东，靡所定处。多我觏痻，孔棘我圉。
> 为谋为毖，乱况斯削。告尔忧恤，诲尔序爵。谁能执热，逝不以濯。其何能淑，载胥及溺。
> 如彼溯风，亦孔之僾。民有肃心，荓云不逮。好是稼穑，力民代食。稼穑维宝，代食维好。
> 天降丧乱，灭我立王。降此蟊贼，稼穑卒痒。哀恫中国，具赘卒荒。靡有旅力，以念穹苍。
> 维此惠君，民人所瞻。秉心宣犹，考慎其相。维彼不顺，自独俾臧。自有肺肠，俾民卒狂。
> 瞻彼中林，甡甡其鹿。朋友已谮，不胥以穀。人亦有言，进退维谷。
> 维此圣人，瞻言百里。维彼愚人，覆狂以喜。匪言不能，胡斯畏忌。
> 维此良人，弗求弗迪。维彼忍心，是顾是复。民之贪乱，宁为荼毒。
> 大风有隧，有空大谷。维此良人，作为式穀。维彼不顺，征以中垢。

大风有隧，贪人败类。听言则对，诵言如醉。匪用其良，覆俾我悖。

嗟尔朋友，予岂不知而作。如彼飞虫，时亦弋获。既之阴女，反予来赫。

民之罔极，职凉善背。为民不利，如云不克。民之回遹，职竞用力。

民之未戾，职盗为寇。凉曰不可，覆背善詈。虽曰匪予，既作尔歌。

《桑柔》，"芮伯刺厉王也"（《诗序》）。芮伯，姬姓，名良夫，为王卿士。《逸周书》中有《芮良夫》一篇，起首云"芮伯若曰：予小臣良夫，稽道谋告"，下载一篇谏言，其辞可与《桑柔》互相发明。清人王先谦曰："《史记·周本纪》，厉王即位三十年，好利，近荣夷公，芮良夫谏，厉王不听，卒以荣公为卿士，用事，王行暴虐侈傲，三十四年，王益严，国人莫敢言，道路以目。三年，乃相与畔，袭厉王，王出奔彘。此诗之作，在荣公为卿士后，去流彘之年当亦不甚相远。"（《诗三家义集疏》）厉王时代，战事频仍，此见载于史籍[1]，征之西周金文，亦大致不差[2]，而厉王好利、拒谏，也是历史上有名的故事。诗之指陈国是，则更详于史籍。清人牛运震总括诗旨云："'告尔忧恤，诲尔序爵'二语，一篇纲领。前段言国步民生俱为祸尽，土宇稼穑，瘼瘁相仍，所谓'告尔忧恤'也。后段言君不考相，小人回遹，朋友交潛，贪人败类，所谓'诲尔序爵'也。"（《诗志》）即诗的前半是忧时之乱，后半则

---

[1] 如《史记·秦本纪》："秦仲立三年，周厉王无道，诸侯或叛之，西戎反王室，灭犬丘大骆之族。"《后汉书·东夷传》："厉王无道，淮夷入寇，王命虢仲征之，不克。"

[2] 如周厉王时器禹鼎铭，说到南土诸侯鄂侯反叛，王室出师往伐；又厉王时器多友鼎铭说到王室与西戎的战事，皆与史籍所载相合。

图 86-1 禹鼎

西周晚期器,传陕西岐山出土,今藏中国国家博物馆。器内壁铭文二十行,二百零七字,记述了周王室与鄂国以及南淮夷之间的一次重要战争,此役对西周在江汉地区的经略,实有重大影响。

图 86-2 禹鼎铭文

推此致乱之由，中间穿插自身所处"朋友已谮""进退维谷"之境。所谓"芮伯世臣，忠愤郁积，又值监谤之世，欲抑则不能，欲直则不敢，故情旨沉绵不自知其凄婉，文词详娓不自厌其重复，读者当得其言外之感，不可分章摘句以求之"（沈守正《诗经说通》），也是很确切的评论。

汉文学中没有史诗，因为它的记事之文的成熟与诗大抵先后同时，则记事、言志早是各有分别；而中国有"诗史"，诗史便发皇于"三百篇"。所谓"诗史"，并不是仅以韵语记时事，而是寓诗心于目击身历的事迹中，因此它的令人珍重，并不在于留下一份历史档案，而在于这档案中有活着的一个灵魂。"靡所止疑，云徂何往"，国之何往也；"自西徂东，靡所定处"，己之无所归也。"不殄心忧，仓兄填兮"，"我生不辰，逢天僤怒"，《桑柔》在"国步斯频"的焦虑中便始终藏着更深的人生苦痛。

屈原式的悯时伤乱，屈原式的处境和苦闷，《桑柔》一一开启先声。那时候还没有一位司马迁来为芮良夫作传，而芮伯以四言诗的形式先已写下他的"离骚"。那时候北方的土地没有能孕育出纷披陆离的辞藻来供诗人驱遣，因此他只能任力而不任巧，《桑柔》因此只能是古朴、拙重和质直。但古朴中自有深稳，拙重中亦自有它的疾徐纵横，虽质直，也依然有遇物触景之会，而发之为感兴。"谁能执热，逝不以濯"，"如彼溯风，亦孔之僾"，"听言则对，诵言如醉"，奇警之喻是记事论理的跳跃中隐伏着的绵密的文思。"嗟尔朋友，予岂不知而作"，平朴如说话，但诗中凡此平朴处却总有气韵斡旋其中。不过《桑柔》终究不是依寻章摘句便可以完成理解和欣赏，"既作尔歌"，此中绝大之力量是用诗人的情感和意志所铸就，它好像有着裁定是非判决善恶的威严，这"歌"声所以能够唱彻整整一个时代。厉王出彘，西周共和，然后有宣王中兴，我们不能说历史的转折靠了诗的力量，但诗的存在的确使"天视自我

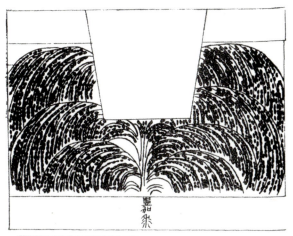
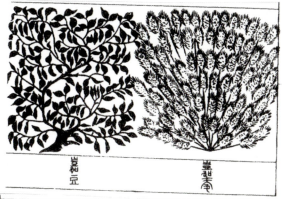

图87 嘉禾图

出自新莽始建国元年铜方斗,器藏中国国家博物馆。图分别装饰在方斗的左、右两壁和后壁,并以篆书——标明"嘉黍""嘉豆""嘉麦""嘉麻""嘉禾",即先秦以来之五谷。

民视,天听自我民听"(《书·泰誓》),真正成为那一时代"我民"之信念。"诗三百"依靠思想的力量和文字的力量在史中所具有的地位,后来的文学似乎再也不曾达到。

《大雅》中,也有笔致轻快的叙事之作,比如《生民》。

> 厥初生民,时维姜嫄。生民如何?克禋克祀,以弗无子。履帝武敏歆,攸介攸止。载震载夙,载生载育,时维后稷。
> 诞弥厥月,先生如达。不坼不副,无菑无害。以赫厥灵,上帝不宁。不康禋祀,居然生子。
> 诞寘之隘巷,牛羊腓字之。诞寘之平林,会伐平林。诞寘之寒冰,鸟覆翼之。鸟乃去矣,后稷呱矣。
> 实覃实訏,厥声载路,诞实匍匐,克岐克嶷,以就口食。艺之荏菽,荏菽旆旆,禾役穟穟,麻麦幪幪,瓜瓞唪唪。
> 诞后稷之穑,有相之道。茀厥丰草,种之黄茂。实方实苞,实种实褎。实发实秀,实坚实好,实颖实栗,即有邰家室。
> 诞降嘉种,维秬维秠,维穈维芑。恒之秬秠,是获是亩。恒之穈芑,是任是负,以归肇祀。
> 诞我祀如何?或舂或揄,或簸或蹂。释之叟叟,烝之浮浮。载谋载惟,取萧祭脂。取羝以軷,载燔载烈,以兴嗣岁。
> 卬盛于豆,于豆于登。其香始升,上帝居歆。胡臭亶时,后稷肇祀。庶无罪悔,以迄于今。

诗不过要说着"后稷肇祀,庶无罪悔,以迄于今"的意思,却没有侈陈郊祀之盛,而先引来一个古老的故事。后稷的出生虽然稍涉神迹,然而诗有活泼与真挚的想象,却并不要把神秘的气氛来特别渲染,反倒用了极为朴实的文字,一路酣畅说下来,只是在酣畅的叙事中藏起一个悬念。俞樾说:"后稷所以见弃之故,千古一大疑,而不知诗人固明言之,盖在'后稷呱矣'一句。夫

图 88 漆俎

湖北当阳赵巷春秋墓出土。

图 89 漆豆

湖北老河口安巷战国墓出土。

至鸟去之后，后稷始呱，则此前未尝呱也。凡人始生，无不呱呱而泣，后稷生而不呱，是其异也，于是人情骇怪，佥欲弃之，于隘巷、于平林、于寒冰，愈弃愈远，亦愈险，圣人不死，昭然可见，而后稷亦既呱矣，遂收而养之，命之曰'弃'，志其异也。诗人歌咏其事，初不言见弃之由，盖没其文于前而著其义于后，此正古人文字之奇也。"（《古书疑义举例·文没于前而见于后例》）

"诞实匍匐，克岐克嶷，以就口食。艺之荏菽，荏菽旆旆，禾役穟穟，麻麦幪幪，瓜瓞唪唪"，也颇有意趣，后稷以善艺谷而有功于周人，却原来不出童稚之好。《史记·孔子世家》言"孔子为儿嬉戏，常陈俎豆，设礼容"，与此诗正是同一构思。

以下写祭事，舂、揄、簸、蹂，叟叟，浮浮，极见神气。礼仪的细微繁琐，别有礼文见录，诗则更多表达着"以兴嗣岁"的祭礼中对生活的热望，此所以二《雅》写祭事多用轻捷之笔。

《小雅》七十四——有目无诗的六篇在其外，篇幅多于《颂》与《大雅》之和，题材自然更广，风格也很有不同。就题材与《大雅》相近者言，记礼，《大雅》有《旱麓》《行苇》，《小雅》有《楚茨》《宾之初筵》。征战，《大雅》有《江汉》《常武》，《小雅》有《出车》《六月》《采芑》。讽谏，《大雅》有《民劳》《桑柔》，《小雅》有《节南山》《正月》《十月之交》。若论叙事风格间大略的区别，那么《大雅》可以说多为简质凝重，《小雅》则多为婉曲周详。至于讽谏之作，《大雅》曰"视尔梦梦，我心惨惨"（《抑》），辞气沉郁也，而《小雅》曰"彼谮人者，谁适与谋。取彼谮人，投畀豺虎。豺虎不食，投畀有北。有北不受，投畀有昊"（《巷伯》），直是奋声疾呼；至"鼠思泣血，无言不疾"（《雨无正》），则更是惨切凄厉之音了。

从军，行役，闺怨，汉魏隋唐诗作的一大类，"三百篇"为其滥觞。与后来者相同，它出自诗人，而绝少劳人自作。

《小雅》写征战，与《大雅》有不同。《大雅》意在写出衔命出征的威武，因此总见得一派磊落雄壮之气。《小雅》则多从人情一面写来，故抑塞吞咽，每出怨声与悲音。如《出车》的前两章：

> 我出我车，于彼牧矣。自天子所，谓我来矣。召彼仆夫，谓之载矣。王事多难，维其棘矣。
> 我出我车，于彼郊矣。设此旐矣，建彼旄矣。彼旟旐斯，胡不旆旆。忧心悄悄，仆夫况瘁。

"忧心悄悄，仆夫况瘁"，兵马谨饬、甲仗严整中忽然一个转折，仿佛《出车》中的变调。宋人吕祖谦说："一章言车徒始集于郊牧，殷勤告语之以天子之命，使之装载，勉其体悉王事，以赴其急。二章言方欲治兵之时，众车并列于郊，此车设旐，彼车建旄，各事整饬，戎容既备，肃然无华，为将得指其而言曰：彼旟旐斯，何不旆旆而习飞扬也！虽治兵之时，建而不旆，然以将士忧惧之心观之，亦若旌旗随人意而不舒也。古者出师，以丧礼出之，命下之日，士皆泣涕。"（《吕氏家塾读诗记》）诗的意思，概括得很好，"胡不旆旆"的双关之意，所释尤觉贴切。《小雅·常棣》"死丧之威，兄弟孔怀"，毛传："威，畏。"《白虎通·丧服》："畏者，兵死也。"不待"执子之手"，"与子成说"，"忧心悄悄"中已见出"肇敏戎公"之下的忧戚与惨苦。一面建旐设旄，一面仆夫况瘁，出征场面，竟如此撼人心魄。

《出车》的时代，正是所谓"宣王中兴"，那么可以说它是治世，《出车》因此终究流荡着振跃的空气。惟其如此，这"正声"中的"变调"才格外见出诗的"兴、观、群、怨"之品质，并且因此而形成

图90 呦呦鹿鸣

汉画像石，陕北绥德出土。

一个深厚的传统。"怨"则尤其成为后世一个重要的创作动机，虽然多半由《诗》的群体性而转向个人。

燕饮诗在《小雅》中占了不算少的分量。"民之质矣，日用饮食"(《小雅·天保》)，把礼乐文明系在饮食，是周人的质朴，也是周人的聪明，因此燕饮诗从来不是酒酣耳热之际的尊前唱酬，而是表现着饮宴所系连的礼乐盛衰乃至盛衰之际的邦国之命运。《鹿鸣》一篇，可以代表其中的治世之音。

> 呦呦鹿鸣，食野之苹。我有嘉宾，鼓瑟吹笙。吹笙鼓簧，承筐是将。人之好我，示我周行。
> 呦呦鹿鸣，食野之蒿。我有嘉宾，德音孔昭。视民不恌，君子是则是效。我有旨酒，嘉宾式燕以敖。
> 呦呦鹿鸣，食野之芩。我有嘉宾，鼓瑟鼓琴。鼓瑟鼓琴，和乐且湛。我有旨酒，以燕乐嘉宾之心。

全诗看去都是"好字面",便从这好字面,我们可以看到一个融融漾漾的圆满。"呦呦鹿鸣,食野之苹",以"兴"来造境。"鼓瑟吹笙","承筐是将",燕也,飨也,此中原有许多繁文缛节,但是诗用"嘉宾式燕以敖"的一个"敖"字,而把琐细之礼融化为亲切之情。"和乐且湛",则很平易很适切地表现着情与礼的交融之深,之久。"我有嘉宾,德音孔昭","人之好我,示我周行",忠厚恳挚,可见可感温醇和雅的咏叹风神。《诗序》说它是"燕群臣嘉宾也,既饮食之,又实币帛筐篚,以将其厚意,然后忠臣嘉宾得尽其心矣",大约相去诗意不远。虽然燕饮诗都不大有个性,然而它总是表现了礼乐文明笼罩着的生活中所具有的诗意,还有诗意所温暖着的人情。

《小雅》中也有叙写相思与哀怨的极见个性的抒情之作,如《谷风》,如《采绿》,如《白华》;写男女之情而风华典丽者,则有《车舝》:

图91　鼓瑟吹笙

湖南长沙马王堆一号西汉墓出土。

> 间关车之舝兮,思娈季女逝兮。匪饥匪渴,德音来括。虽无好友,式燕且喜。
>
> 依彼平林,有集维鷮。辰彼硕女,令德来教。式燕且誉,好尔无射。
>
> 虽无旨酒,式饮庶几。虽无嘉肴,式食庶几。虽无德与女,式歌且舞。
>
> 陟彼高冈,析其柞薪。析其柞薪,其叶湑兮。鲜我觏尔,我心写兮。
>
> 高山仰止,景行行止。四牡骈骈,六辔如琴。觏尔新昏,以慰我心。

焦琳说:"诗以言志,有据实事以言志者,亦有无实事而假设其词以言志者。"(《诗蠲》)《车舝》可以算作这后一类。三说"虽无",固然是自谦,但那意思是重在相知相乐之情的。"德音来括""令德来教",对婚姻生活的期望竟是很高远,也很是艺术,真的可以说"鲜我觏尔"。那时候礼对"都人士""君子女"来说,多半还是生活的艺术,而不大有不尽人情的方面。从大的一面看,礼是用温和的方式来稳定一个以封建为根基的宗法社会;由小的一面,则它是用艺术的精神来维系一种文质彬彬的生活秩序。前者,可以《左传》中的许多事例为证,而北宫文子的一段话更是说得好:"诗云:'谁能执热,逝不以濯',礼之于政,如热之有濯也,濯以救热,何患之有。"(《左传·襄公三十一年》)后者,则可以《诗》为证,而《诗》中的礼,尤其带着它初创时期的朴素和人情。《车舝》之"思"者,便是把礼乐视作一种和乐而高尚的生活境界。所谓"辰彼硕女,令德来教",正如同《陈风·东门之池》期望着与一位"彼美淑姬"晤歌、晤语、晤言,而如果举更多的例,则有《周南·关雎》"窈窕淑女,琴瑟友之",《郑风·女曰鸡鸣》"琴瑟在御,莫不静好"。此中似乎没有特别的激越之情,文字也只是静美,并且很是简洁，但简洁的文字却笼括了诗人所向往着的好婚姻中的丰盈。后来的诗与词，写男女，写婚姻，入微细腻、幽婉缠绵或皆有过于《诗》，但却似乎再不大有《诗》中这样的境界。

相思之情若由女子一面写来，则又别一番蕴蓄之致，如《隰桑》：

> 隰桑有阿，其叶有难。既见君子，其乐如何。
> 隰桑有阿，其叶有沃。既见君子，云何不乐。
> 隰桑有阿，其叶有幽。既见君子，德音孔胶。
> 心乎爱矣，遐不谓矣。中心藏之，何日忘之。

此诗最是把情写得好，令人低回不置的尤在末章四句。朱熹解释说："言我中心诚爱君子，而既见之，则何不遂以告之，而但中心藏之，将使何日而忘之耶。《楚辞》所谓'思公子兮未敢言'，意盖如此。爱之根于中者深，故发之迟而存之久也。"（《诗集传》）颇能抉得诗的婉转微至。"既见君子，德音孔胶"，与"辰彼硕女，令德来教"意味恰是相当。"德"在这一类的诗里，也不妨说它正是美与善的合一。

《小雅》中颇为别致的一首是《鹤鸣》：

> 鹤鸣于九皋，声闻于野。鱼潜在渊，或在于渚。乐彼之园，爰有树檀，其下维萚。它山之石，可以为错。
> 鹤鸣于九皋，声闻于天。鱼在于渚，或潜在渊。乐彼之园，爰有树檀，其下维榖。它山之石，可以攻玉。

此诗意广象圆，可作景物看，也可作道理看。在物在心，皆是诗境，所谓"空空洞洞，所包甚广，惟其不著痕迹，故触处可以贯通"（袁金铠《诵诗随笔》），在"三百篇"中，也是别一体。

图 92　莲鹤方壶

春秋晚期器，河南新郑出土，共出一对。龙形双耳，器底伏兽，壶的轮廓依然未脱此前的传统，而壶盖中央一只展翅欲飞的鹤，却显示出一种全新的艺术构思。"鹤鸣于九皋，声闻于天"，它仿佛一个不期然而然的呼应。

四言诗句式整严，容易写得凝重，与后来的五言、七言相比，其句与句间隔最短，则其声也促。若句中多用虚字，便涩，若实字用得多，诗意便紧。李白所谓"兴寄深微，五言不如四言，七言又其靡也"（孟棨《本事诗》），大约是特别强调四言诗所具有的一种敛约缜栗，《周颂》《大雅》多如此。若《小雅》，则已有反复咏叹，变促为缓之作，虽然仍多整齐的四言，但究竟气局舒展，微开《风》气了。

风

《风》是各国流行的乐歌，时代大致稍后于《雅》《颂》，或有很少的部分与二《雅》同时。

《国风》十五，但若以地域论，则只有十一。

列在《国风》之首的《周南》和《召南》，便不是国名，而是诗中常常提到的"南土"和"南国"[1]。

周室之兴，第一步是征服西方，第二步则是东出，然后是对南土的经营。虽然时或干戈时或玉帛，但总是从克商以后就已经开始。南至江汉，封建诸姬，周之开南国，是一件经历很长久的事。主其事者，便是与周公并为周室股肱的召公。这也是《诗》中常常提到的史实，《大雅·召旻》"昔先王受命，有如召公，日辟国百里"，表述得最为明确。对南土的经营，大致是在武王克商以后。王朝盛时开辟的这一片疆土，有通过分封制从天子处"受民受疆土"（大盂鼎铭）而立国的诸侯，有原来的方国首领，因慑于周王朝的政治军事力量而称臣，于是由天子册命而领土一方的诸侯。

---

1 《大雅·常武》"惠此南国"；《崧高》"南国是式"，"南土是保"。

分封为诸侯者,系出王室,曰周南;册命为诸侯者,因为多出于召公的经营,故命之曰召南。二南所涉地名,有河,有汝,有江,有汉,而南不逾江,北不逾河,西不涉岐周之域,当是黄河南、长江北,即今河南与湖北交界、处于汉淮二水之间的一片地域。

"二南"存诗二十五首。

邶和鄘,在春秋时代已经是一个历史上的地域概念,因此当时人引诗,或浑称之为"卫诗"[1]。《汉书·地理志下》:"河内本殷之旧都,周既灭殷,分其畿内为三国,《诗·风》邶、庸、卫国是也。邶,以封纣子武庚;庸,管叔尹之;卫,蔡叔尹之,以监殷民,谓之'三监'。故《书序》曰'武王崩,三监畔',周公诛之,尽以其地封弟康叔,号曰孟侯,以夹辅周室;迁邶、庸之民于雒邑,故邶、庸、卫三国之诗相与同风。"邶之境,据王国维考证,乃为后来之燕地,鄘疆则及于鲁境[2],即邶在今漳河以北的河北省境内,鄘在今豫北东部至于山东境内,卫,则在今以淇县为中心的豫北地区。"三监"之乱后,邶、鄘之名便相继废弃,则诗称《邶风》《鄘风》,不过存了卫地的一段旧史,诗中所咏,其实都是卫事。卫地因存诗最多,《邶》《鄘》《卫》凡三十九首,在《国风》一百六中占得将近四分之一。

《王风》是周平王东迁之后,传唱于王城畿内的诗歌,存诗十首。王城在周初营建的雒邑之西,即今河南洛阳的西北。

《郑风》二十一,也都是东周以后的诗。郑的始封地原在宗周畿内

---

[1] 如《左传·襄公二十九年》,吴公子季札聘鲁观周乐,闻邶、庸、卫之歌,曰:"美哉渊乎,吾闻康叔之德如是,其《卫风》乎。"又《左传·襄公三十一年》北官文子引《邶风·柏舟》,便径称为"卫诗"。

[2] 《北伯鼎跋》,《观堂集林》卷十五。又刘起釪《古史续辨》对此有详考,见《周初的"三监"与邶、鄘、卫三国及卫康叔封地问题》一节。中国社会科学出版社1991年。

图93 齐半瓦当

出山东临淄齐故城。右下一件有"天齐"二字。《史记·封禅书》:"齐所以为齐,以天齐也。"《集解》引苏林曰:"当天中央齐。"《索隐》引解彪《齐记》:"临淄城南有天齐泉,五泉并出,有异于常,言如天之腹齐也。""天齐",即天脐,天脐泉猛水湍悍,人以为珍异,齐之得名,实系于此。

的棫林(今陕西华县西北),其时为郑桓公,乃周宣王之弟。以后郑武公入朝为平王卿士,取虢、桧等十邑之地,始居新郑,今河南新郑仍保存着旧称。

《齐风》之齐是春秋时候的姜姓之齐,周初武王封太公望于此,初都营丘(今山东昌乐县东南),后徙薄姑(今山东博兴县境),再徙临淄(今山东临淄)。战国初年,齐为田氏取代,虽然称号未改,但已经不是姜姓之国。《齐风》存诗十一首。

《魏风》属姬姓之魏,始封的年代约当周初,封域则南枕河曲,北依汾水,即今山西芮城县东北一带。鲁闵公二年(公元前六六〇年)晋献公灭魏,以其地封大夫毕万,此姬姓之魏遂亡。《魏风》有诗七首。

《唐风》之唐，原是周武王幼弟叔虞的始封地，其后为晋，地在今山西翼城县与曲沃县接壤处的汾水和浍水之间。《唐风》十二首，其实皆"晋风"，"诗不言晋而言唐者，从乎其始封，以有取乎其遗风也"（马瑞辰《毛诗传笺通释》）。

《秦风》存诗十首。秦的先世本是居住在西戎之间的嬴姓部族，西周中叶，非子为周孝王养马，始受封为附庸。至襄公，当西周覆亡之际，因救周有功，封为诸侯，秦始立国。《左传·襄公二十九年》云吴季札往鲁国观乐，"为之歌《秦》，曰：此之为夏声。夫能夏则大，大之至也，其周之旧乎"。秦音而曰夏声，而存周之旧，即因秦人所处正好是周人创业的岐周之地。而秦的由西向东，或所谓"由夷入夏"，竟也好像是周人取代殷商这一段历史故事的复制。不过《秦风》之慷慨任气的一面，却纯乎"秦之旧"，而与周诗气象迥然不同。

《陈风》十首。周初武王封舜的后裔妫满于陈，都宛丘，即今河南淮阳。

桧，一作郐，古妘姓国，相传为祝融之后，其地在今河南新密，周平王时为郑武公所灭，则《桧风》四首，当为平王东迁以前之作。

曹，周武王封其弟振铎于此，都陶丘（今山东定陶县之东北），春秋末年为宋所灭。《曹风》亦只存四首。

豳，亦作邠，周之先世国于此，《大雅·公刘》"于豳斯馆"是也，其地约当今陕西彬县。《豳风》存诗七首。

从艺术表现来看，《风》与《雅》《颂》有一极大的区别，此由清人吴乔表述得明白，他说："大抵文章实做则有尽，虚做则无穷。《雅》《颂》多赋，是实做；《风》《骚》多比兴，是虚做。"（《围炉诗话》）

"实做"，写事也；"虚做"，则是写情，《风》中写相思之情者，正当如是去看。虽然《风》之所谓"虚做"，所用的材料尽为生活中实有，且多是平常切近的人间事情，却无论如何只是在铸造心中的境象。我们看《离骚》之腾空万里邀游八荒，认得它是由至情幻化出来的思之境，而《国风》，实在已着先鞭。

《国风》颇有一些与《小雅》相同的句式，而用意的不同正好让我们发现它的微妙，如"既见君子"云云，便是其中显著的一例。这一句式五见《小雅》，五见《国风》。见于《小雅》的《蓼萧》《頍弁》《菁菁者莪》，原是政事诗，"既见君子"之下，仍然续有既见之后的故事，如"并坐鼓簧"，如"锡我百朋"，如"孔燕岂弟，宜兄宜弟，令德寿岂"，多半也还是比较明白的故事。而写情爱的几首则不然。如《召南·草虫》：

喓喓草虫，趯趯阜螽。未见君子，忧心忡忡。
亦既见止，亦既觏止，我心则降。

如《周南·汝坟》：

遵彼汝坟，伐其条枚。未见君子，惄如调饥。
遵彼汝坟，伐其条肄。既见君子，不我遐弃。

"既见君子"之前，只是情景与心境的变化和推进；"既见君子"之后，则止若《隰桑》之"其乐如何"，即意思才说出，便顿住，此中意味也正如《唐风·绸缪》之"子兮子兮，如此邂逅何"。这样的表现方法，大约可以视为《诗》中言情之作的一种审美取向。它不是努力的克制，而是恰好的节制，是一种近乎完美的分寸感。所谓"乐而不淫"，所谓"思无邪"，便都可以说是这分寸感，它其实不关乎道德，乃系于艺术。也因为如此，诗境乃大，乃更有包容，可以说正是在这一点上，它的影响于后世最为深远。

《风》多写情，而此情不限于男女。男女之恋，夫妇之亲，君臣之思，朋友之情，后人通常把这情感的区别划分得很清楚，但《诗》的时代似不然。彼时很可能更看重的是这情感后面一种共通的专一与真诚的精神质素，而专一的对象是恋人，是妻子，是朋友，还是君王，或者竟可不问。如此胸襟，发之为诗，抑扬飞沉，都是坦率和真诚，没有遮掩，无须矫饰，一片纯美洁净的澄澈和明媚。

> 南有乔木，不可休息。汉有游女，不可求思。汉之广矣，不可泳思。江之永矣，不可方思。
> 翘翘错薪，言刈其楚。之子于归，言秣其马。汉之广矣，不可泳思。江之永矣，不可方思。
> 翘翘错薪，言刈其蒌。之子于归，言秣其驹。汉之广矣，不可泳思。江之永矣，不可方思。
> ——《周南·汉广》

> 东门之墠，茹藘在阪。其室则迩，其人甚远。
> 东门之栗，有践家室。岂不尔思，子不我即。
> ——《郑风·东门之墠》

> 蒹葭苍苍，白露为霜。所谓伊人，在水一方。
> 溯洄从之，道阻且长。溯游从之，宛在水中央。
> 蒹葭萋萋，白露未晞。所谓伊人，在水之湄。溯洄从之，道阻且跻。溯游从之，宛在水中坻。
> 蒹葭采采，白露未已。所谓伊人，在水之涘。溯洄从之，道阻且右。溯游从之，宛在水中沚。
> ——《秦风·蒹葭》

彼泽之陂，有蒲与荷。有美一人，伤如之何。寤寐无为，涕泗滂沱。

彼泽之陂，有蒲与蕳。有美一人，硕大且卷。寤寐无为，中心悁悁。

彼泽建之陂，有蒲菡萏。有美一人，硕大且俨。寤寐无为，辗转伏枕。

——《陈风·泽陂》

几首诗都是写相思之情，而风调各异。诗的好，并不在于文字的精致，而在善于造景设境，且把入微之思放在一个恰好的空白里，至于语言，则反是极为平实。"其室则迩，其人甚远"，真可以说它是"容易的好句子"，仿佛是现成，一经吟诵，遂成不朽，正所谓"千古相思微情"（邓翔《诗经绎参》）。《汉广》之刈蒌秣马，明明是为思而设事，却因此把恋慕之情写得恳挚而又纯净，"江之永矣，不可方思"，如何不起无限惆怅。然而《蒹葭》之水与它相比，竟又是一片萧疏和旷远。"蒹葭苍苍，白露为霜"，只从无水处把水写得迷离与悲凉。《泽陂》却没有《蒹葭》那样的飘渺，但水边泽畔香蒲菡萏之清景，依然是心中境象。"寤寐""辗转"，与《周南·关雎》中的情景恰相仿佛，而用了"无为"二字则使情景更苦。刘勰说"意翻空而易奇，言征实而难巧"（《文心雕龙·神思》），但是《诗》用了写实之笔来造景设境，即所谓"虚做"也，不必借助"翻空而易奇"的想象，亦自有一番事外远致，"修辞立其诚"的一个"诚"字，成全了它的美和善。

《风》有很多写女儿，写出很美丽很善良的女儿。那是"吉士""君子"心中的光明，也是诗中的光明。这时候女儿真正是处在她所应处的位置上。然而命运对于这善良美丽的一群似乎最不公平，因此《风》中的忧思之篇便多关女子。《氓》与《谷风》，一类也；《卷耳》

《伯兮》《君子于役》，一类也；《载驰》《竹竿》《泉水》，一类也。其中的所思所感，差不多概括了女子生命中最系心于怀的事与情。

> 籊籊竹竿，以钓于淇。岂不尔思，远莫致之。
> 泉源在左，淇水在右。女子有行，远兄弟父母。
> 淇水在右，泉源在左。巧笑之瑳，佩玉之傩。
> 淇水滺滺，桧楫松舟。驾言出游，以写我忧。
>
> ——《卫风·竹竿》

图 94 鸡栖于桀

此为甘肃武威磨嘴子汉墓中出土的明器。桀又作榤，清王先谦《诗三家义疏》："就地树橛，桀然特立，故谓之榤。但榤非可栖者，盖乡里家贫，编竹木为栖鸡之具，无根据，系之于橛，以防攘窃，故云栖于榤耳。作桀为是，榤俗字。"但桀并非不可栖者，观此，桀之形制自明，诗意则灼然可晓已。

"女子有行，远父母兄弟"，《风》中三见，除此篇外，又见于《邶风》之《蝃蝀》和《泉水》，大约这是当日的一句习语，而它嵌合在不同的诗中，辞气便各异。《蝃蝀》作于出嫁之际，曰"女子有行，远父母兄弟"，仿佛一种孤独无依的"不知命也"的忧惧；《泉水》则是临行将别时候的伤心语，然而又是追忆中的情景；《竹竿》却是嫁后思归，曰"女子有行，远兄弟父母"，乃自伤不幸的语气。而《诗序》曰："《竹竿》，卫女思归也。适异国，而不见答，思而能以礼者也。"则此意若曰卫女因婚姻不幸而思念旧日的意中人。所谓"能以礼者"，岂不就是"佩玉之傩"者，如此，"思归"之"思"中，是藏着双重的含义。"远莫致之"，最是伤心语，明沈守正曰："'远'非真远也，殆不忍明言耳。'在左''在右'，正与'远父母兄弟'相照看。'巧笑''驾言'各二句皆思中之境，如亲履其事者。"（《诗经说通》）正所谓"凭空设想，忽而至卫，忽而垂钓，忽见泉源，忽对淇水，忽而巧笑与波光相媚，忽而佩声与舟楫相闻，思力所结，恍若梦寐"（贺贻孙《诗经触义》）。用轻灵之笔写凄艳之梦，忧思却不能随梦而远，"驾言出游，以写我忧"，依然跌落在想象里，却是更深的无奈了。

> 君子于役，不知其期，曷至哉。鸡栖于埘，日之夕矣，羊牛下来。君子于役，如之何勿思。
> 君子于役，不日不月，曷其有佸。鸡栖于桀，日之夕矣，羊牛下括。君子于役，苟无饥渴。
> ——《王风·君子于役》

《诗》常在风中雨中写思，《君子于役》却不是，甚至通常的"兴"和"比"也都没有，诗用了不着色泽的、极简极净的文字，在一片安宁中写思。"鸡栖于埘，日之夕矣，羊牛下来"，固有空间的阔远和苍茫，但家之亲切，在黄昏的背景中更伸向亘古之邈远。然而,"君子于役,不知其期",本来的平静安宁中,偏偏没有道理的荒荒的空了一块。夕阳衔山,羊牛衔尾的恒常中原来是无常,于是一片暖色中竟泛起无限伤心,而由"不知其期"把忧思推向更远,"日之夕矣"之暮色也因此推向无边无际。此中没有用着形容之词,而无边无际中已经见出孑然一个零丁之小,在这大和小的截然却又是浑然中,"如之何勿思"乃一字一顿那么不容置疑,而成为弥漫于天地间的生存的呼唤。它的文字的朴实令人惊异,以如此朴实的文字而能够如此有境有情,在诗律益细、文字益精的后世,反而是不容易达到了。

> 氓之蚩蚩,抱布贸丝。匪来贸丝,来即我谋。送子涉淇,至于顿丘。匪我愆期,子无良媒。将子无怒,秋以为期。
> 乘彼垝垣,以望复关。不见复关,泣涕涟涟。既见复关,载笑载言。尔卜尔筮,体无咎言。以尔车来,以我贿迁。
> 桑之未落,其叶沃若。于嗟鸠兮,无食桑葚。于嗟女兮,无与士耽。士之耽兮,犹可说也。女之耽兮,不可说也。
> 桑之落矣,其黄而陨。自我徂尔,三岁食贫。淇水汤汤,渐车帷裳。女也不爽,士贰其行。士也罔极,二三其德。
> 三岁为妇,靡室劳矣。夙兴夜寐,靡有朝矣。言既遂矣,至于暴矣。兄弟不知,咥其笑矣。静言思之,躬自悼矣。
> 及尔偕老,老使我怨。淇则有岸,隰则有泮。总角之宴,言笑晏晏。信誓旦旦,不思其反。反是不思,亦已焉哉。
>
> ——《卫风·氓》

《氓》与《邶风》中的《谷风》都是叙事诗,在《风》中也算得长篇。两诗都是写情、写怨,这情与怨乃各依附了自己的故事,或曰"境遇",且凭借了这境遇而沉潜浮荡,于是它可以从那么遥远的地方,递送过来触手可温的情思。就诗的艺术而言,在并不很长的篇幅里,讲一个曲曲折折的故事,而每一个情节都站在一个极妥帖的位置,不能不说它在叙事诗中是占得一个很高的起点。

《氓》的语言依然是平实,而叙事却不平,其中有跳跃也有转折。所谓跳跃,其实是用了俭省之笔,而其间隐约着的草蛇灰线则使情节依旧了然。转折,则使诗有跌宕,其间便有起伏在时间里的喜嗔怨怒。诗的语言虽然平浅,却善于用虚字来寄情见意,如五章一连六个"矣"字,或感叹,或嗔怒,或嗟戚,口吻辞气于是表现得历落尽致。而曰氓,曰子,曰尔,曰士,称谓的转换也都是情景变化的暗中呼应。"桑之未落,其叶沃若","桑之落矣,其黄而陨",多解作女用来比喻自己色衰爱弛,但欧阳修说:"'桑之沃若',喻男情意盛时可爱;至'黄而陨',又喻男意易得衰落尔。"(《诗本义》)此解似较诸说为胜,如此,沃若、黄陨之喻,乃是扣合"士也罔极,二三其德"来说,而这也正是一个伤心故事的开端和终结。郑笺"用心专者怨必深",最是觑得伤心处,而"女之耽兮,不可说也",也可以说它概尽女儿心性,仿佛正为不幸植下种因,后世的爱情悲剧竟多半不出此限,《氓》的故事便真有一种透彻的悲凉。

图 95 兕觥

晚商,山西石楼桃花者村出土。

《风》之写情，固多一己的悲欢苦乐，但《豳风》中的《东山》和《七月》却是小我中有大我，大我中有小我，又别著风神。

> 我徂东山，慆慆不归。我来自东，零雨其濛。我东曰归，我心西悲。制彼裳衣，勿士行枚。蜎蜎者蠋，烝在桑野。敦彼独宿，亦在车下。
> 我徂东山，慆慆不归。我来自东，零雨其濛。果臝之实，亦施于宇，伊威在室，蟏蛸在户，町畽鹿场，熠燿宵行。不可畏也，伊可怀也。
> 我徂东山，慆慆不归。我来自东，零雨其濛。鹳鸣于垤，妇叹于室。洒扫穹窒，我征聿至。有敦瓜苦，烝在栗薪。自我不见，于今三年。
> 我徂东山，慆慆不归。我来自东，零雨其濛。仓庚于飞，熠燿其羽。之子于归，皇驳其马。亲结其缡，九十其仪。其新孔嘉，其旧如之何。
> ——《东山》

> 七月流火，九月授衣。一之日觱发，二之日栗烈。无衣无褐，何以卒岁。三之日于耜，四之日举趾。同我妇子，馌彼南亩，田畯至喜。
> 七月流火，九月授衣。春日载阳，有鸣仓庚。女执懿筐，遵彼微行，爰求柔桑。春日迟迟，采蘩祁祁。女心伤悲，殆及公子同归。
> 七月流火，八月萑苇。蚕月条桑，取彼斧斨，以伐远扬，猗彼女桑。七月鸣鵙，八月载绩。载玄载黄，我朱孔阳，为公子裳。
> 四月秀葽，五月鸣蜩。八月其获，十月陨萚。一之日于貉，取彼狐狸，为公子裘。二之日其同，载缵武功，言私其豵，献豣于公。

五月斯螽动股,六月莎鸡振羽,七月在野,八月在宇,九月在户,十月蟋蟀入我床下。穹窒熏鼠,塞向墐户。嗟我妇子,曰为改岁,入此室处。

六月食郁及薁,七月亨葵及菽,八月剥枣,十月获稻,为此春酒,以介眉寿。七月食瓜,八月断壶,九月叔苴,采荼薪樗,食我农夫。

九月筑场圃,十月纳禾稼。黍稷重穋,禾麻菽麦。嗟我农夫,我稼既同,上入执宫功。昼尔于茅,宵尔索绹。亟其乘屋,其始播百谷。

二之日凿冰冲冲,三之日纳于凌阴。四之日其蚤,献羔祭韭。九月肃霜,十月涤场。朋酒斯飨,曰杀羔羊。跻彼公堂,称彼兕觥,万寿无疆。

——《七月》

《东山》不妨说它句句都好。它如此真切细微的属于一个人,又如此博大宽厚的属于每一个人。诗的好,尤在于选择了一个最佳角度,即"在路上",即回乡的一条路。这条路如此之远,如此之长,长得足以满满装载三年的思念,"我东曰归,我心西悲",所谓"我在东山常曰归也,我心则念西而悲"(郑笺)。这条路又如此之短,如此之近,近得可以窥见所有的故乡风物,"其新孔嘉,其旧如之何",久别重逢的快乐也好像伸手可触。远远近近,短短长长,便容纳了人生无数的苦乐悲欣,于是思念中的一切都变得可珍可爱,幽冷凄楚的"可畏"竟也成为温柔的"可怀"。"不可畏也,伊可怀也",牛运震说它"一反一正,自问自答,便令通节神情跳舞"(《诗志》),此乃有距离,而有转折也。"有敦瓜苦,烝在栗薪,自我不见,于今三年",也是有距离,有转折,于是对家居之微物的爱惜,便牵系了无限的离合感慨。"自我不见,于今三年",又浅白,又平易,不着一点儿形容,然而生存的缱绻依恋,全部的形容，尽在此中。

《七月》则可以视为一个家族故事，而家族正是西周封建制下一个最小的单位[1]，故诗序从中拈出"陈王业"的话题也不是没一点儿道理。王安石说："仰观星日霜露之变，俯察虫鸟草木之化，以知天时，以授民事，女服事乎内，男服事乎外，上以诚爱下，下以忠利上，父父子子，夫夫妇妇，养老而慈幼，食力而助弱，其祭祀也时，其燕飨也节，此《七月》之义也。"但它究竟是脚踏实地的劳作和建设，此中有乐更有苦，有易更有难。它不需要刻意粉饰，也无须努力编织一个美丽的梦想，但它一定滤去了生活中许多的苦难和不幸，因为诗只想保留时人眼中有价值的经验及心中甚以为亲切的风土和人情，使它保存在传唱于人口的旋律里。它未必全部是历史的真实，但它会是记忆之真实，是一个家族对家族故事的记忆。

《七月》以月令为兴，颠倒错综，亦实亦虚，串连全篇，于是诗既有序而又无序，既散漫而又整齐，仿佛在讲述一年中的故事，又仿佛这故事原本属于周而复始的一年又一年。"春日载阳，有鸣仓庚。女执懿筐，遵彼微行，爰求柔桑。春日迟迟，采蘩祁祁。女心伤悲，殆及公子同归。"叙事，而把事嵌在了鲜翠流丽的背景中。懿筐、微行、柔桑，是《诗》中不多见的细微的刻画。但诗的文字与诗的意思正是平均对等，故虽刻画而不觉得刻画。"女心伤悲，殆及公子同归"，是所谓"于不相涉处映带生情"（贺贻孙《诗

---

[1] 朱凤瀚《商周家族形态研究》："西周时代农民的家族经济大致属于一种农业与手工业并存的自然经济的性质，在《豳风·七月》中通过描写采桑养蚕以及'八月载绩''为公子裳'，'取彼狐狸，为公子裘'的诗句亦可知农民家族手工业生产的存在。过去有的学者认为诗中'九月授衣'是由贵族发衣服给农民，这是不符合实际的，典籍中也从未见过贵族发衣服给农民的记载，此句只是以家族长的口吻告诫家族内的妇女要在寒季来临前授冬衣给男子，因为家族内有这种纺织的手工业。"天津古籍出版社1990年，第439页。

图 96 采桑图

战国铜壶刻纹。左出河南辉县琉璃阁,右出山西襄汾南贾镇。

经触义》)。吴棠曰:"归公子而心悲,女子之爱其亲也;养老人于眉寿,男子之爱其亲也。"(《读诗一得》)但这"伤悲"的另一面原是"春女思"(毛传),或者不妨说"有女怀春"与"女子有行,远父母兄弟"正是一事之两面,只因《七月》表现的是家族中的个人,故偏偏由"伤悲"的一面宛转写来,且明明不离女儿之心。

《七月》里没有长长的叹息,没有深深的怨艾,它的调子是清澈明朗的。这是平静的日子里,平平静静的劳作。辛苦、忙碌、烦难,在岁尾的庆典和节日里,一切都成过去,于是回味中有一点感叹,有一点忧伤,但更多的却是和厚、宽宏、乐天知命的憨朴。

《风》中也有为数不少的政事诗,有称颂,有讽刺,后者并且更多一些。但它比二《雅》中的此类篇章更难断定背景,若干本来针对性很强的作品,题旨便不很容易把握。而其中有的诗一旦脱离开它的背景,诗的意蕴即不免减弱,乃至近乎谣谚,如《鄘风》中的《相鼠》和《鹑之奔奔》。此中反倒是颂扬之作多有韵致,如《鄘风·定之方中》,如《郑风·缁衣》,如《秦风》中的《车邻》和《终南》。而《唐风·山有枢》,却又是寓讽于劝之作:

山有枢，隰有榆。子有衣裳，弗曳弗娄。子有车马，弗驰弗驱。宛其死矣，他人是愉。

山有栲，隰有杻。子有廷内，弗洒弗扫。子有钟鼓，弗鼓弗考。宛其死矣，他人是保。

山有漆，隰有栗。子有酒食，何不日鼓瑟。且以喜乐，且以永日。宛其死矣，他人入室。

宋人严粲说："周以岐丰赐襄公，秦崛兴而周遂微；晋以曲沃封桓叔，曲沃强而晋不支矣。《唐风》自《山有枢》至《鸨羽》，皆都翼时诗也。僖公病在鄙陋，故《蟋蟀》欲开广之。昭公死亡已迫，此诗言与其坐待死亡，不若为乐，欲激发之，使知戒惧。二诗之意所主不同，皆非劝其君以虞乐也。"（《诗缉》）此中所述史实，多据《诗序》，作为一个可能的、大的背景尚可，如此凿凿却嫌没有确实的根据；而这番议论中揭出"激发"二字，实在很好。后来"辞各美丽"（曹植语）的汉大赋，也大都以"激发"为旨。汉赋或者还可以说只是借了一个"劝"字，其实大有"诱"的嫌疑，而诗之"劝"，则是认真的。衣冠、车马、钟鼓，那时候的确是同礼乐制度紧紧联系在一起，即便包括在其中的娱乐，也常常是十分严肃的，比如《小雅·车攻》所描述的田猎。而《诗》中说酒食说喜乐，也多是带着对家族对国事的忧思和关切，比如《小雅·頍弁》。因此，我们读到"且以喜乐，且以永日"，便不能不别具心眼。"宛其死矣"，诗中三复，《唐风·蟋蟀》中的"职思其居""职思其外"，是其注也。后世虽不乏绍袭两诗之意者，如陆机"来日苦短，去日苦长。今我不乐，蟋蟀在房。我酒既旨，我肴既臧。短歌可咏，长夜无荒"，却实非同调。

"山有枢，隰有榆"，这一类带"兴"的句子，《诗》中很不少，通常都是用它开出一篇的局面来。这局面可以很大，如"南山有台，北山有莱"；也可以很小，如"园有棘"，"园有桃"。此诗虽山与隰分开说，其实乃互为照应，共同构成轮廓。山隰既隐含着一个大的界域，则枢也，榆也，漆也，栗也，自然不会是一，于是它隐含着丰实、茂密，于是它带出了漫山的郁郁葱葱。一个"有"字，因为放在山与树之间而平添了表现力，后来汉赋中的铺排，也可以看作是从这"有"字生发出来。在《诗》里，这是一个图案化的句式，它是由视觉提升来的感觉和知觉，其中包蕴了无限丰富而又高度浓缩的景观。因为简得无可再简，这一句式变得格外响亮，而在《山有枢》中，最可以见出这一特殊的效果。

《风》中又有不关情和理，短章而特饶风致之作，如《齐风·卢令》，如《周南·芣苢》。

> 采采芣苢，薄言采之。采采芣苢，薄言有之。
> 采采芣苢，薄言掇之。采采芣苢，薄言捋之。
> 采采芣苢，薄言袺之。采采芣苢，薄言襭之。
>
> ——《芣苢》

《诗》言"采"者不一，而多用作"兴"，因此"采"的后面，通常总有事、有情，如《唐风》之《采苓》，如《小雅》之《采菽》《采薇》《采绿》。唯独《芣苢》，"采"的本身，就是故事，也就是诗的全部。这里边没有个人的事件，如心绪，如遭遇，却是于寻常事物、寻常动作中写出一种境界，而予人一种平静阔远的感觉。明人钟惺评点《诗经》，说此篇"作者不添一事，读者不添一言，斯得之矣"，是抉得此诗之神。每一章中更换的几个字，虽为趁韵，却非凑韵，倒是因此而使诗有了姿态，有了流动之感。诗原本可以歌唱，那么《芣苢》若配了乐，调子一定是匀净、舒展、清澈、明亮的。如今只剩了歌词，而依然没有失掉乐的韵致。

赋、比、兴

《诗大序》说:"诗有六义焉,一曰风,二曰赋,三曰比,四曰兴,五曰雅,六曰颂。"《周礼·春官·大师》则称此为"六诗"。后世论诗,把它称作"诗六义"。其中的"风、雅、颂",应是指诗的体裁,"赋、比、兴"则是诗的作法。

"赋、比、兴"中,关于"兴"的意见最是纷纭,从古至今,始终是一个重要的话题。孔颖达说:"取譬引类,起发己心,《诗》文诸举草木鸟兽以见意者,皆'兴'辞也。"(《毛诗正义》)所谓"取譬引类,起发己心",用朱熹的话说便是:"有将物之无,兴起自家之所有;将物之有,兴起自家之所无。"(《诗传遗说》)而"诗三百"中,也仿佛有着诗人自己的例示,如《小雅·伐木》:

> 伐木丁丁,鸟鸣嘤嘤。出自幽谷,迁于乔木。嘤其鸣矣,求其友声。相彼鸟矣,犹求友声,矧伊人矣,不求友生?神之听之,终和且平。

"伐木丁丁"至"求其友声",自是"兴"辞,"相彼鸟矣,犹求友声,矧伊人矣,不求友生",则把这"兴"的意思来解释明白。那么我们可以说,这便是"取譬引类,起发己心"。至于"兴"与"比"的区别,诗中也有例示,如《小雅·小弁》:"鹿斯之奔,维足伎伎。雉之朝雊,尚求其雌。譬彼坏木,疾用无枝。心之忧矣,宁莫之知。"鹿也,雉也,自是"兴"的用法,即"以物之有所亲,兴人之莫知恤也"(郝懿行《诗说》);"譬彼坏木",则明确说它是比。总之,两间莫非生意,万物莫不适性,这是自然予人的最朴素也是最直接的感悟,因此它很可以成为看待人间事物的一个标准:或万物如此,人事亦然,于是喜悦,如"桃之夭夭,灼灼其华"(《周南·桃夭》),如"呦呦鹿鸣,食野之苹"(《小雅·鹿鸣》),如《周南·关雎》之"关关雎鸠，在河之洲"；或万物如此，人事不然，于是悲怨，如"雄雉于飞，泄泄其羽"（《邶风·雄雉》），如"习习谷风，以阴以雨"（《邶风·谷风》），如"毖彼泉水，亦流于淇"（《邶风·泉水》）。《诗》中以纯粹的自然风物起倡的兴，大抵不出此意。这一类"兴"的意义，在于诗人原是把天地四时的瞬息变化，自然万物的死生消长，都看作生命的见证，人生的比照，则它虽然质朴，但其中却有着体认生命的深刻。此类之"兴"，也不妨把它归结为由景引起情。要之，这景与情的碰合多半是诗人当下的感悟，它可以是即目，也不妨是浮想；前者是实景，后者则是心象。而"兴"中并不含直接的比喻，若然，则即为"比"。

至于景与情或曰物与心的关连，即景物所以为感为悟者，当日于诗人虽是直接，但若旁人看来则已是微妙，其实即在诗人自己，也未尝不是转瞬即逝难以捕捉；时过境迁，后人就更难找到确定的答案。何况《诗》的创作有前有后，创作在前者，有不少先已成了警句，其中自然包括带着兴义的句子，后作者现成拿过来，又融合了自己的一时之感，则同样的兴，依然可以有不同的含义。

不妨再举诗中的一个例子：

> 白华菅兮，白茅束兮。之子之远，俾我独兮。
> 英英白云，露彼菅茅。天步艰难，之子不犹。
> 滮池北流，浸彼稻田。啸歌伤怀，念彼硕人。
> 樵彼桑薪，卬烘于煁。维彼硕人，实劳我心。
> 鼓钟于宫，声闻于外。念子懆懆，视我迈迈。
> 有鹙在梁，有鹤在林。维彼硕人，实劳我心。
> 鸳鸯在梁，戢其左翼。之子无良，二三其德。
> 有扁斯石，履之卑兮。之子之远，俾我疧兮。

——《小雅·白华》

诗可以别作虚与实两部分。"之子之远，俾我独兮"，大抵代表实的一部分；"白华菅兮，白茅束兮"则代表虚的一部分。实，便是以赋笔写情事；虚，则是以兴笔写心象。而虚与实乃在若即若离之间达于浑融。"之子之远，俾我独兮"，是一篇命意，实的部分便在这一层意义上相承递进；而虚的部分则全是意识的流动与漫延，即幻景之写象，或者说，是以清醒的忧伤来写迷乱之神思。如此，诗写物象，便没有直接的比喻，即虚实之间并没有一种直接对应的关系，比如"有鹙在梁，有鹤在林"，本是触情感兴之意象，亦犹"鸳鸯在梁，戢其左翼"，只是写出自然万物的平静与和谐，便照字面看去，即是兴感之本意。又比如"滮池北流，浸彼稻田"之于"啸歌伤怀，念彼硕人"，"樵彼桑薪，卬烘于煁"之于"维彼硕人，实劳我心"，也依然是虚与实的两两相对，或用朱熹的话说，是"上两句皆是引起下面说，略有些意思傍着，不须深求，只如此读过便得"（《诗传遗说》）。此诗虚与实之间一点微妙的相依，则可以说是"物亦相资，况于夫妇"（徐玮文《说诗解颐》）。忧懑之极，以至于神思迷乱，不惟触目伤心，思之所至也不免处处伤怀，诗之兴象，实在近乎白日梦，但其安排组织看来是无理，但却始终有此一义串连其间。而"鼓钟在宫，声闻于外"，却又是诗里一个令人诧异的声音，似乎尤其找不到它的上下递接的关系，然而用来照映"之子之远，俾我独兮"却最觉惊心。兴与比的不同，即在比是一对一的，兴则以它的不确定把"一"引向"多"，甚至可以说，兴与赋之间有时候竟是一个"隔"，而凭了思想的连搭，"隔"乃成为一个恰好的意外之致。

此外的一类"兴"，则是略近程式化的发端语，亦即引起话题，如《七月》中的月令。又如《周南·卷耳》起首曰"采采卷耳"，毛传说它是"忧者之兴"，则《小雅·采绿》中的"终朝采绿，不盈一匊"，《载驰》中的"陟彼阿丘，言采其蝱"，《召南·草虫》

之采蕨、采薇，《王风·采葛》之采葛、采萧、采艾，也莫不如此。这一类与人事相关连的"兴"，大约来源于最初的"赋"，即原本是赋写其事，但因某一首诗意思好，于是袭其意者多，此实事便成为具有特定意义的一种象征，而成为引起话题的"兴"。所谓"忧者之兴"，即兴在忧思，不在采集。采集乃是忧思之话题的一个"引言"。

至于"比"和"赋"，则极是明白易晓。"比者，以彼物比此物也"（朱熹《诗集传·葛覃》）；"赋者，敷陈其事而直言之者也"（《诗集传·螽斯》）。"比"与"赋"的用法直接为后世诗歌所继承，而"兴"则发展为诗歌意象的创造，几乎不见它的本来面目了。

从"诗"到"经"

至两汉，才有诗经学的建立，而它是包括在两汉经学里的。西汉，说《诗》分鲁、齐、韩三家，传《鲁诗》者始于申培公，传《齐诗》者辕固生，传《韩诗》者韩婴。三家皆立于学官。东汉，毛、郑一派取而代之，而为《毛诗》。

《毛诗》每一首诗的前面都有一个序，《关雎》一篇的序尤其长，既作《关雎》的题解又概论全诗，宋人把后者称作大序，前者称作小序，以后便一直沿用下来。诗序的作者，曰孔子，曰子夏，曰毛亨，曰卫宏，或曰子夏、毛亨、卫宏合作，至今也没有足以定谳的论据，但其源或者很古。序说有信有疑，乃至疑多于信，尤其《风》诗之部。不过后世废序的一派提出的种种新说，很多意见似乎没有比诗序更觉可信，而诗序毕竟保存了关于《诗》的若干古老的认识，无论如何仍是读《诗》的一个很有意思的参照，即便我们在很多问题上全不同意它的说法。

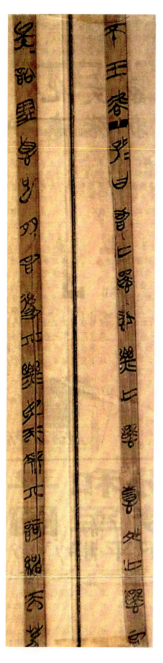

图97 "说诗"竹简
战国，现藏上海博物馆。

平常说"毛传"，即指《毛诗故训传》。《汉书·艺文志》称"《毛诗故训传》三十卷"，正是它的本名，以后"故训"作"诂训"，乃是讹误，而积久相沿，成为通行的名称。毛传的作者，最早见载于《汉书·儒林传》，只称毛公，至陆玑《毛诗草木鸟兽虫鱼疏》，才有毛亨、毛苌大小毛公之说，所谓"毛亨作诂训传，以授赵国毛苌，时人谓亨为大毛公，苌为小毛公，以其所传，故名其诗曰'毛诗'"。若以早的记载为可信，那么把《毛诗故训传》的作者认作毛公似乎更觉可靠。毛传对字义的解释多很准确，也可以说它是最早的一部诗经辞典。如果没有这结实可靠的基础的工作，后人恐怕很难把《诗》读懂。至于配合序说的属于"传"之一体的引申发挥，则可信者少。

毛传说诗的体系完成于郑玄所作的《毛诗传笺》。三家诗属于所谓"今文经"一派，《毛诗》属"古文经"一派，郑玄作笺，则在古文经的基础上，兼采今文说，对毛传训诂的部分作了许多补充，对传的部分更多有发挥。有了郑笺的推阐，《毛诗》才真正定为一尊。至唐代孔颖达《毛诗正义》，而对《毛诗》一系作了全面的整理、补充和研究，成为《毛诗》的定本，流传至今。《鲁诗》则亡于西晋，《齐诗》亡于北魏，《韩诗》在唐代也已亡佚。现在我们说到的《诗经》，便是《毛诗》。

1977年安徽阜阳双古堆一号汉墓出土了一百七十余片写录着《诗经》的竹简，墓主人为第二代汝阴侯，下葬时间在汉文帝十五年（公元前165年），则诗简的写录自当更早。以阜阳诗简与《毛诗》相对照，多见异文，而可以订正后者的若干讹误[1]。

1990年，上海博物馆收得流入海外的战国晚期楚简千余枚，中有"说诗"之简三十一，整理者暂名之为"孔子说诗"，但也有学者对字的释读提出异议，认为说诗者为卜商亦即子夏。这一批材料尚未完全公布，据近年报刊中的零星披露，可知虽断简残编，却很可反映孔子或孔门弟子课徒讲诗的若干情形。而"说诗"的内容，似乎与《毛诗》一系很有共通。"说诗"之序，对《雅》《颂》的评价，与《左传》所载襄公二十九年季札在鲁观乐的意见颇为相近，各诗之论，也有不少与《毛诗》小序相通或相似。论《雅》《颂》与诗序思想一致并不奇怪，而关于《风》，其批评的思路也颇有相同。则汉儒说诗，或者确有古老的依据。

1　胡平生、韩自强《阜阳汉简诗经研究》，上海古籍出版社1988年。

第二章 《风》《雅》寝声,奇文郁起

《楚辞》

《诗》之后有《楚辞》。

从楚国的遗迹,如礼器、乐器、帛书、帛画,楚衣饰、楚俑人中,我们可以看到诗的气氛和诗之精神,无处不弥漫,但好像只有到了屈原,久孕待发的种子,方萌发,生长,久久弥散着的诗之气氛,方凝聚为先秦文学中一枝独秀的《楚辞》。荆楚的山川草木,终于滋养出与北方之诗划出两样风格的南方之音。

不过"楚辞"的名称到汉代才通行。《汉书·地理志下》,"始楚贤臣屈原被谗放流,作《离骚》诸赋以自伤悼,后有宋玉、唐勒之属慕而述之","枚乘、邹阳、严夫子之徒兴于文、景之际,而淮南王安亦都寿春,招宾客著书,而吴有严助、朱买臣,贵显汉朝,文辞并发,故世传楚辞"。又《汉书·王褒传》,宣帝时,"征能为楚辞九江被公,召见诵读"。但《汉书·艺文志》著录"屈原赋二十五篇"[1],"宋玉赋十六篇",却并不以"楚辞"名之,至《隋书·经籍志》方专立"楚辞"一类,并且说明它始于屈原,又说,隋时有释道骞,善读楚辞,"能为楚声,音韵清切,至今传楚辞者,皆祖骞公之音"。如此,则"楚辞"不仅是一种文体,而且特有楚声楚韵。

---

[1] 所谓"屈原赋二十五篇",王逸把它定作《离骚》《九歌》(十一篇)、《天问》《九章》(九篇)、《远游》《卜居》《渔父》(《楚辞章句·叙》)。但这说法未必可靠,后人因此作了许多考订,至今也仍在讨论中。可以确定的是,《远游》《卜居》《渔父》,不是屈原的作品。

创造了这一崭新文体的屈原，约生在公元前 340 年左右。当时王室微弱，七国争雄，而有能力有希望成功统一大业的强国，一则为西方之秦，一则为南方之楚。无奈楚国君臣却并无明智之思，"楚王恃其国大，不恤其政，而群臣相妒以功，谄谀用事，良臣斥疏，百姓心离，城池不修"（《战国策·中山策》），先是楚怀王，后是顷襄王，把内政外交一误再误，最终坐失良机。

屈原与楚同姓。屈氏原是楚公族，其宗祖名瑕，乃楚武王之子，封于屈地，因称屈瑕，子孙便世代以屈为氏。时人将楚之屈、昭、景三氏合称为"三闾"或"三户"，意即三大家族。屈原仕于怀王，任左徒之职，位在大夫之列。他"博闻强志，明于治乱，娴于辞令"（《史记·屈原贾生列传》），最初很得怀王信任，但这样的情形未能维持很久，便因同列所谗而去位，虽然一度重被任用，但是他的政治主张却再不获听，后来更被远放江南。国事日非，朝无知者，怀王客死于秦，顷襄王即位而无报复之志，小人益专，国土益蹙，途穷望绝之时，惟有一死以殉己志，屈原遂怀石自沉于汨罗江。

离骚

《离骚》不仅在先秦诗歌中土宇别开，如异峰突起，即放在整个诗歌史中，它也很是独特。其实与其把它看作诗，不如看它作赋。或者说它虽然有诗的形式，却全部是用了赋的写法。"离骚"，罹忧也[1]，

---

[1] 司马迁曰："'离骚'者，犹离忧也。"（《史记·屈原贾生列传》）班固曰："离，犹遭也。骚，忧也。明己遭忧作辞也。"（《离骚赞序》）又《庄子·则阳》"天下有大菑，子独先离之"，成玄英疏："离，罹也。"戴震《屈原赋注》（初稿本）则认为，"离骚，即牢愁也"，"'离''牢'，一声之转，今人犹言'牢骚'"，似未如旧注为切。

图 98　屈子行吟图

明陈洪绶作

图 99 人物御龙帛画

出自湖南长沙子弹库楚墓,时属战国。屈原像,传神似以老莲之笔为最,是踽踽独行中特见孤傲也。楚帛画虽与屈子无多关联,而高冠崔嵬,长铗陆离,时人所绘,当是屈原形象一个较为近实的参照。

图 100　东晋顾恺之《洛神赋图》局部

南宋摹本，今藏辽宁省博物馆。"六龙俨其齐首，载云车之容裔"，陈思王《洛神赋》中的想象似乎犹存《离骚》余响。

于是自述身世，叙写忠直被谗之状，剖白性情志意，且诉于贤圣天神，刘永济说它"用虚幻的表象隐含真实的情事"[1]，饶宗颐以为"《离骚》者，可谓屈子祈天神昭鉴之盟辞也"，驰骋乎四荒，上下乎求索，"掬肝沥诚，以邀天地四方明神之共鉴"[2]，写作的文体与布局，皆有取于盟辞，而又用了铺陈曼衍的赋法把它特别扩展开来。

　　帝高阳之苗裔兮，朕皇考曰伯庸。摄提贞于孟陬兮，惟庚寅吾以降。皇览揆余初度兮，肇锡余以嘉名。名余曰正则兮，字余

1　《屈赋音注详解》，上海古籍出版社1983年，第22页。
2　《中国古代文学之比较研究》，载《文辙》，台湾学生书局1991年，第16页。

曰灵均。纷吾既有此内美兮，又重之以修能。扈江离与辟芷兮，纫秋兰以为佩。

余固知謇謇之为患兮，忍而不能舍也。指九天以为正兮，夫唯灵修之故也[1]。初既与余成言兮，后悔遁而有他。余既不难夫离别兮，伤灵修之数化。

两段叙事中，隐含着一个双重的承诺。其一，以楚之贵胄，同姓之亲，于家族的兴衰安危，当然负有"虽九死其犹未悔"的保抱之责。其一，"初既与余成言兮"，则君臣当初必有一共同之抱负——司马迁说他"入则与王图议国事"，那么《诗》所谓"讦谟定命"[2]，正可用来为此"成言"作注；而无论君心如何"数化"，在屈子，却始终保守情操，初心不变，"阽余身而危死兮，览余初其犹未悔"，"虽体解吾犹未变兮，岂余心之可惩"。如果不是如此的许身家国，如果不是为了"讦谟定命"之"成言"，他本来还可以有不止一种的选择。比如和光同尘，即《离骚》中女媭所说，"汝何博謇而好修兮，纷独有此姱节"，"世并举而好朋兮，夫何茕独而不予听"。又比如去而之他，即《离骚》中灵氛之吉占，"何所独无芳草兮，尔何怀乎故宇"，亦太史公所谓"以彼其材游诸侯，何国不容"。即求洁身自好，也还可以避世高蹈。而屈子皆不能。清人刘熙载在《艺概·文概》中把庄生与屈原同来作比，有一个很好的意见，他说："就《离骚》而论，屈原略与庄生相似，惟原以激楚之韵文，而庄以隽逸之散文耳。""然缥缈虽同，而意趣不一。有路可

---

[1] 此下"曰黄昏以为期兮，羌中道而改路"，洪兴祖《补注》云："一本有此二句，王逸无注，至下文'羌内恕己以量人'，始释羌义，疑此二句后人所增耳。"又，本节引文均据洪兴祖《楚辞补注》，中华书局1983年；个别字句据注语径改。

[2] 《大雅·抑》。朱熹《诗集传》："讦，大。谟，谋也。大谋，谓不为一身之谋，而有天下之虑也。定，审定不改易也。命，号令也。"

走,卒归于无路可走,如屈子所谓'登高吾不说,入下吾不能'是也。无路可走,卒归于有路可走,如庄生所谓'今子有五石之瓠,何不虑以为大樽,而浮于江湖','今子有大树,何不树之于无何有之乡、广莫之野'是也。""有路可走,卒归于无路可走",于《离骚》结末,最见得痛切,虽然它是用了分外美丽的文辞:

> 邅吾道夫昆仑兮,路修远以周流。扬云霓之晻蔼兮,鸣玉鸾之啾啾。朝发轫于天津兮,夕余至乎西极。凤皇纷其承旂兮,高翱翔之翼翼。忽吾行此流沙兮,遵赤水而容与。麾蛟龙使梁津兮,诏西皇使涉予。路修远以多艰兮,腾众车使径待。路不周以左转兮,指西海以为期。屯余车其千乘兮,齐玉轪而并驰。驾八龙之婉婉兮,载云旗之委蛇。抑志而弭节兮,神高驰之邈邈。奏《九歌》而舞《韶》兮,聊假日以媮乐。陟陞皇之赫戏兮,忽临睨夫旧乡。仆夫悲余马怀兮,蜷局顾而不行。

所谓"昆仑",《离骚》一篇至此已三至。先有"朝发轫于苍梧兮,夕余至乎悬圃",再有"朝吾将济于白水兮,登阆风而绁马"。悬圃,阆风,都是传说中的昆仑之巅。而一至是为陈辞于天帝,再至则为登高观察以求贤,虽两番迤逦远游,而未及驻车便已回旋。三至昆仑,却分明有了高蹈之意,浮世之外的幻丽之境,似乎将成归宿,于是"奏《九歌》而舞《韶》兮,聊假日以媮乐",然而偏在这极乐时分蓦然回顾,"有路可走,卒归于无路可走",一切缤纷绮丽便在回顾处黯然失色。虽然仆悲马怀原从《诗·周南·卷耳》中来,但《离骚》却蓄势蓄得尤其足,这回顾便借此而格外惊心动魄。有如此彻骨的哀痛,他才会清醒赴死:"既莫足与为美政兮,吾将从彭咸之所居。"

《离骚》式的苦闷不自屈原始,"诗三百"便已发其端绪。如上一章说到的《大雅·桑柔》,再如《小雅·十月之交》"四方有羡,我独居忧。民莫不逸，我独不敢休。天命不彻，我不敢效我友自逸"；《魏风·园有桃》"园有桃，其实之殽。心之忧矣，我歌且谣。不我知者，谓我士也骄。彼人是哉，子曰何其。心之忧矣，其谁知之。其谁知之，盖亦勿思"，也都是独醒之境中以天下为己忧者的诗人情怀。屈原却是第一位有名姓且有比较明白的事迹存留于史籍的诗人，与当日一辈平民游士不同，他是楚国贵胄，他的忠诚于楚王，半出于此，半则出于对君臣之间友谊和承诺的看重。而他以洁白之行完成了自己，竟仿佛为后来的士君子预演了一幕完整而又悲壮的正剧，而且挽定一个"不遇"的情结，所谓"凡百君子，莫不慕其清高，嘉其文采，哀其不遇，而愍其志焉"（《楚辞章句》），"罹忧"的故事因此而有了恒久的生命力。不惜以生命来殉自己的理想，不惜用生命来印证诗的真诚，后来的诗人能够达到如此境界者，也实在不多见。有这样的诚挚与高洁作《离骚》的底色，它才有了"濯淖污泥之中，蝉蜕于浊秽，以浮游尘埃之外，不获世之滋垢，皭然泥而不滓"[1]的精神之光，也因此它扶摇万里的夭矫绮丽才终究归于沉着。

另一面的重要，则在于屈原以《离骚》开出了《诗》之后文学中的一片新天地。瞿兑之说："《离骚》的美处，就格调而论，一在于变短句为长句，而以'兮'字间隔之，于是将《国风》严肃质直的风格，一变而为散漫纡徐宕逸飘忽。一在于文意上的往复缠绵。因为句调的解放，所以文气纡徐，而复杂的意义却可以传写得委曲详尽。一在于取材的广博。孔子说：'观于《诗》，可以多识鸟兽草木之名'，而《离骚》更于鸟兽草木而外，兼以古贤圣神灵美人为资料，所以幻想所到，无一不可搜采，一加点缀，便呈灿烂纷披之美观。"[2]如果说《诗》是水之源，那么到了《离骚》，便成

---

1 《史记·屈原贾生列传》；此节文字太史公有取于淮南王刘安评《离骚》之语。
2 《中国骈文概论》；载《中国文学八论》，中国书店 1985 年，第 5 页。

为川流的第一湾,水流在此蓄积,河床也因此而拓展得更宽。之后,则分流为二,一路潺湲向诗,一路奔涌向赋,后者的水势且尤其壮阔。《文心雕龙·辨骚》:"自《风》《雅》寝声,莫或抽绪,奇文郁起,其《离骚》哉。固已轩翥诗人之后,奋飞辞家之前,岂去圣之未远,而楚人之多才乎。"正是很贴切的评价。

天问

《天问》,王逸说:"屈原放逐,忧心愁悴,彷徨山泽,经历陵陆,嗟号昊旻,仰天叹息,见楚有先王之庙及公卿祠堂,图画天地山川神灵,琦玮谲诡,及古贤圣怪物行事,周流罢倦,休息其下,仰见图画,因书其壁,呵而问之,以渫愤懑,舒泻愁思。楚人哀

图 101　图画天地山川神灵

彩绘棺(主棺内棺)上的图画,湖北随州曾侯乙墓出土。

惜屈原，因共论述，故其文义不次序云尔。"（《楚辞章句》）这样的解释，或许包含了一些传说的成分，不过后人对此并没有太多的争议。楚有画，而且"图画天地山川神灵，琦玮谲诡"，我们今天仍可以看到真实且鲜明的遗迹，则楚先王祠庙有图画，也在情理之中。虽然王逸所说未必是《天问》创作的真实情景，但它至少可以作为一个创作的契机。

《天问》不妨说是《楚辞》中的别调。它以四言为主，大略可以析作一百七十问，如"汤谋易旅，何以厚之？覆舟斟寻，何道取之？桀伐蒙山，何所得焉？妹嬉何肆，汤何殛焉？舜闵在家，父何以鳏？尧不姚告，二女何亲？"以"文""质"论，它的"质"远胜于"文"，或者说，它没有诗的旨趣，而只有史的情怀。若与《离骚》同看，可以见出二者正是互为"文""学"。

《天问》涉及的内容至为广博，而其中颇有神话色彩的传说与史事，却多与今人见到的两周文献不同，甚至不见记载。大约屈子所接受的楚的历史与文化，终究与中原一系有别。不过所涉天地山川神灵虽然颇多怪异，但推原作者本心，却并非认它作神话，而是以一种特殊的文体营造历史。刘起钎把《天问》别作八大主题，即天地开辟、洪水传说、大地情状、夏古史、商古史、周古史、古史逸闻及楚史传说。显见得它仍是以夏、商、周三代为全部古史体系，与《诗》《书》并没有太大的不同。[1] 吕微的一个见解很有道理，他说："《天问》可能主要不是出于高度的怀疑精神而创作的，相反倒是出于对于楚国神圣历史的熟知。作者的本意在于为春秋末年、战国初年正在华夏化的楚人进入中原主流文化作出努力。这正如秦人争辩说他们是同中原诸国一样受命生活在禹迹上的人，楚人当时也在努力改变其'南蛮'身分，通过详述北方

---

[1] 《古史续辨》，中国社会科学出版社 1991 年，第 9—10 页。

图102 珥蛇之神怪

兵避太岁戚，出土于湖北荆门，时属战国。

图103 玉佩

战国，左出湖北荆州熊家冢墓地，右出荆州院墙弯楚墓。二龙衔璧以及龙身蜷曲呈蓄势腾飞之状，都是玉佩常见的造型，不过歧出的龙尾弯上一个玉人矫然拱手，又龙身栖鸟、璧下立一个抚龙的玉人，却是别见新异，仿佛另有故事。

图104 刺绣龙凤虎纹罗单衣局部

战国,湖北江陵马山一号楚墓出土。柔若无骨的龙和凤,风中摇漾的草木精灵,色泽美艳的虎穿行其间,更见得这是一个你中有我、我中有你、万物有灵的世界。

中原的创世神话、人类起源神话和三代以下的古史传说，力图证明楚人也是中原正统文化的继承者。"[1] 如果说《离骚》是家与国的系结，则《天问》是把国与天下挽结在一起，它更多表现了诗人的政治抱负和主张。

九歌

《九歌》之名，见于《离骚》，如"启《九辩》与《九歌》"，如"奏《九歌》而舞《韶》"。又见于《天问》，即"启棘宾商，《九辩》《九歌》"。《山海经·大荒西经》："西南海之外，赤水之南，流沙之西，有人珥两青蛇，乘两龙，名曰夏后开。开上三嫔于天，得《九辩》与《九歌》以下。"郭璞注云：《九辩》《九歌》"皆天帝乐名也，开登天而窃以下用之也"。曰《九歌》是夏启从天帝处窃来人间，固属传说，但《九歌》原为流传久远的古乐章，应该是不错的。王逸说："昔楚国南郢之邑，沅湘之间，其俗信鬼而好祠，其祠，必作歌乐鼓舞以乐诸神。屈原放逐，窜伏其域，怀忧苦毒，愁思沸郁，出见俗人祭祀之礼，歌舞之乐，其词鄙陋，因为作《九歌》之曲，上陈事神之敬，下见己之冤结，托之以风谏，故其文意不同，章句杂错，而广异义焉。"（《楚辞章句》）这是最早的也是被后人普遍接受的意见。但除此之外，尚有许多不同的看法。如清人何焯说："《汉书·郊祀志》载谷永之言云：'楚怀王隆祭祀、事鬼神，欲以邀福助，却秦军，而兵挫地削，身辱国危。'则屈子盖因事以纳忠，故寓讽谕之词，异乎寻常史巫所陈也。"（《义门读书记》卷四十八）今人谭介甫以为："《九歌》分题都是屈原拟议杂凑所成，大约他是援引这些鬼神的名目，合乎自己意识中所感

---

1 祁连休等主编《中华民间文学史》，河北教育出版社1999年，第51页。

到适合的东西，就寄托着一些思想上的观点来表达他个人的情绪，也借以发泄其胸中所蕴藏的不平之气罢了。”[1] 又姜亮夫认为，《九歌》并非出于民间，而是楚国君郊祀之乐章，“《九歌》盖本夏乐，而杂以楚俗，翻为郊祀者也”[2]。也还有意见认为《九歌》并不是屈原所作，如陆侃如、冯沅君《中国诗史》，它说：“这几篇乃是楚国各地的民间祭歌，大约至汉初方搜集起来，加上‘九歌’一个总称。”[3] 但这一说法似乎不很有说服力。

作为渊源久远的古乐章，《九歌》曾经是楚云湘水间的祀神之歌，大致可以肯定。《九歌》中的神名，在近年出土的楚墓简策中，也略可对应。[4] 不过，曰屈子闻歌触怀，因翻旧曲为新章则可，曰屈子因祭事而特为作祀神之歌，则与诗旨不能相合。这里有一个重要的分别，即《九歌》成为屈原的《九歌》之后，它便完全脱离了祭祀。以群体的祭祀仪式而论，如果可以把它比作戏剧，那么它从来是喜剧，是圆满，是光明，是为祭祀者带来无限的希望。它有着早已固定的一丝不苟的仪礼节次，并且一一与它团聚宗族的政治意义相呼应。“诗三百”中的祭祀诗是如此，专为祭祀而铸器的两周金文亦如此，楚系青铜器中的这一类，当

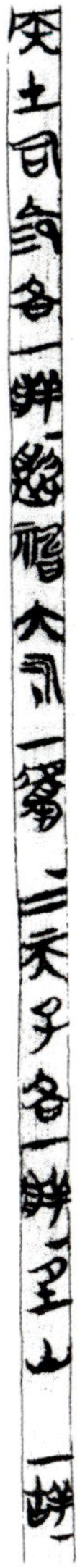

厌土司命各一牂 舉禱 大水一膚 二天子各一牂 坐山一羖

图105 竹简中的楚国神祇

简出湖北荆门包山楚墓。

1 《屈赋新编》，中华书局1978年，第283页。

2 《九歌解题》，载《楚辞学论文集》，上海古籍出版社1984年，第290页。

3 《中国诗史》，百花文艺出版社1999年，第90页。

4 刘信芳《包山楚简神名与〈九歌〉神祇》，《文学遗产》1993年第5期。

图 106　玉瑱和金瑱

玉者出自浙江绍兴印山越国大墓,时在春秋末年;金者出自湖北随州曾侯乙墓,时为战国早期。瑱与镇同,《湘夫人》篇,即作镇。室内就坐之地皆铺席,瑱乃用来镇压席的四个角,它常常做得巧而精。"瑶席兮玉瑱,盍将把兮琼芳",《东皇太一》借它写出华贵。"白玉兮为镇,疏石兰兮为芳",在《湘夫人》,它却用来显示清丽芳洁。

然也不例外。作为实际应用中的祀神乐曲,它也自然有着对应于场景的比较固定的模式。[1] 祭祀不是占卜,它本身就是肯定,而不

1　这种固定的模式甚至在不同时代、不同地域中也没有根本的改变。吴歌清商曲中有"神弦歌",内容专门颂述神祇,王运熙《神弦歌考》云:"《神弦歌》在清商曲中的性质和风格,正仿佛《楚辞》中的《九歌》,二者都是巫觋祀神的乐曲。"(《乐府诗述论》,上海古籍出版社1996年,第156页)把《神弦歌》与《九歌》作比较,这里的"九歌",当指原始形态的《九歌》。而反过来,也可以从《神弦歌》中略得《九歌》原始之仿佛。如《宿河曲》:"苏林开天门,赵尊闭地户。神灵亦道同,真官今来下。"即便其中极有浪漫风味者,如《娇女诗》《白石郎曲》,风格基调也不外此。

存在任何疑问。《左传·昭公二十年》，晏子对齐王问，云"鬼神用飨，国受其福"，"鬼神不飨，其国以祸之"，因此，作为群体的祭祀仪式，"鬼神用飨"既是必然的前提也是必然的结果，它无法以迎神而神灵终究不降为收场，或者说，如果是这样的收场，它便不能成为祭祀。[1] 屈原作《九歌》，却是从祭祀的仪礼节次中借得情节来，借得角色来，或者更自古乐章中借得曲调来，而把一切的"事"，变作为"情"。其中虽仍可见祭事之隐约，虚虚实实之间仍可认得出原本的"实"来，但它在诗人的笔下不仅悄然改容，心思也早已倏忽调换。诗中叙述口吻的交迭变化，原是从祭祀场景中借来的情节，人们或看它作戏剧，或曰戏剧之因素，或曰戏剧之萌芽，其实它的"真身"终究是诗，所谓"戏剧"不过是一个创作之际曾经有过的依托和背景。起伏在《九歌》大部篇章中的缠绵悱恻之情，曰人神，曰君臣，曰男女，皆无不可，然而无论如何没有办法用一种解释来把它匡限。实在因为屈原的《九歌》，诗的品质是如此纯粹，即便完全脱离开它的作者和作者的时代，也是美质依然。它的生命，原是长久栖迟在世代相通的一脉人间至情中。

吉日兮辰良，穆将愉兮上皇。抚长剑兮玉珥，璆锵鸣兮琳琅。瑶席兮玉瑱，盍将把兮琼芳。蕙肴蒸兮兰藉，奠桂酒兮椒浆。扬枹兮拊鼓，疏缓节兮安歌，陈竽瑟兮浩倡。灵偃蹇兮姣服，芳菲菲兮满堂。五音纷兮繁会，君欣欣兮乐康。

——《东皇太一》

浴兰汤兮沐芳，华采衣兮若英。灵连蜷兮既留，烂昭昭兮未央。蹇将憺兮寿宫，与日月兮齐光。龙驾兮帝服，聊翱游兮

---

[1] 《左传·昭公元年》有"神怒不歆其祀"的预言，则是将死之兆，乃大不祥也。

周章。灵皇皇兮既降，猋远举兮云中。览冀州兮有余，横四海兮焉穷。思夫君兮太息，极劳心兮忡忡。

——《云中君》

《东皇太一》是一个灿烂的开端，也许它别无深意，只是以人心中太一之神本来具有的光辉写出一片光明，但是在这一组诗里它却偏偏成为寂寞与荒冷的铺垫。在《云中君》里，诗则借了一个"云"字把"云中君"的风姿意态写得格外有神，而"思夫君兮太息，极劳心兮忡忡"却成为这组诗的一个转折，上承绚烂，下则开启一片悲凉。

君不行兮夷犹，蹇谁留兮中洲。美要眇兮宜修，沛吾乘兮桂舟。令沅湘兮无波，使江水兮安流。望夫君兮未来，吹参差兮谁思。驾飞龙兮北征，邅吾道兮洞庭。薜荔柏兮蕙绸，荪桡兮兰旌。望涔阳兮极浦，横大江兮扬灵。扬灵兮未极，女婵媛兮为余太息。横流涕兮潺湲，隐思君兮陫侧。桂棹兮兰枻，斲冰兮积雪。采薜荔兮水中，搴芙蓉兮木末。心不同兮媒劳，恩不甚兮轻绝。石濑兮浅浅，飞龙兮翩翩。交不忠兮怨长，期不信兮告余以不闲。朝骋骛兮江皋，夕弭节兮北渚。鸟次兮屋上，水周兮堂下。捐余玦兮江中，遗余佩兮醴浦。采芳洲兮杜若，将以遗兮下女。时不可兮再得，聊逍遥兮容与。

——《湘君》

帝子降兮北渚，目眇眇兮愁予。袅袅兮秋风，洞庭波兮木叶下。登白薠兮骋望，与佳期兮夕张。鸟萃兮蘋中，罾何为兮木上。沅有芷兮醴有兰，思公子兮未敢言。荒忽兮远望，观流水兮潺湲。麋何食兮庭中？蛟何为兮水裔？朝驰余马兮江皋，夕济兮西澨。闻佳人兮召予，将腾驾兮偕逝。筑室兮水中，葺之

图107 击鼓

一件鸳鸯漆盒上的彩绘,战国早期,出湖北随州曾侯乙墓,于中可窥荆楚风气。"扬枹兮拊鼓",二者亦可谓"枹鼓相应"。

兮荷盖。荪壁兮紫坛，播芳椒兮成室。桂栋兮兰橑，辛夷楣兮药房。罔薜荔兮为帷，擗蕙櫋兮既张。白玉兮为镇，疏石兰兮为芳。芷葺兮荷屋，缭之兮杜衡。合百草兮实庭，建芳馨兮庑门。九嶷缤兮并迎，灵之来兮如云。捐余袂兮江中，遗余褋兮醴浦。搴汀洲兮杜若，将以遗兮远者。时不可兮骤得，聊逍遥兮容与。

——《湘夫人》

图108　郳子俑浴缶

春秋晚期楚器，河南淅川下寺出土，这是带有南方楚文化鲜明特征的器种之一。"浴缶"，乃其自名。此缶为同类之器中的精好之例。腹间蟠虺纹带装饰网纹之外，又有十八条红铜飞龙分嵌于器身与盖。"浴兰汤兮沐芳"，即用兰草（菊科中的一种香草）煮水以沐浴，浴缶便是盛放兰汤之具。可知幻想与现实，也曾有过亲密的依傍。

湘君和湘夫人的身分，后人的解说颇多歧义，当然其中究竟是怎样一个故事也很难确定。不过两首诗完全可以独立于一切诠释之外，只凭着它的意象和境界便足以不朽。而诗中的意象虽然繁密，却无一不是清丽芳洁，并且一一用了芳洁清丽的文字，因此诗的境象竟是寂寥和萧索。其实薜荔芙蓉，荪桡兰旌，紫坛桂栋，荷盖之室，本都是心象，湘君湘夫人也只是缘思赋情，而不是缘事赋情。它并没有留下一个回肠荡气的故事，它只是用了百转千回的文辞写下一个徘徊不能去的思念。屈原的"香草美人"所以影响于后世格外深远，也便在于他为人间至情选定了这样一个"江月年年只相似"的永远的象征。不过，推本溯源，则应该说，"诗三百"是它的远音，比如《陈风·泽陂》，比如《秦风·蒹葭》。

> 若有人兮山之阿，被薜荔兮带女萝。既含睇兮又宜笑，子慕予兮善窈窕。乘赤豹兮从文狸，辛夷车兮结桂旗。被石兰兮带杜衡，折芳馨兮遗所思。余处幽篁兮终不见天，路险难兮独后来。表独立兮山之上，云容容兮而在下。杳冥冥兮羌昼晦，东风飘兮神灵雨。留灵修兮憺忘归，岁既晏兮孰华予。采三秀兮于山间，石磊磊兮葛蔓蔓。怨公子兮怅忘归，君思我兮不得闲。山中人兮芳杜若，饮石泉兮荫松柏，君思我兮然疑作。雷填填兮雨冥冥，猿啾啾兮狖夜鸣。风飒飒兮木萧萧，思公子兮徒离忧。
>
> ——《山鬼》

《山鬼》以上八首皆可以入画，但画到《山鬼》，却是全部的失败。或者可以说，"诗中有画"并不是诗的最高境界，到了"诗中无画"方臻其极致。"既含睇兮又宜笑"，只可意会其神，而怎样高妙的画笔也无法为之赋形。正如《诗·卫风·硕人》中的"巧笑倩兮，美目盼兮"。不过《硕人》终究有举目可见的美丽，《山鬼》却是山涧幽谷虚无飘渺间的一缕诗魂。"若有人兮山之阿"，虽然一个"若"字已使一切变得迷离，然而凄风苦雨中盘旋着的情思却始终栖息在"若"字里而显得分外清晰。曰楚人信鬼好巫，在诗人笔下，则分明可见如此风俗中蕴涵着的楚之人情的浪漫和温柔。刘勰说，"若乃山林皋壤，实文思之奥府"，"屈平所以能洞监风骚之情者，抑亦江山之助乎"（《文心雕龙·物色》）。

从《东皇太一》到《山鬼》，是诗人一个完整的构思，按之脉络是如此，倒并非拘于"九"篇之数。虽然这只能算作一个猜测。不过

图109　湘夫人

明陈洪绶作。后人作《楚辞图》，常常喜欢就诗笔所到之处细细摹绘，用物象把画面撑足，却不免先把诗的意境失掉了。惟明人陈洪绶笔写湘夫人，止作一女子背身玉立，纷纷的衣带飘出去很远，似乎以当洞庭波起处的秋风，此外便全部是空白。

把《国殇》与《礼魂》看作独立的两篇,其实不影响对诗的理解。至于它们与《九歌》旧有的联系,也许由于音乐,也许是其他,存疑亦可。

> 操吴戈兮披犀甲,车错毂兮短兵接。旌蔽日兮敌若云,矢交坠兮士争先。陵余阵兮躐余行,左骖殪兮右刃伤。霾两轮兮絷四马,援玉枹兮击鸣鼓。天时坠兮威灵怒,严杀尽兮弃原野。出不入兮往不返,平原忽兮路超远。带长剑兮挟秦弓,首身离兮心不惩。诚既勇兮又以武,终刚强兮不可凌。身既死兮神以灵,子魂魄兮为鬼雄。
>
> ——《国殇》

与《诗》中战事诗相比,《国殇》的描写可以说是具体而微。开篇数言尤其是纪实之笔。车错毂,矢交坠,左骖殪,右刃伤,霾两轮,絷四马,一切惨烈与悲壮都牢牢嵌在每一个真切的细节里。"出不入兮往不返,平原忽兮路超远",苍凉仿佛《诗·邶风·击鼓》"死生契阔,与子成说。执子之手,与子偕老"。但《击鼓》本是怨诗,因以不返为人生之至恸,《国殇》之"不返"则是死国者的礼赞,便只见赴死之志,斩钉截铁。以下句句写此"不返","子魂魄兮为鬼雄",血光中的英灵更使得它字字千钧。

九章

《九章》是否全部为屈原作品,意见不很一致,而《九章》本身不仅体例不一,各篇的创作年代也很难一一确定。其中的《橘颂》大约是屈原的早期作品,其诗笔未精,尚未形成风格。其余诸篇,则意旨与情致皆与《离骚》相同,用《惜诵》中的自述也可以把它概括,"惜诵以致愍兮,发愤以抒情","恐情质之不信兮,故重著

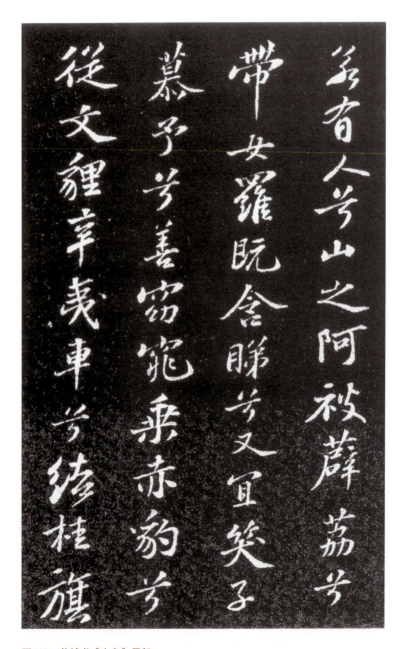

图110 苏轼书《山鬼》局部

"既含睇兮又宜笑",乃人人可会之心象,至于其形象,则任是丹青妙手亦不可达,苏书《山鬼》,欹侧之美中特存逸气,似可别传《山鬼》之神。

图 111 持剑木俑

战国,传出湖南长沙市郊楚墓,湖南省博物馆藏。

图 112 国殇图

元张渥作。

以自明"。此"重著以自明",便仿佛《离骚》中若干细节的特写,而诗思更为细密研练,其哀则也更切。比如《抽思》:

> 望孟夏之短夜兮,何晦明之若岁。惟郢路之辽远兮,魂一夕而九逝。曾不知路之曲直兮,南指月与列星。愿径逝而未得兮,魂识路之营营。

梦魂形神,颠倒错乱,忧思苦闷中的幻觉实在写得尽致。"魂识路之营营",尤觉宛转幽凄。杜甫《梦李白》二首之一云"恐非平生魂,路远不可测。魂来枫林青,魂返关塞黑",仿佛从中取意。不过屈子忧思之深以及赋写忧思的笔力,却几乎无人可及。

又如《涉江》:

> 入溆浦余僭佪兮,迷不知吾所如。深林杳以冥冥兮,猿狖之所居。山峻高以蔽日兮,下幽晦以多雨。霰雪纷其无垠兮,云霏霏而承宇。

所谓"景语","诗三百"中已有不少,不过多用来作"兴",作"比",而在楚辞,却是用了"赋"笔,且赋写之精微细致远过于前,钱锺书说它"开后世诗文写景法门"[1],是也。

招魂

《招魂》的作者,始终是《楚辞》研究中的疑案。司马迁为屈原作传,云"余读《离骚》《天问》《招魂》《哀郢》,悲其志";而王

---

[1] 《管锥编》,中华书局 1979 年,第 613 页。

逸《楚辞章句》则以为"《招魂》者，宋玉之所作也"，"宋玉怜哀屈原，忠而斥弃，愁懑山泽，魂魄放佚，厥命将落，故作《招魂》"。后世注家或主《史记》，或从《章句》，各有理据，莫衷一是。不过两说相较，以司马迁为早，或者稍稍近实；而《招魂》所陈宫室、服御、饮食、娱乐，其制度非诸侯莫能当，所招之魂必为楚王，则王说宋玉招屈原之魂，便不能使人无疑。当然前人对此已经讨论得足够详细，而仍不能定谳，如此，不妨仿照王逸注《大招》之例，曰：《招魂》，屈原之所作也。或曰宋玉，疑不能明也。

《招魂》之好，好在描写，在它之前，尚无如此妍丽且如此周至的描写之笔。东、西、南、北、天上、幽都，写险怪，特别把它写得凄厉，说到"彷徉无所倚，广大无所极些。归来兮，恐自遗贼些"，便尤觉唇吻亲切。有如此的关切和体贴，虽通篇铺陈，便不以为它铺陈过分。这些铺陈成为后来赋家的范本，而其中的低回之致却不大看得见了。

结末之"乱"追叙春天的田猎，讲述"失魂"故事：[1]

> 献岁发春兮汩吾南征，菉蘋齐叶兮白芷生。路贯庐江兮左长薄，倚沼畦瀛兮遥望博。青骊结驷兮齐千乘，悬火延起兮玄颜烝。步及骤处兮诱骋先，抑骛若通兮引车右还，与王趋梦兮课后先。君王亲发兮惮青兕，朱明承夜兮时不可以淹。皋兰被径兮斯路渐，湛湛江水兮上有枫。目极千里兮伤春心，魂兮归来哀江南。

---

[1] 钱锺书以为，"'乱'之'吾'，即招者自称"，"'春'上溯其时，'梦'追勘其地，'与王后先'复俨然如亲于其事，使情景逼真。盖言王今春猎与云梦，为青兕所慑，遂丧其魂"。《管锥编》，第632页。

图 113　鼒鼎与匕

战国，荆州天星观二号墓出土。平底，束腰，楚系铜鼎所独有，是体现楚文化特征的典型器类之一。鼒，升也。肉煮于镬曰烹，实于鼎，便称作升。"肥牛之腱，臑若芳些"，虽不必把《招魂》之句对应于鼒鼎，但它的确是与《楚辞》并存的"本地风光"。

图 114　人骑骆驼铜灯

出土于湖北荆门包山二号楚墓，时属战国晚期（楚顷襄王之前），《招魂》"兰膏明烛，华镫错些"，写实也。

春秋代序，岁月逝往，香草覆径，归路渐迷，"目极千里兮伤春心，魂兮归来哀江南"，无限凄凉中的一声长唤，由《招魂》生出，又迈越《招魂》，成为千古哀音。它的生命的一部分后来就延续在庾信的《哀江南赋》里。

楚辞的另一位重要作家是宋玉。

宋玉的生平，现在所能知道的很少。《史记·屈原贾生列传》叙述极简略："屈原既死之后，楚有宋玉、唐勒、景差之徒者，皆好辞而以赋见称，然皆祖屈原之从容辞令，终莫敢直谏。"此外，《韩诗外传》和《新序·杂事》也有关于宋玉的片段记载。晋人习凿齿《襄阳耆旧传》又综合前人记载为他作了一篇小传。这些记载说宋玉出身低微，曾师事屈原，又曾因缘友人之荐，做得楚王（或曰楚相）的一个小臣，而很不得志。又说他通晓音律，文章写得好。后人写作每每喜欢假名宋玉，大约就是因为他当日是极负文名的。

宋玉的作品，据《汉书·艺文志》载，有十六篇。现存有《九辩》《招魂》和《文选》所录《高唐赋》《神女赋》《风赋》《登徒子好色赋》，共六篇。此外有《文选》所载《对楚王问》及《古文苑》中的《笛赋》《大言赋》《小言赋》《钓赋》《舞赋》《讽赋》六篇，疑非宋玉所作。[1] 关于《招魂》，已如前述，则系于宋玉名下的楚辞作品，最为可信的，唯《九辩》一篇。

《九辩》通篇写情，却由景来先声夺人。眼前风物，当下心情，

---

[1] 《对楚王问》是散文，但《汉书·艺文志》只载宋玉赋，不闻有散文作品。《古文苑》所载《笛赋》写到"宋意送荆轲于易水之上"，是战国末年事，显然非宋玉作。其他诸作亦有可疑，如《舞赋》为东汉傅毅《舞赋》的节录，《讽赋》多袭相传为汉司马相如所作的《美人赋》等。

图115 宰丰骨匕刻辞

作于商王帝辛时代,河南安阳出土,今藏中国国家博物馆。器因宰丰受王赐予猎获之兕而作,其用料亦为犀骨。一面刻辞,一面为镶嵌绿松石的纹饰。猎犀在商周时代是田猎中的盛举,以致常常要用龟卜求兆,周原所出卜骨,便有"狩兕"的刻辞。

错综交迭，开篇酝酿出来的气势，使它成为《九辩》中最精采的一节。杜甫诗云"摇落深知宋玉悲，风流儒雅亦吾师"（《咏怀古迹》），如同屈原的"香草美人"，宋玉则以"悲秋"的诗化，为后来者开启创作的智慧。

> 悲哉秋之为气也！萧瑟兮草木摇落而变衰。憭慄兮若在远行，登山临水兮送将归。泬寥兮天高而气清，寂寥兮收潦而水清，憯凄增欷兮薄寒之中人。怆怳懭悢兮去故而就新，坎廪兮贫士失职而志不平。廓落兮羁旅而无友生，惆怅兮而私自怜。燕翩翩其辞归兮，蝉寂漠而无声。雁廱廱而南游兮，鹍鸡啁哳而悲鸣。独申旦而不寐兮，哀蟋蟀之宵征。时亹亹而过中兮，蹇淹留而无成。

以景语作情语，情景互为映发，《诗》中也已经有了好例，如最是为人传诵的《小雅·采薇》："昔我往矣，杨柳依依。今我来思，雨雪霏霏。"比较起来，《采薇》是清隽，清隽中宛转含思；《九辩》是精微，精微中包容广大。《采薇》自然得仿佛流泻而出，《九辩》则字字句句有酝酿，它是酝酿之后的迸发。后来的汉大赋都离不开这个酝酿，这是由屈原而宋玉而传递给后人的"赋法"。不过，若没有情感的迸发，它便难免流于雕琢，当然这是后话。

《九辩》发抒"不遇"的愁懑和牢骚，而与《离骚》不同。屈原说："惟夫党人之偷乐兮，路幽昧以险隘。岂余身之惮殃兮，恐皇舆之败绩。"宋玉说："怆怳懭悢兮去故而就新，坎廪兮贫士失职而志不平。廓落兮羁旅而无友生，惆怅兮而私自怜。"《离骚》之悲怆，可谓"重大"，《九辩》之悲怆，则为深广。前者是忧国，后者是忧生，分属两般境界，却未必有高下之别；而忧生，亦自有一种悲天悯人的超远，并且这是一种最深厚最原始的诗人情怀，在"诗三百"中我们已经与它相遇，而彼乃浑朴，此则有了幽细的

图 116 错金银云纹铜犀尊

1963年陕西兴平县出土,今藏中国国家博物馆。犀尊满饰华丽的错金银流云纹,又以点点断续的金丝表现犀牛的毫毛。它的制作时代,曰战国,曰秦,曰西汉,尚未能一定。不过关中一带,大约最迟在西汉晚期犀牛已经绝迹。

刻画。《九辩》里的这一重逢,也仿佛昭示给我们文学演进的一个规律。

《九辩》很有一些对《离骚》的模仿,那不是它的成功之处,而它本来有自己成功的创造。顾实说,宋玉"想象力虽不及屈原,然超离有道德意义之讽喻,而焕发其辞藻,为使辞赋盛行于后世有力之原因,则或者亦未始不可谓之进步欤"[1]。

司马迁提到的楚辞作者,尚有景差和唐勒。景差的作品,《汉书·艺文志》不见著录,而我们现在能够见到的作品只有疑信参半的《大招》一篇。唐勒赋,《汉书·艺文志》著录为四篇,但很早便失传。近年山东临沂出土的汉简中有他的残句[2],虽有吉光片羽之珍,却终究不得窥其全貌。至于收入《楚辞》一书中的汉人拟作,则非楚辞后劲,而只是它的余波了。

屈原的作品全部编在《楚辞》一书中。近年安徽阜阳发掘第二代汝阴侯夏侯灶墓,出土汉简有《离骚》《涉江》残句。[3] 墓主死于汉文帝十五年,说明屈原辞作流传很早。可以确定的《楚辞》传本,乃西汉末年刘向所辑,它以屈原作品为主,又附入后人依其所创文体、当然也应包括声调,而创作的若干同类作品。东汉王逸作《楚辞章句》,是现存最早的注本。宋洪兴祖在它的基础上作了《楚辞补注》,于旧解疏通证明之外,又有驳正,有补充,于文字的校勘订正,也很有成绩。清钱澄之作《庄屈合诂》,其《屈诂》部分,文义的阐发简明扼要,也比较平正通达。蒋骥《山带阁注楚辞》征引详博,以资料翔实见长。戴震《屈原赋注》则以字句训诂、名物

---

[1] 《中国文学史大纲》,商务印书馆 1931 年,第 87 页。
[2] 吴九龙《银雀山汉简释文》,文物出版社 1985 年;汤漳平《论唐勒赋残简》,《文物》1990 年第 4 期,第 48 页。
[3] 文物局古文献研究室等《阜阳汉简简介》,《文物》1983 第 2 期,第 23 页。

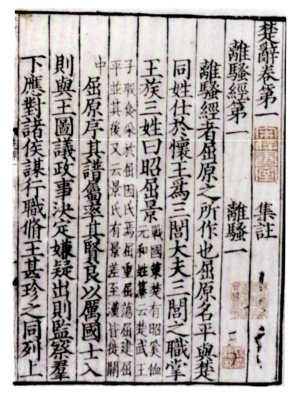

图 117　朱熹《楚辞集注》

宋端平刻本，中国国家图书馆藏。

考证最见功力。

《诗》与楚辞，一北一南，并峙为两，其中的区别是显明的，但《楚辞》与《诗》相通乃至相承处亦自不少。楚文化本来有着中原文化的古老的渊源，春秋时代，楚人对《诗》的熟悉，在《左传》中便表现得很是清楚，诗人之受浸染自不待言。

《诗》与《楚辞》大致可以代表先秦诗歌的两样风格：《楚辞》繁丽，《诗》则质朴。就对后世的影响而言，《楚辞》却似乎更为广远。以文体论，四言诗的辉煌先秦以后便已经结束，《诗》之后的作品则只是余响，再不能独立成军。以品质论，《诗》所蕴含的原初的质朴既难再得，则只可以千锤百炼而后求，这锻炼出来的质朴之境，便远较铺张繁丽为难。何况文学的语言原赖铺张繁丽的一派而得以空前丰富，文学创造的天地也由此一番腾挪而拓展得更宽。正如鲁迅所言，《楚辞》"较之于《诗》，则其言甚长，其思甚幻，其文甚丽，其旨甚明，凭心而言，不遵矩度"，"其影响于后来之文章，乃甚或在'三百篇'以上"。（《汉文学史纲》）但因此却又可以说，《诗》是为文的一个境界，而它之泽被词林，气质的一面，远远多于"文章"。

文学的断代，并不能伴随政权的更迭而划然划开两个时代，然而十分凑巧，楚辞竟由屈原和宋玉而完成了它的灿烂，乃至成为先秦诗歌一个完满的终结。随着秦的建立，文学便也别树新帜，开启新的局面了。

引用文献

（以书中出现之先后为序）

鲁迅全集　　鲁　迅　人民文学出版社 1982 年
论学杂著　　蒋天枢　中州古籍出版社 1985 年
龚自珍全集　龚自珍　上海人民出版社 1975 年
帝王世纪　　皇甫谧　辽宁教育出版社 1997 年
中国弓弦乐器史　项　阳　国际文化出版公司 1999 年
论文杂记　　刘师培　人民文学出版社 1959 年
朱自清古典文学论文集　朱自清　上海古籍出版社 1981 年
韩子迂评　　门无子　明万历七年俞氏自刊本
十三经注疏　阮　元　中华书局影印本
汉书　　　　班　固　中华书局校点本
中国史学史　金毓黻　河北教育出版社 2000 年
文史通义　　章学诚　辽宁教育出版社 1998 年
尚书定本大义　吴闿生　1914 年清苑郭氏刊本
尚书今古文注疏　孙星衍　中华书局 1986 年
史记　　　　司马迁　中华书局校点本
尚书易解　　周秉钧　岳麓书社 1984 年
尚书覈诂　　杨筠如　陕西人民出版社 1959 年
屺瞻草堂经说三种　李景星　1927 年山东官印局刊
淅川下寺春秋楚墓　河南省文物研究所等　文物出版社 1991 年
石鼓文纂释　赵烈文　光绪十一年静园刻本
战国鸟书箴铭带钩考释　李　零　古文字研究第八辑　中华书局 1983 年
四海寻珍　　李学勤　清华大学出版社 1998 年

古诗源　沈德潜　中华书局 1997 年

《语石》异同评　柯昌泗　中华书局 1994 年

鸟虫书通考　曹锦炎　上海书画出版社 1999 年

文章正宗　真德秀　明嘉靖刊本

陔余丛考　赵翼　河北人民出版社 1990 年

春秋左传集解　杜预　上海古籍出版社 1978 年

文则　陈骙　人民文学出版社 1960 年

三国志　陈寿　中华书局校点本

史通　刘知几　辽宁教育出版社 1997 年

左传分国集注　韩席筹　江苏人民出版社 1963 年

读史纠谬　牛运震　齐鲁书社 1989 年

春秋左传（孙钅广批点）　明万历四十四年闵齐伋朱墨套印本

春秋诗话　劳孝舆　广东教育出版社 1996 年

中国文化史导论　钱穆　商务印书馆 1994 年

国语　上海古籍出版社 1980 年

国史大纲　钱穆　台湾商务印书馆 1977 年

战国策　上海古籍出版社 1985 年

文心雕龙校注　王利器　上海古籍出版社 1980 年

战国策考辨　缪文远　中华书局 1984 年

新序疏证　刘善诒　华东师范大学出版社 1989 年

战国纵横家书　马王堆汉墓帛书整理小组　文物出版社 1996 年

柳宗元集　柳宗元　中华书局 1997 年

晏子春秋　晏子　经训堂丛书本

银雀山汉墓竹简晏子春秋校释　骈宇骞　书目文献出版社 1988 年

文选（李善注）　萧统　中华书局 1977 年影印本

晏子春秋集释　吴则虞　中华书局 1962 年

论语集解　何晏　古逸丛书本

论语义疏　皇侃　日本大正十二年怀德堂刊本

论语解注合编　姚永朴　黄山书社 1994 年

三礼通论　钱　玄　南京师范大学出版社 1996 年

论语辨　赵贞信　朴社 1935 年

鹤林玉露　罗大经　中华书局 1982 年

古语文例释　王泗原　上海古籍出版社 1988 年

论语疏证　杨树达　上海古籍出版社 1986 年

梅光迪文录　杨光迪　辽宁教育出版社 2001 年

钱遵王读书敏求记校正　管廷芬、章钰　中华书局 1990 年

孟子节文　刘三吾　明初刊本

孟子正义　焦　循　中华书局 1987 年

论衡校释　黄　晖　中华书局 1990 年

东塾读书记　陈　澧　三联书店 1998 年

孟子讲义　姚永概　黄山书社 1999 年

中西古典学引论　日　知　东北师范大学出版社 1999 年

孟子说解　郝　敬　明万历二十三年郝氏家刊本

礼记集解　孙希旦　中华书局 1989 年

礼记训纂　朱　彬　中华书局 1996 年

檀弓论文　孙邃人　清天心阁刻本

人与诗：忆旧说新　卞之琳　三联书店 1984 年

经典释文　陆德明　中华书局 1983 年影印本

先秦经籍考　江侠庵编译　商务印书馆 1933 年

翁注困学纪闻　不详　四部备要本

船山全书（第十三册）　王夫之　岳麓书社 1993 年

庄子研究　叶国庆　商务印书馆 1935 年

庄子新论　张恒寿　湖北人民出版社 1983 年

南华真经注疏　郭　象注 成玄英疏　中华书局 1998 年

庄子南华经解　宣　颖　清康熙六十年宝旭斋刊本

庄子雪　陆树芝　嘉庆四年文选楼刊本

谭元春集　谭元春　上海古籍出版社 1998 年

解庄　陶望龄　明闵氏朱墨刊本

中国哲学史　冯友兰　中华书局 1961 年

庄子鬳斋口义　林希逸　中华书局 1997 年

庄子翼　焦竑　明万历十六年王元贞刊本

南华直旨　杨文煊　星星日报印刷部 1936 年

南华经　庄　子　明刻四色套印本

庄子精释　钱澄之　黄山书社 1996 年

庄子通义　朱得之　明嘉靖浩然斋刊本

南华本义　林仲懿　清乾隆存悔堂刊本

庄子内篇学　陈　柱　中国学术讨论社 1929 年

史略·子略　高似孙　辽宁教育出版社 1998 年

庄子浅解　林　纾　商务印书馆 1925 年

中国文学史大纲　顾实　商务印书馆 1931 年

陶庵梦忆　张　岱　上海古籍出版社 1982 年

庄子发微　钟　泰　上海古籍出版社 1988 年

王弼集校释　楼宇烈　中华书局 1980 年

中国文学史　钱基博　中华书局 1993 年

老子臆解　徐梵澄　中华书局 1988 年

老子通　沈一贯　明万历二十七年刊本

世说新语　刘义庆　辽宁教育出版社 1997 年

荀子集解　王先谦　中华书局 1988 年

述学　汪中　辽宁教育出版社 1998 年

抱经堂文集　卢文弨　中华书局 1990 年

玉海　王应麟　江苏古籍出版社 1988 年影印本

韩非子新校注　陈奇猷　上海古籍出版社 2000 年

中国小说源流　石昌渝　三联书店 1994 年

中国神话学文论选萃　马昌仪编　中国广播出版社 1994 年

长水集续编　谭其骧　人民出版社 1994 年
山海经校注　袁　珂　上海古籍出版社 1980 年
山海经笺疏　郝懿行　郝氏遗书本
汲冢书考　朱希祖　中华书局 1960 年
积微居金文说　杨树达　科学出版社 1969 年
戎生编钟论释　李学勤　文物 1999 年第 9 期
《穆天子传》真实来历的探讨　杨宽　中华文史论丛第五十五辑　上海古籍出版社 1996 年
穆天子西征讲疏　顾　实　中国书店 1990 年
穆天子传汇校集释　王贻梁、陈建敏　华东师范大学出版社 1994 年
童子问　辅　广　日本文化二年刊
说诗解颐　徐玮文　光绪十年刊本
观堂集林　王国维　中华书局 1959 年
诗经通论　姚际恒　中华书局 1958 年
诗经绎参　邓　翔　清同治三年序刊本
诗三家义集疏　王先谦　中华书局 1987 年
诗志　牛运震　武强贺氏 1936 刊本
诗经说通　沈守正　明万历四十三年刊本
古书疑义举例　俞　樾　1924 年长沙鼎文书社刊本
吕氏家塾读诗记　吕祖谦　四部丛刊续编本
诗蠲　焦　琳　范华印刷厂 1935 年
诗集传　朱　熹　上海古籍出版社 1980 年
诵诗随笔　袁金铠　1921 年铅印本
古史续辨　刘起釪　中国社会科学出版社 1991 年
清诗话续编　上海古籍出版社 1983 年
诗经触义　贺贻孙　清咸丰二年敕书楼刊本
诗本义　欧阳修　通志堂刊本
读诗一得　吴　棠　清同治三年跋刊本

商周家族形态研究　朱凤瀚　天津古籍出版社1990年

诗缉　严　粲　清嘉庆十五年听彝堂重刊本

诗经　钟惺评点　明万历四十八年闵齐伋刻本

诗传遗说　朱　熹　通志堂本

阜阳汉简诗经研究　胡平生、韩自强　上海古籍出版社1988年

屈原赋注　戴　震　中华书局1999年

屈赋音注详解　刘永济　上海古籍出版社1983年

文辙　饶宗颐　台湾学生书局1991年

艺概　刘熙载　上海古籍出版社1978年

楚辞补注　洪兴祖　中华书局1983年

中国文学八论　刘麟生　中国书店1985年

中华民间文学史　祁连休、程　蔷主编　河北教育出版社1999年

义门读书记　何　焯　中华书局1987年

屈赋新编　谭介甫　中华书局1978年

楚辞学论文集　姜亮夫　上海古籍出版社1984年

中国诗史　陆侃如、冯沅君　百花文艺出版社1999年

包山楚简神名与《九歌》神祇　刘信芳　文学遗产1993年第5期

乐府诗述论　王运熙　上海古籍出版社1996年

管锥编　钱锺书　中华书局1979年

银雀山汉简释文　吴九龙　文物出版社1985年

论唐勒赋残简　汤漳平　文物1990年第4期

阜阳汉简简介　国家文物局古文献研究室等　文物1983年第2期

后　记

全部完稿之后，才发现把它放在文学史之列，实在很觉得不像。叙述的语言，选取的角度，乃至它的体例，皆有不合，再看看近年出版的各种文学史，或以理论与概念趋新见胜，或以搜集网罗宏富见长，这一本小稿则既无理论色彩，亦未曾征引很多的材料，所引者也多是手边现成的常用书；时代背景、思想倾向等，更鲜有涉及，甚至于文学史的方方面面，也省略不少。如此，说它是"先秦诗文读本"，也许更为合适。又或称作"我读先秦诗文"，也还可以解释其中种种的省略与不合规矩。总之，它记录的只是我的读书心得。《论语·宪问》："子曰：古之学者为己，今之学者为人。"朱子《集注》引程子的话说："为己，欲得之于己也；为人，欲见知于人也。"初衷既不违古训，则虽不免惭愧，却也因此稍可自慰。

老友之江君慨然应允把它灾诸梨枣，使它竟有了"见知于人"的机会。遇安师精心选配了百余幅插图，其中的繁难与辛苦，每一思及便深感愧怍与不安。挚友在勇兄装帧设计的出色与认真，是早就知道的，此番的认真则又倍于常。常在一起论文的仍是文友止庵君，他中肯的意见总能引发我多一个角度的思考。从始至终给予我关注、支持与鼓励，并提供了许多实质性帮助的，则是李航同志。虽然在后记里表达感激之情仿佛已经程式化，但我相信这一被大家乐于遵从的形式，容纳的的确是真诚。

扬之水　辛巳小满

重印后记

这本小书能够重印,先要感谢中华书局的雅爱,还有经常给予我各种帮助的马燕同志。

《诗经名物新证》《诗经别裁》《先秦诗文史》,是我五年徜徉于先秦的学习纪录。当日经常讨教的有吴小如先生,先生说:"从先秦入手好,这样就可以顺流而下了。"后来果然顺流而下,而果然至今得益于这五年里的学习,只是再没有回过头去就曾经留心过的问题进一步钻研,因此初版后记中对于此书的种种检讨如今可以照用。总之,它是很个人化的,实在无法放到文学史写作的主流中去。我想,如果只是把它当作一本读书笔记,那么该会得到读者的宽容罢——当然首先是自己先原谅了自己。

丁亥嘉平

重印后记

二十年前,这一本小书由辽宁教育出版社出版印行,后此七年,再版于中华书局,并于二〇一二年重印。如此,又过去了十年。它的成书经过,在之前的两则《后记》和《重印后记》里都已有所说明。今天回过头来看,觉得它像是自己问学阶段与《诗经名物新证》及《诗经别裁》相后先的"先秦三部曲"之一。"走出先秦时代"之后的二十年,可以说我已经把它完全放下,虽然在此期间不断有先秦简牍面世以及相应的研究成果陆续刊布,也都没有再作增补。今承北京大学出版社垂爱而动议再版,感念之外,更不免惭惶。所以仍有勇气使它灾梨祸枣,一个重要原因是感动于我素所敬重的两位年轻朋友在采访中的提问兼评述。

其一,张定浩《学术非时好,文章幸自由》:《先秦诗文史》是一本很有特点的文学史著作,它"欲从文史哲不分的浑然中抉发独特的文心文事。所谓史,却既非纵贯也非精通,而只是用了'笔削'的办法在选择中体现出评价"。但似乎没有得到应有的关注。您对此有何看法?这是不是和我们当下的学科体制有很大关系?联系起您读书从《管锥编》入门,这也迥异于大学中文系的通常读法。是否可以说,您的读书和治学路径,更接近于传统的中国古代学者而非受西方人文学科洗礼过的现代学者?此外,《先秦诗文史》谈先秦典籍中的文法和笔力,不像寻常文学史,倒是隐隐教人念及前辈如周振甫、杨树达和陈望道诸君均曾治过的修辞学史(《上海文化》二〇一六年五月号)。

其一，尚晓岚《扬之水：恋物，而不为物累》：《先秦诗文史》自成一格，谈文学史很少有人提及，在她的著作中最不受关注，然而它的历史脉络清晰，对作品风格概括精当，每章也有严整统一的结构，吴小如先生评价说："基本上做到义理、考据、辞章三者兼而有之。故'夫人不言，言必有中'。"特别令人难忘的，是她一枝沉静的笔，贴着作品描摹其中暗藏的曲折，复以雅洁的文字道破奥妙："《左传》用了预言来作成文字的魔方：从史的角度看，它是因和果，它是鉴戒与教训；从文的角度看，它是伏笔，它是叙事的前后呼应。"《论语》多短章而总是气韵生动，《孟子》多长章而每有意趣，《荀子》在中心议题之下结构文辞，努力于图案式的整齐，珠玉之，黼黻之，灿灿然变化其文而决不出规矩，但重重叠叠间却终少奇致……"《先秦诗文史》的识见与文辞俱美，正是"文学"的题中应有之意（《北京青年报》二〇一七年三月十七日）。

——此中自有揄扬的成分，而我视为真诚的鼓励。晓岚英年早逝，思之每令人心痛不已。以此书之重版而寄寓追怀和思念，是自己的一份私心。

壬寅阳月十八

图书在版编目（CIP）数据

先秦诗文史 / 扬之水著 . —北京：北京大学出版社，2023.3
ISBN 978-7-301-33760-8

Ⅰ. ①先… Ⅱ. ①扬… Ⅲ. ①中国文学 – 古典文学研究 – 先秦时代
Ⅳ. ① I206.2

中国国家版本馆 CIP 数据核字（2023）第 028722 号

书　　　名	先秦诗文史 XIANQIN SHIWENSHI
著作责任者	扬之水　著
责任编辑	魏冬峰　陈佳荣
标准书号	ISBN 978-7-301-33760-8
出版发行	北京大学出版社
地　　　址	北京市海淀区成府路 205 号　100871
网　　　址	http://www.pup.cn　　新浪微博：@ 北京大学出版社
电子信箱	nancychenjiarong@126.com
电　　　话	邮购部 010-62752015　发行部 010-62750672 编辑部 010-62752824
印刷者	北京九天鸿程印刷有限责任公司
经销者	新华书店
	880 毫米×1230 毫米　16 开本　18 印张　226 千字 2023 年 3 月第 1 版　2023 年 3 月第 1 次印刷
定　　　价	108.00 元

未经许可，不得以任何方式复制或抄袭本书之部分或全部内容。
版权所有，侵权必究
举报电话：010-62752024　电子信箱：fd@pup.pku.edu.cn
图书如有印装质量问题，请与出版部联系，电话：010-62756370